血与蜜之地

穿越巴尔干的旅程

刘子超 著

BLOOD AND HONEY:
A JOURNEY THROUGH THE BALKANS

文匯出版社

新经典文化股份有限公司
www.readinglife.com
出 品

当鸟群飞过阴霾的天际,
人们鸦雀无声。

——米尔科·曼彻夫斯基《暴雨将至》

我之所以要对大邦和小国同样地加以论述,是因为我相信,人类的幸福从来不会长久驻留于一个地方。

——希罗多德《历史》

从父亲教我的故事里,我学会在自己的世界里创造一个家,这个家跟地理、国籍以及其他任何能被夺走的东西都没有关系,任何人都不能把它夺走。

——阿扎尔·纳菲西《我所缄默的事》

目 录

序幕
的里雅斯特：我即将远行 /1

第一章
斯洛文尼亚：夜晚的角落 /13

第二章
萨格勒布：心碎博物馆 /39

旅行相册 I

第三章
达尔马提亚：冰与火之歌 /75

第四章
黑山：去山巅呼喊 /95

旅行相册 II

第五章

莫斯塔尔Ⅰ：解体概要 /135

第六章

莫斯塔尔Ⅱ：问题的核心 /155

第七章

萨拉热窝：围城记忆 /181

第八章

斯雷布雷尼察：漫长的阴影 /201

旅行相册Ⅲ

第九章

贝尔格莱德Ⅰ：蓝色火车 /239

第十章

贝尔格莱德Ⅱ：肖像与观察 /259

第十一章
科索沃Ⅰ：雪落荒原 /281

第十二章
科索沃Ⅱ：黑鸟之地 /297

旅行相册Ⅳ

第十三章
奥赫里德：大湖之声 /325

第十四章
斯科普里：躁动的解析 /347

尾声
雅典：我愚蠢的心 /361

旅行相册Ⅴ

后记 /387

序幕
的里雅斯特：我即将远行

这里的冬日并不凛冽，但一整天都很冷。天空阴沉，飘着丝状冬雨，湿漉漉的街道披上了一层光滑的水膜。树木早就脱去了叶子，光秃秃地立在那里。猛烈的布拉风，从喀斯特高原扑向港口。几只海鸥像被撕破的纸片，发出凄厉的叫声。港口外，亚得里亚海如一面凝重的镜子——波浪前后追逐，披着铅灰色斗篷。

我坐在的里雅斯特一家酒吧的桌边，试图写点笔记，却只是写下了日期。我不时抬起头，抿一口廉价的白葡萄酒，目光望向窗外：连绵的阴雨扰乱了我的心绪，也为眼前这座意大利城市平添几分边陲之感。

这家酒吧位于巴尔干人的聚居区。店面开在一楼，是一栋不起眼的土黄色建筑。上面的出租公寓里住着巴尔干来的工人——这从住户的名牌上可见一斑。酒吧附近，有一所斯洛文尼亚语中学，还有一座建于19世纪的斯洛文尼亚天主教堂。从喀斯特高原下来的斯洛文尼亚农民，正在教堂外面的空地上贩卖香肠和硬质奶酪。

酒吧看上去已有年头，灯光昏暗，墙壁斑驳，靠墙处摆着三台布满划痕的老虎机。一个穿着卡其色背心的男人正沉迷于老虎机游戏，一个留八字胡的老人坐在角落里，安静地阅读报纸，桌上放着一瓶克罗地亚啤酒。

长条形的吧台后面，有个亚洲青年在忙碌着。他的寸头略显蓬乱，似乎已有月余未剪，开始变得率性不羁。墙上挂着一柄绘有"双龙献瑞"的折扇，为这家小酒吧增添了几分不太协调的东方氛围，同时也透露出青年的文化背景。

于是，在点第二杯酒时，我就顺势用中文和他攀谈起来。

他是温州人，1997年出生，十一岁那年随父母和姐姐一起移居意大利。一家人最初在威尼斯的老乡家借宿，后来才搬到这座被斯洛文尼亚环抱的小城。他们做过各种小买卖，直到十二年前开了这家酒吧。客人大多是住在附近的巴尔干工人——因为意大利需要体力劳动者，而工资又远比巴尔干高。

小伙子告诉我，那位沉迷于老虎机的是一位塞尔维亚来的建筑工，而留八字胡的老人是克罗地亚来的管道工。

"他是这里的常客，总是赊账。"

"赊账？"如今，这个词听起来简直有一种古典气息。

"他是按日结算的工人，干一单能赚几十欧元，挣了钱就花光，再去找下一份工作。"温州小伙子说，"意大利本地人的酒吧不赊账，只有我们中国人的店才会这样。所以，他就成了这里的常客。"

温州小伙子望了那人一眼，无奈地摇了摇头："这些巴尔干人，跟咱们中国人的想法不一样。"

"或许他没把这里当家吧。"我说，"你了解他的情况吗？"

"不太了解。我只是卖酒的，最多提醒他别在这里喝醉。"温州小伙子说，"看样子他应该不是有钱人，不然也不会这把年纪还出来打工。听说他们国家的工资水平很低。"

这时，一位裹着貂皮大衣的女士优雅地走进酒吧。她走到吧台前，点了一杯掺了气泡水的葡萄酒，从皮夹中抽出一张五欧元的钞票，示意不用找零。她转身离去后，温州小伙子低声对我说："她是斯洛文尼亚人，以前是妓女。"

"这份工作让你知道了不少人的秘密啊！"

温州小伙子笑了："我之所以知道这些，是因为我从不主动打探。这么多年了，他们还是把我当外国人。"

"那你觉得自己的家在哪里？"

"当然是中国。"他说，"不过上次回国已经是十年前的事了。"

温州小伙子说，靠着这家酒吧，父母把他们姐弟俩养育成人。姐姐一年前回国成婚，而父母还留在这里，但一直念叨着落叶归根。他们在的里雅斯特生活了这么多年，意大利语依然讲得不太流利，出门办事往往需要依赖儿子帮忙。

"我在这边的大学里学习土木工程。当时有传言说，中国企业会接手这里的港口。我想着或许能找到一份工作。后来，因为政治原因，港口的事一直没有进展，我这才决定来酒吧帮忙。"温州小伙子拿起抹布，擦了擦吧台，"这里的工作机会没有国内那么多。"

"那你考虑过回国吗？"

"经常想。可回去又能干什么？现在国内的竞争太激烈了。"

这时，克罗地亚管道工步履蹒跚地走向我们，腿脚显然有些问题。他戴着厚底眼镜，脸上的皱纹像风琴的琴箱，双手骨节突出，如鹰爪般枯瘦。他又点了一瓶啤酒，依旧是记在账上。

"我们都担心他哪天回去了。"温州小伙子说。

"回克罗地亚了？"

"不是，死了。你能看出他身体状况不太好吧？他跟我提过，他的腿是在1990年代的南斯拉夫内战中受伤的。"

我轻轻点点头，目光追随着那位克罗地亚管道工。他的身影像一辆风尘仆仆的旧汽车，身后是蜿蜒在巴尔干山间的道路——我即将踏上的道路。

———

巴尔干是一个充满故事的地方：关于民族和国家的故事；关于暴力和战争的故事；关于两次世界大战的故事；关于冷战和南斯拉夫的故事；然后是危机、崩溃、分裂并最终走向重生的故事。

在我成长的岁月里，这些故事对我产生了强大的吸引力。我时常面对世界地图，紧盯着巴尔干半岛，想象那些惊心动魄的历史事件上演的地点。对我来说，巴尔干似乎不只是一个地理概念，而更像一个形容词，充满伤痛、挣扎、求索和希冀的复杂含义。

现代意义上的巴尔干，其实是近两百年才形成的概念。从15世纪到19世纪，巴尔干半岛最普遍的地理称呼是"欧洲的土耳其"或"鲁米利亚"，即奥斯曼帝国征服自原来拜占庭帝国的"罗马"土地。

那时，民族的概念还未成形，人们的身份认同几乎完全依附于宗教信仰，而非民族身份。这种缺乏民族认同感的前现代状态一直延续到了20世纪初。当携带着民族主义火炬的活动家们踏入现今希腊第二大城市萨洛尼卡时，他们惊诧地发现，混居的希腊人和保加利亚人只知道自己是基督徒，对于"希腊人"或"保加利亚人"的民族标签茫然无知。

"民族"是一种看待世界的视角和思考世界的方式，让我们得以理解周围的环境和历史，但人们并非天然地从属于"民族"。换句话说，民族主义并非人类心理的固有成分，也不根植于我们的生物学本质。

人类对于拥有血缘关系的小社群容易产生归属感，但要让人类对数以千万计的陌生人产生同胞之情，则需要社会建设的巨大努力。这种共同体意识作为一种思潮，在特定的历史时刻显现了。

在的里雅斯特郊区，有一条历史悠久的"拿破仑大道"，就见证了军事征途和思想交融的历史。这条五公里长的步道，从的里雅斯特的奥比齐纳镇一直延伸到著名的起泡酒之乡普罗塞克村。它沿着喀斯特山脊延展，远离海风的侵袭。的里雅斯特的居民喜欢在这里散步骑车，享受休闲时光。

在启程前往巴尔干之前，我特意踏上了这条步道。因为正是拿破仑的军队，像播撒种子一样，将民族主义的理念传遍了整个欧洲大陆。某种意义上，拿破仑大道是一条民族主义思潮的传播路线。

1793年，面对反法同盟的进攻，新生的法兰西共和国呼唤人民团结一心，捍卫家园。民族主义在历史上第一次释放出凝聚人心的巨大力量，而它的理论源流可以追溯至伏尔泰、卢梭等人的启蒙学说。

拿破仑对德意志和意大利地区的入侵，直接刺激了当地民族主义的产生。在伊利里亚地区，即今日的斯洛文尼亚和克罗地亚，也开始出现一种斯拉夫民族的认同，最终蔓延为泛斯拉夫民族主义运动。

整个19世纪到20世纪,民族主义成为欧洲社会政治思想的巨浪,势不可挡地推动着民族构建。它如一场燎原大火,以极其暴烈的方式,重新勾画了欧洲版图:意大利和德国相继统一;奥匈帝国解体;巴尔干半岛上的诸国相继崛起——它们纷纷要求摆脱奥斯曼土耳其人的统治,基于民族原则,成立主权国家。

在很多欧洲自由主义者眼中,巴尔干的现实很难符合他们心中民族自决的理想。如果说在德意志和意大利这样的新国家里,民族主义打破了中世纪小国的各自为政,使其能够结合成符合经济理性的大单位,那么在巴尔干,结果却恰恰相反。

从这时开始,"巴尔干"的称谓开始获得更广泛的使用,其负面含义也随之凸显。"巴尔干化"一词应运而生,用来形容一个昔日帝国在民族独立运动中分崩离析的过程。

巴尔干的暴力时代由此开始。整个20世纪,在这片土地上爆发过五次大规模的战争。每一次战争都伴随着屠杀、种族清洗、难民潮和人口交换。

英国历史学家汤因比因此写道:"在这些人民中引入西方(关于民族主义)的思考方式,结果是造成屠杀……那样的屠杀其实只是相互依存的邻邦,被致命的西方观念煽动而进行的极端民族斗争。"

———

到了1990年代,巴尔干继续呈现它的故事,此时的我已经成为这些故事的见证者。

记忆中,每当《新闻联播》临近尾声,那些远在巴尔干半岛的声音就会短暂地传入耳畔：南斯拉夫的解体与内战，流离失所的难民，残酷的种族清洗和大屠杀，还有北约"外科手术式"的轰炸。播音员的音调平静而稳定，仿佛所述之事与我们并不相干，而是发生在遥远的星球。

然而，1999年5月7日，北约的五颗精确制导导弹从不同方向击中了中国驻南联盟大使馆，导致三名记者牺牲，数十人受伤。我清楚地记得，第二天成千上万的北京市民走上街头，高举横幅和旗帜，抗议北约的野蛮行径。那一幕，让当年的我想到了八十年前的五四运动——历史似乎在某个瞬间重演，而同样的情感穿越时空。

从那一刻起，巴尔干在我心中不再是遥远的异域，而是变成了一片我决定日后踏足的土地。时光荏苒，二十余年转瞬即逝。2022年冬天，巴尔干再度浮上心头。

一次偶然的机会，我在奥地利格拉茨的美术馆，看到了波黑艺术家塞拉·卡梅里奇的作品《波斯尼亚女孩》。在这张黑白照片上，女艺术家身着白色背心，目光直视前方。照片上叠加着对波什尼亚克族女性恶劣的诋毁言论，内容源自一名荷兰士兵的涂鸦。

1995年7月，这名荷兰士兵所属的联合国维和部队未能阻止塞族军队进入联合国划定的安全区，最终导致大约八千名波什尼亚克族人遭到屠戮。斯雷布雷尼察大屠杀成为第二次世界大战后欧洲最严重的一起种族屠杀事件。

接着，在维也纳的陆军历史博物馆，萨拉热窝刺杀事件的展览再次让我深受触动。展示柜里陈列着奥匈帝国王储弗朗茨·斐迪南大公遇刺时所穿的天蓝色制服。领子右侧是一个直径仅几毫米的破洞——正是这枚破洞，在不经意间引爆了民族主义的火药桶，推动了第一次世界大战的爆发,导致了帝国的坍塌与千万生命的消逝。

斐迪南大公的遗体先是从巴尔干腹地运抵的里雅斯特港,再由铁路运回维也纳。这让我想到,或许可以循着这一路线,从的里雅斯特出发,开始我的巴尔干之行。

走在拿破仑大道上,我一边听着阿尔弗雷德·卡塔拉尼的咏叹调《我即将远行》,一边幻想着即将开始的旅程。

亚得里亚海在阳光下闪闪发光,透过松林和山毛榉,可以看到镶着金边的云朵在海上聚拢。一辆货轮划破海面跳荡的金币,缓缓驶向港口。

喀斯特岩壁上,两个女孩在练习攀岩。一只猎鹰在高空盘旋,目光越过灰色山岩,俯瞰意大利与斯洛文尼亚的边境——在那里,在巴尔干,不同的民族、文化曾经彼此交融、交锋,甚至相互残害。

民族原本只是一种想象的共同体,但这种抽象的想象驱使无数人为之杀戮或赴死。我甚至觉得,当西方给予这些国家定义其民族的方式时,也在某种意义上提供了让它们毁灭自身的武器。

——

往事像年深日久的油漆,缓缓剥落。

2013 年,我初次抵达的里雅斯特时,对穆贾村并未太过留意。那是意大利与斯洛文尼亚边境附近的一个宁静渔村,位于的里雅斯特以南五公里处,一条边境线从穆贾的喀斯特高原上横穿而过。

午后,我走出旅馆,乘公共汽车前往穆贾。我要从那里启程,一路穿越斯洛文尼亚、克罗地亚、黑山、波黑、塞尔维亚、北马其顿和希腊，最终抵达巴尔干半岛的最南端——雅典。

的里雅斯特的街头，空气中弥漫着海水的咸味和烤咖啡豆的香气。我走过塞尔维亚东正教堂、威尔第歌剧院和意大利统一广场。一个穿着风衣、戴着礼帽的男人走进路边的咖啡馆。桌子上铺着挺括的桌布，摆着精巧的台灯。每当有客人落座，打着领结的侍者就将台灯拧亮。

咖啡馆是典型的维也纳分离派风格，也是的里雅斯特"昨日世界"的残留物：第一次世界大战后，奥匈帝国解体，这座城市划归意大利版图，周围的斯洛文尼亚地区则被纳入了新成立的南斯拉夫王国。

占领的里雅斯特后，意大利开始将这座城市意大利化："大剧院"更名为"威尔第剧院"，"大广场"更名为"意大利统一广场"，斯拉夫人遭到驱逐，斯洛文尼亚语学校被迫关闭，巴尔干文化中心被暴徒焚毁。第二次世界大战后，意大利成为战败国，南斯拉夫占领的里雅斯特。同化过程又一次开始，只不过这一次方向截然相反。

在短短半个世纪内，的里雅斯特三易其手，身份认同摇摆不定。直到1954年，边界争议才基本解决：的里雅斯特正式归属意大利，周边主要由斯洛文尼亚人居住的地区则划归南斯拉夫。穆贾的喀斯特高原成为"铁幕"落下的地方——资本主义与社会主义两种制度的分界线。

我坐上汽车，沿着风景如画的海岸线飞驰，很快就到了穆贾。除了码头附近的几家海鲜餐馆，这里的店铺大都关门歇业。老城广场上矗立着一座威尼斯哥特式教堂，弯曲的小巷沿着山坡蜿蜒而上。山顶有一座隐秘的城堡，如今是一位雕塑家的幽居之所。

我又换上一辆乡村巴士，驶向喀斯特高原的边境地带。随着海拔的逐渐升高，碧海银光映衬着湛蓝的天空，清凉的空气中飘来松树的清香。一座石砌的小教堂俯瞰着幽静的海湾，耳畔隐隐传来遥远港口的卸货声。

下了车，我朝着斯洛文尼亚的方向走。路边是一片片葡萄园，沿着平缓起伏的丘陵，一直蔓延到斯洛文尼亚一侧。

阳光荡漾，葡萄架投下斑驳的阴影。我步行前往边境——从地图上看，边境线恰好从一座葡萄庄园的中间穿过。

一条碎石小路通向一道半开的铁门。我犹豫了片刻，还是决定进去看看。院子里有一座农宅，门廊下摆着一张伤痕累累的木桌，上面放着藤条篮和农具。宅子的前方有一条土路，沿着残存的石墙，通向山坡上的葡萄藤和橄榄树。

"您好，有人在家吗？"我喊了几声。

没人回答。院子里静悄悄的。这让我觉得最好不要未经许可就四处走动。

一只姜黄色小猫沿着石墙走过来，停下脚步，看了看我，又若无其事地走开。

就在这时，门开了，一个男人从屋内走了出来。

布鲁诺·莱纳尔登先生年近花甲，白发如霜，就连眉毛也已经花白，不过脸颊因日晒而显得健康红润，两道深深的笑纹勾勒出纤薄的嘴唇。他伸出一只大手，跟我握了握。常年的户外劳作，让这只手变得宽厚有力。

我说明来意，说自己想了解一些葡萄庄园的历史。莱纳尔登先生会意地点了点头，就仿佛他早已料到。

他告诉我，喀斯特高原的干燥冷风、亚得里亚海的湿润海风，以及伊斯特拉半岛的温和阳光，共同缔造了这里的小气候。从他祖父那辈起，家族就开始在这片土地上耕种了。

"1929年，一场罕见的大霜冻几乎摧毁了我们所有的橄榄树。"莱纳尔登先生说，"但我的祖父没有气馁，他悉心照顾那些幸存的树苗，终于让它们重新抽芽发枝。如今，那些橄榄树已经屹立了九十余年。"

"这里也产葡萄酒吗？"

"是的，我们这里既产橄榄油，也酿葡萄酒。"莱纳尔登先生说，"想品尝一下葡萄酒吗？"

"我很荣幸。"

莱纳尔登先生打开宅门，里面原来是一间储藏酒桶的酒窖。他从架上拿起两瓶红葡萄酒和两瓶白葡萄酒，又回到门廊上。

我们依次品尝四瓶葡萄酒：晃动杯子，闻一闻，轻抿一小口。

"你觉得怎么样？"莱纳尔登先生问。

"这是阳光、雨露、土壤与岁月共同酝酿的味道。"我说。

"别忘了，还有人。"莱纳尔登先生笑道，"葡萄酒是一年辛勤劳作的结果。如果说是大自然造就了橄榄油，那就是人和大自然一起造就了葡萄酒。"

这时，那只姜黄色的小猫再次优雅地踱步而来，尾巴像雪茄烟雾一样翘起来，装作不经意地撩我的小腿——猫可真是一种迷人的动物。

我提起边境线，正是它将我吸引到穆贾和莱纳尔登先生的葡萄园。我问莱纳尔登先生，边境线是否影响过他的庄园？

莱纳尔登先生仔细听着我的问题，然后拉起我的胳膊，走到农宅另一侧的石墙前。墙边放着一只陈旧的橡木桶，墙面上有一道黄色的直线。牌匾上写着，根据1954年的边境协议，意大利落在黄线的一侧，南斯拉夫落在另一侧——也就是说，莱纳尔登先生家的房子和葡萄园刚好被一分为二。

"我们需要护照，才能从房子的一侧，走到另一侧。"莱纳尔登先生开玩笑说。时过境迁，谈起往事时，他想用这种方式来消解当年的困境。

实际上，莱纳尔登先生的父亲失去了一半的葡萄园，曾经的橄榄油压榨厂也被划到了南斯拉夫境内，他父亲只能将橄榄运到远在意大利北部省维琴察的工厂。到了1990年代，南斯拉夫解体，斯洛文尼亚独立，但要等到2004年斯洛文尼亚加入欧盟，莱纳尔登先生才把原先属于他家的土地租回来。

莱纳尔登先生眯起眼睛，抬手指向南边斯洛文尼亚的土地。放眼望去，这片高低起伏的丘陵上遍植橄榄树和葡萄藤，到了夏天想必是一片郁郁葱葱的景象——边境线从中间穿过，分隔两国，但植被到处越界生长。

离开莱纳尔登先生的庄园，我沿着一条砂石小路，跨过边境，进入斯洛文尼亚。这里不再有海关、岗哨和荷枪实弹的士兵，眼前的景色亦如意大利一侧。

白云拂过太阳，光影时明时暗。如今，边境线不再具有实际意义，但冲突的痕迹依然烙印在人们的记忆中。

第一章
斯洛文尼亚：夜晚的角落

进入斯洛文尼亚，我途经的喀斯特地区是一片石灰岩高原，从的里雅斯特湾一直延伸至维帕瓦山谷。在这里，河流、池塘和湖泊会突然消失不见，通过天坑和落水洞，进入喀斯特多孔岩石的深处，形成令人惊叹的地下洞穴系统。

前往首都卢布尔雅那的路上，我要经过一个当地人称作"波斯托伊纳溶洞"的地方。皮夫卡河从这里进入地下，形成长达二十公里的"地下王国"——洞穴、通道和廊台交织成迷人的地下网络。

在漆黑的溶洞内，栖息着一种名为"洞螈"的罕见生物，曾被误认为是龙的幼崽。这种盲眼动物非常奇特，可以经年不食，而寿命长达数十年，甚至百年之久。

我在小镇波斯托伊纳的汽车站下了车，通往溶洞的路旁种满栗子树。树叶早已落尽，光秃秃的枝丫在头顶绘出纵横交错的迷宫图。喀斯特山岩的表面布满孔洞，像被打出的蜂窝，雨水就从这些孔洞不断渗入地下。

小镇广场依然沿用南斯拉夫时代的名字——铁托广场。第二次世界大战期间，铁托领导的共产党游击队曾利用喀斯特地形进行抵抗运动。

在这片中空的土地上，曾经遍布炮台、战壕和散兵坑。共产主义与法西斯主义，民族主义与宗教矛盾交织一处，导致大规模的杀戮和处决时有发生。

其中最著名的一种处决方式被称为"坑杀"，也就是将人扔进喀斯特地形的深坑或裂缝中。坑杀的受害者主要是当地的意大利人，或与纳粹合作的斯洛文尼亚人和克罗地亚人。

历史学家们普遍认为坑杀是一种报复性杀戮。分歧在于，斯洛文尼亚的历史学家通常把它看作是对法西斯占领和屠杀行为的报复，意大利的历史学家则将其视为对意大利民族的种族灭绝。

这片看似平静的土地，其实埋藏着过去的暴行。那些坑洞，不仅是掩埋历史的坟墓，同时也暴露了未愈的伤口。每当极右翼情绪在意大利或斯洛文尼亚升温时，坑杀的记忆就会被重新翻出，制造新的伤痛。

穿过一片农田和村庄，我抵达了波斯托伊纳溶洞的入口。夏季时，溶洞口隐于繁茂的绿藤之下，到了冬天，藤蔓已经凋零。喀斯特山岩显露无遗，看上去平常无奇。然而，一踏入溶洞，气氛瞬间变得不同，仿佛刚才穿过了一道通向地心的神秘门扉。

一股寒意，伴随着地下河水的咆哮包围了我——我进入了大山的心脏，心生敬畏的同时，也感到了宗教般的庄严。我来到一个月台上，准备乘坐小火车。如同下矿井一样，这辆小火车将带我深入地底，探索地下王国。

这是一段美妙的旅程：火车行驶在皮夫卡河曾经的河床上，不断穿过水流在石灰岩中耐心雕刻的通道和洞穴，就像穿行在一座庞大的地下宫殿中。耳边是地下世界的风声，空气中有淡淡的矿物味。

大自然拥有非比寻常的耐心，在漫长的岁月里，蚀刻出颜色不同、形状各异的石柱、石笋和钟乳石。有的宏大如古希腊的大理石廊柱，有的精巧如意大利老奶奶的手擀面条，有的像哥特教堂的尖顶，有的如洛可可风情的吊灯。

各种元素，各种形状，以意想不到的方式组合在一起，仿佛一个奇异的梦境。我的意识清晰，眼前的景象却宛如幻境。我想，如果弗洛伊德来到这里，对于梦的解读或许会有更多启发。

火车驶过一片开阔的空间。这是一座巨大的"舞厅"，面积七百五十平方米，高十二米，内部装饰着十几盏枝形吊灯，照亮石壁上浪花般的纹理。这个洞穴舞厅不仅美轮美奂，更妙的是，真的被当作舞厅使用。

自19世纪中期以来，人们就在此聚集，点燃数百支蜡烛和弧光灯，庆祝天主教的圣灵降临节。节日的高潮是一场盛大的舞会，乐队演奏伴着美酒佳肴——那场景比维也纳的华尔兹舞会更令我神往。

——

旅程的终点是溶洞深处的一座地下大山。在那里，我遇到了地下世界的向导阿伦卡。她身着防水外套，扎着马尾辫，靠在栏杆上，她的身后是一条通往山顶的曲折小径。时间在这里留下了深深的痕迹，年龄超过五十万年的石柱从地面升起，而较为年轻的石笋则从穹顶垂落。

在来到这里之前,我已经对波斯托伊纳溶洞的历史有所了解。故事要从1818年说起。那年,一个叫卢卡·切奇的当地勇士站在喀斯特岩石的一个裂缝前,毅然决然地踏入了未知的黑暗。他回来后满怀激动地声称,自己发现了"全新的世界……堪比天堂!"

卢卡的发现点燃了绵延一个世纪的洞穴研究,也开启了洞穴旅行的先河。人们不仅在已探索的区域修建了道路和轨道,还加装了照明,甚至有像阿伦卡这样的专业向导提供服务。到了20世纪初,对波斯托伊纳溶洞的探索已经基本完成。

如今,游客们能轻松地游览这些地下奇观,仿佛这一切都是理所当然。然而,阿伦卡提醒我试着去想象最初那批探险者的心境。当时,他们除了手持的火炬和蜡烛,别无光源。他们带着对未知的崇敬与恐惧,踏入了一片漆黑的世界。

"只有无畏的勇者才敢进入这个永恒黑暗的世界。"阿伦卡一边说,一边领着我向上攀登,"黑暗象征着危险和邪恶,这些意象深深地植根于我们的潜意识中。"

我紧随阿伦卡的步伐,爬得越高,风景也愈加奇幻。阿伦卡指着下方的岩壁说:"看见当年探险者留下的金属烛台了吗?想象一下,在昏暗摇曳的烛火下,这些石笋像什么?"

还没等我开口,阿伦卡就继续说道:"像不像各各他山上林立的十字架?"

听了这话,我不禁心头一震,脑海中浮现出耶路撒冷老城外的各各他山。那些跟随耶稣爬上骷髅地的信徒,不就如同此刻攀登地下大山的我吗?唯一不同的是,那些人追随的是信仰的光芒,而我崇拜的是自然创造的神迹。

我跟随阿伦卡跨过一座铁桥。这座桥由第一次世界大战期间的俄国战俘建造。阿伦卡介绍说,和这片土地一样,波斯托伊纳溶洞也在一个世纪内数易其手:第一次世界大战前属于奥匈帝国,第一次世界大战后割让给意大利,第二次世界大战后成为南斯拉夫的一部分,最终归为独立后的斯洛文尼亚所有。

每一段历史时期都有照片佐证:奥匈帝国时代,波斯托伊纳溶洞建立了世界唯一的地下邮局;意大利统治期间,歌剧巨匠威尔第的《茶花女》和《阿依达》在这些洞穴的天然舞台上演绎;第二次世界大战后,铁托将军以新主人的身份登上小火车巡视;斯洛文尼亚独立以后,卢布尔雅那广播交响乐团在这里奏响了格什温的乐曲。

我再次深切地感受到"家园"这个词背后的纷争与复杂性——眼前的一切究竟属于谁?哪个民族、哪个国家有权声索?他们所凭借的理由是什么?抑或一切最终由暴力决定?暴力以及暂时隐匿的暴力,是否会像潜入地下的皮夫卡河一样,带着积蓄已久的力量,重新浮出地表?

从山上下来,我们经过一座大型透明水族箱,里面有两只洞螈。阿伦卡解释说,这些洞螈平常栖息在漆黑的水域,是为了让游客们观赏才被打捞出来。

水族箱内部模拟了洞螈在地下水中的生活环境。靠近观察,可以看到两只小洞螈静静地趴在泥沙上。它们体长约二十厘米,皮肤呈灰白色,四肢短小,几乎像是未充分发育的残肢,退化的眼睛已隐于皮肤之下,只能依赖听觉和嗅觉生活。

与世隔绝的环境减少了洞螈面临天敌的危险,但也意味着食物稀缺，洞螈因此进化出了难以置信的生存模式：它们可以数年进食一次，其余时间几乎都处于休眠状态。

"洞螈在波斯托伊纳溶洞里已经生活了数百万年。真要说，它们才是这里的主人。不过1991年斯洛文尼亚独立后，我们还是选择了洞螈作为国家的象征，将它们的形象刻在了硬币上。"

阿伦卡微微一笑，带着戏谑的语调补充说："新生的国家总是需要古老的事物。"

———

房东盖尔的公寓位于卢布尔雅那市中心，临近火车站。那是一片建于1970年代的南斯拉夫公寓楼，灰色的混凝土墙壁显得坚固而厚重。楼群的外观让我联想到中世纪堡垒或者客家围屋——换句话说，不容易找到入口。因此，盖尔叮嘱我，一到公寓楼的地址就给他打电话。

我站在街边，注视着来往的行人，结果盖尔从一个意想不到的方向出现，朝我大步走过来。他年近三十，穿着藏青色卡其布长裤、丹宁色衬衫和驼色飞行员夹克，头发和胡子都悉心修剪过，身上还喷了淡淡的古龙水——是那种会在镜子前花些时间打理自己的男士。

公寓位于顶层，虽然算不上宽敞，但每一处细节都显得考究，透露出远胜直男的品味。窗前摆着一张大书桌，书架上插着各种艺术书籍，窗台上养着一棵马醉木，阳台上还安放着一架天文望远镜。

盖尔告诉我，公寓是他以前的住所，现在他和伴侣住在别处。他从事金融行业，刚从法兰克福出差回来。

他问我是不是第一次来欧洲,我回答说以前来过。他问我这次有什么打算。我告诉他,我计划游历几个巴尔干国家,斯洛文尼亚是第一站。

他在那一瞬间有点意外,想说点什么,但欲言又止。最后,他忽然收敛了先前的热情,用一种近乎不悦的语气淡淡地说:"好吧,祝你好运。"

我这才意识到,他不喜欢我把斯洛文尼亚归为巴尔干国家。

盖尔让我有问题联系他,说完就走了。我听到电梯猛地一抖,然后是齿轮扭动的声音。房间里还飘荡着盖尔的古龙水味,我顺手打开窗户,走到阳台上——卢布尔雅那开始呈现它的面貌。

傍晚时分,晚霞染红了城市的树梢。远处的朱利安阿尔卑斯山也是一片粉色。归巢的乌鸦掠过天际线,仿佛鱼群游弋在燃烧的大海上。

十年前,我就来过卢布尔雅那。回忆这座城市时,我总会想起那个灯火昏黄的小火车站,想起在火车站外等待凌晨开往米兰的大巴。我惊讶地发现,同车的乘客竟然都是去西欧打工的巴尔干人。他们裹在毛毯里,蜷缩在座位上,仿佛无名无姓。车厢内响着此起彼伏的鼾声,如同夏夜的池塘。那时候,巴尔干显得如此遥远,而今我终于踏上了巴尔干的旅程。

我渴望尽快和卢布尔雅那建立联系,但唯一认识的人只有盖尔。听到我把斯洛文尼亚归为巴尔干国家后,他对我的热情大减。不过,通过一个偶然的渠道,我得知了即将在斯洛文尼亚作家协会举办的一场诗歌沙龙。我突发奇想:要是能去参加沙龙,或许就能认识一些本地的知识分子。

对于斯洛文尼亚作家协会,我早有耳闻。在斯洛文尼亚的独立之路上（或者说南斯拉夫的解体之路），斯洛文尼亚作家协会一直扮演着重要角色。当年，这里汇集了具有不同意识形态和政治观点的作家，经常对南斯拉夫的状况提出批评。

在联邦体制内，南斯拉夫的各加盟共和国名义上是统一的，实际上拥有广泛的自治权，且由于历史上受到不同文化的影响，文化身份多样。不同于中国千年的统一历史，南斯拉夫直到第一次世界大战后才首次形成统一国家，而这也并非历史的必然。

在南斯拉夫联邦中，斯洛文尼亚因其高度发达的经济和较高的生活水平而独树一帜。尽管在总面积和人口上仅占到联邦的一小部分，斯洛文尼亚却对联邦的国内生产总值做出了巨大的贡献。斯洛文尼亚人对用自己的血汗钱来补助波黑、马其顿和科索沃等较贫穷地区一直持有保留态度。

此外，斯洛文尼亚信仰天主教并使用拉丁字母，更愿意将自己视为中欧文化圈的一员。这也解释了当我把斯洛文尼亚归为巴尔干国家时，常去法兰克福出差的盖尔何以表现得如此不悦。

抱着试一试的心态，我给诗歌沙龙的组织者发了一封邮件，自称是一位来自中国的诗人，此刻恰巧在卢布尔雅那，希望能有幸参加他们的活动。

对于自己能否得到回复，我并不抱太大希望——我只是个过路的旅人，没有诗歌界的名号，而且活动就在第二天晚上。意外的是，对方竟然很快回复，除了表示欢迎，还问我能否提供一些诗作的英译稿。于是，我只好匆忙从自己的陈年诗稿中选了一首，动手翻译成英文。第二天晚上，我就拿着它，步行前往斯洛文尼亚作家协会。

一

　　这是一栋安静的白色别墅，奥匈帝国时代的建筑，坐落在现代艺术博物馆与斯洛文尼亚歌剧和芭蕾舞剧院之间。我沿着木制楼梯拾级而上，来到二楼的会客厅。

　　墙壁的下半段镶着厚重的红褐色木板，壁橱上摆放着三座半身雕像。我只辨认出其中一座——19世纪斯洛文尼亚的民族诗人普列舍仁。

　　会客厅中央摆设着一张长桌，其上陈列着十余本斯洛文尼亚语诗集。我注意到一个颇有个性的女孩正在露台抽烟，便走过去问她，诗歌沙龙是不是在这里举办。没错，她指了指隔壁房间，说那里面已经有人入座。

　　我找了一个角落坐下。房间前面是一整面落地书架，一张小桌子和一把椅子面对观众席。时间一分一秒地流逝，房间很快坐满了人，甚至还有人站在走廊上。

　　我完全没有料到，在斯洛文尼亚这么小的国家，竟然还有不少人用母语写诗，还有一个围绕着诗歌的活跃社群。环视四周，我是唯一的外国人，这让我心里泛起一丝不安，不知道是应该主动向工作人员投案自首，还是闷头坐在这里，等着人家发现。

　　一位面目慈祥的胖子步上讲台，做了简短的开场白，对在座的每位诗人做了介绍。随后，诗歌朗诵开始了，诗人们轮流上台，或站或坐，朗诵他们的作品。观众们全神贯注，屏气凝神，像听交响乐那样，只在诗篇交替的短暂间隙窃窃私语或小声咳嗽。

　　我坐在那里，一句斯洛文尼亚语都听不懂。我原先以为，这会是一场轻松愉快的社交聚会。大家围坐在一起，喝喝酒，聊聊诗，而我正可借此与他们相识。谁知，活动如此正式，气氛如此庄严。我走进的不是闲聊的诗歌沙龙，而是庄重的诗歌圣殿。

我不禁转头望向之前在露台抽烟的那个女孩。她依然不拘一格，正聚精会神地滑动手机屏幕。之前我没注意到，她还染着几绺墨绿色的头发。她身边坐着一个瘦高的年轻男子，穿着黑风衣，戴着毛线帽，眼睛大而明亮，听得近乎入神。

这时，一个留着长发和大胡子的诗人走到台上，目光锐利地扫视全场。他静静地站立了半分钟，仿佛在寻找遗失的灵感，抑或在回想自己的诗稿忘在了何处。会场的氛围随之凝固，连咳嗽声也显得格外谨慎。最后，诗人终于坐下，从怀里掏出一叠皱巴巴的稿纸，戴上眼镜，开始朗读。我这才领悟到，他刚才的沉默应该也是他诗歌的一部分，是无声的序章。

长发诗人的朗诵结束后，我准备悄悄退场，但那位和蔼的主持人注意到了我，做了一个让我等待的手势。他走上台，用斯洛文尼亚语说了些什么，然后朝我的方向一指——四周的目光瞬间都转向了我，随之响起一阵掌声，但听上去很遥远，好像山谷里劈柴的声音。接着，如同梦游一般，我发现自己走到了台上——事已至此，一切只能硬着头皮进行。

我用英语说道："诗人的称号是神圣的，所以我宁愿称自己为诗歌的信徒。很抱歉，我不懂斯洛文尼亚语，但我有幸阅读过普列舍仁和托马斯·萨拉蒙作品的中译本。他们的诗句让我窥见了斯洛文尼亚的民族精神，这也正是我来到卢布尔雅那的原因——我渴望近距离地感受这份精神。"

我望向台下，观众静若止水。我不确定他们是否明白我在说什么，但也只好继续说下去："我将朗诵我的一首诗，它的灵感来源于东方禅宗。可以说，这是我在禅宗的影响下创作的作品。"

空山

他们寄居在遗忘的世界上
他们只是彼此的投影
他们的灵魂做出试探的姿势
承诺，不过是为了证明他们还活着

他们吃着晚餐
谈论着一年以后的春天
帝京的天空，巨大
她笑着，脸上有清洁的光

他们睡去，又醒来
陌生感突然像扇面一样
打开。引诱的苹果树
蜕变成一颗含羞的果核

谁又能审视无法看见的事物？

他们走出餐厅

走进城市的喧嚣
轻盈的步履，有着苍白的抑制
天空，这雾蒙蒙的光
像他们无法接近的凝视：
包容一切，却又一物空无

朗读完毕后，我回到座位，感到后背已经汗如雨下。我在心底暗自立誓：在接下来的巴尔干之旅中，再也不要为了搜集素材，让自己陷入如此尴尬的境地。

——

诗歌沙龙结束后，那位面目和善的胖子找到了我。他是卢布尔雅那一家出版社的负责人，会客厅上摆放的都是他们出版的诗集。他向我展示了那位长发诗人的诗集，还有翻译成斯洛文尼亚语的其他巴尔干诗人的诗集。

"这是一位萨拉热窝诗人的作品。"他递给我一本小册子，"我们把它翻译成了斯洛文尼亚语。"

我有些意外："我原以为波斯尼亚语和斯洛文尼亚语很接近，不需要翻译。"

社长先生微笑着解释说，波斯尼亚语与塞尔维亚-克罗地亚语实际上是同一种语言，但因为民族主义的原因，克罗地亚人和波斯尼亚人都不这么认为。

"正如某人曾说，语言只不过是有军队支持的方言。"他笑着说，

"不过,斯洛文尼亚虽然国土面积不大,语言却和他们有些不同呢!"

这时,我的脑海里突然冒出斯洛文尼亚诗人托马斯·萨拉蒙的一首诗:

> 亲爱的读者,千万别在
> 威尼斯到维也纳的火车上打盹
> 斯洛文尼亚小得
> 让你极有可能
> 错过

我向社长先生感叹,斯洛文尼亚这么小的国家,竟有这么浓厚的诗歌氛围。

"这里是诗的国度。"社长先生的胖手一挥,仿佛自己就是这个诗歌国度的胖国王。他问我是否还有其他作品,因为下周还有一场诗歌沙龙。

我急忙解释说,我在卢布尔雅那停留不了那么久。他好奇地问我接下来的行程。为了避免节外生枝,我就说我打算去布莱德湖旅行——那是斯洛文尼亚最著名的景点,被誉为"阿尔卑斯山的眼泪"。

社长先生抬起头,似乎为我感到惋惜:"唉,那里现在都是游客!"

在我与社长先生交谈时,那位听朗诵入神的小伙子就在附近。这时,他见缝插针地走过来自我介绍。

"我叫布拉茨,也写诗。"

"那你今晚怎么没上台呢?"

他笑了笑:"台上的都是名家,我只能算是个诗歌爱好者。"

布拉茨随后介绍了他的女朋友——那位挺有个性的女孩。她对诗歌的热情没那么浓烈，来这里更多是为了陪男朋友。

布拉茨问我是不是第一次来卢布尔雅那，我说很久之前来过。这时，我忽然有了一个想法，为何不邀请布拉茨同游呢？通过他的视角，我或许能更深入地理解这个国度。

布拉茨爽快地答应了，说他第二天下午有空。

"卢布尔雅那不大，我们可以随处逛逛，喝杯咖啡。"他提议道。

——

我和布拉茨约在普列舍仁的雕像下见面。十年前，第一次来卢布尔雅那时，这座雕像就给我留下了深刻的印象。

普列舍仁是斯洛文尼亚的国民诗人，生于1800年，死于1849年，恰好见证了浪漫主义文学的鼎盛时期。作为第一个真正意义上用斯洛文尼亚语创作的诗人，他将大量诗篇献给了他的缪斯——尤利娅小姐，诗作中交织着单相思带来的喜悦、苦楚与煎熬。

如今，普列舍仁的诗歌几乎被世人遗忘，但在斯洛文尼亚的历史上仍然具有重要地位。卢布尔雅那市中心的广场便以他的名字命名，他的青铜雕像矗立在广场中央。鸽子振翅起飞又翩然落下，这是人们相约见面的地标性场所。

我比约定时间早到了，站在那里仔细地观察普列舍仁的雕像。诗人手捧诗集，目光望向街角处尤利娅的房子，而尤利娅的半身雕像刚好从窗口探出。

在这里，雕塑家想表达的意思显而易见——两人只是一街之隔，爱情却是可望而不可即。

布拉茨向我走来，依旧穿着那件黑色风衣，脚蹬一双棕色绒面皮靴。寒暄过后，他向我讲起普列舍仁的故事，提到1991年斯洛文尼亚独立后，普列舍仁的诗句被采用为斯洛文尼亚的国歌。

宣布独立后不久，斯洛文尼亚就与塞尔维亚主导的南斯拉夫人民军爆发了战争。这场战争仅仅持续了十天，却拉开了整个南斯拉夫内战的序幕。

我问布拉茨，为什么斯洛文尼亚会把普列舍仁的雕像放在广场中央？在我的印象中，大多数国家更愿意选择古代国王或者民族英雄作为国家的象征。

布拉茨解释说："简单得很。因为斯洛文尼亚的历史上既没有声名显赫的国王，也没有名垂千古的英雄。1991年以前，斯洛文尼亚在历史上从未独立过，甚至从未幻想过成为一个独立国家。"

按照布拉茨的说法，这个国家的历史极为平淡，所以更看重文化和语言的力量。普列舍仁对斯洛文尼亚语的贡献，就如同莎士比亚对英语，歌德对德语的贡献。

"可是，我们却只能通过英语或德语来阅读普列舍仁的作品。"我担心引起布拉茨的不悦，又加了一句，"当然，这是一种遗憾。"

布拉茨倒不以为意。他一边走一边将话题转回斯洛文尼亚"极为平淡"的历史上。

公元6至8世纪间，南部斯拉夫民族逐渐迁徙至巴尔干半岛。其中，斯洛文尼亚一支在巴尔干半岛的最西端，也就是最靠近欧洲的地方定居下来。随后，斯洛文尼亚人皈依天主教，而这也成了他们与同为南部斯拉夫民族，但信奉东正教的塞尔维亚人之间的根本区别。

斯洛文尼亚始终是一个小民族。在漫长的中世纪，卢布尔雅那不过是一片沼泽之地。直到14世纪，他们才依靠哈布斯堡王朝站稳脚跟。之后的六个世纪里，斯洛文尼亚基本都处在奥地利的统治之下。

我和布拉茨沿着卢布尔雅尼察河漫步，两岸是餐馆、酒吧和二手唱片店。布拉茨告诉我，这条河不久会汇入萨瓦河，继而流向萨格勒布和贝尔格莱德。那里曾是南斯拉夫的腹地，但同样的河流，并不能将三个相近的族群真正联合起来。

1914年，奥匈帝国王储斐迪南大公在萨拉热窝遇刺，凶手是塞尔维亚民族主义者加夫里洛·普林西普。奥匈帝国随即向塞尔维亚宣战，第一次世界大战爆发。

"那时，斯洛文尼亚人充满爱国热情，但这份热情是对奥地利君主的忠诚，而非塞尔维亚。"布拉茨解释说，"与塞尔维亚相比，斯洛文尼亚人更倾向于奥地利。"

"可是，布拉茨，为什么斯洛文尼亚在战后又与塞尔维亚、克罗地亚合并，共同组建了南斯拉夫王国呢？"

布拉茨答道："很简单，这是像我们这样的小国家不得不面对的现实。想想看，如果我们仍然跟随奥地利，我们也将成为战败国的一部分。为了避免被其他国家占领，与塞尔维亚结盟，建立一个更大的南斯拉夫王国，是最好的选择。"

———

南斯拉夫王国早期实行了短暂的代议制，之后便以塞尔维亚国王为首脑,实行独裁统治。1934年,国王亚历山大一世在法国访问期间,遭到克罗地亚民族主义分子的刺杀。人们意识到,暴力的阴影正逐渐笼罩这片土地。

在1941年发表的巴尔干旅行记《黑羊与灰鹰》的序言中,英国作家丽贝卡·韦斯特为她的南斯拉夫朋友们写下了哀悼之词:"献给我的南斯拉夫朋友们,现在他们或已离世,或饱受奴役之苦。"

第二次世界大战的悲剧性冲突导致南斯拉夫王国崩溃,国王流亡海外,八分之一的人口在战火中丧生。最终,在铁托的共产党游击队的带领下,秩序得以重建。南斯拉夫放弃了君主制,以联邦共和国的形式重生。

我们经过卢布尔雅那大学,广场上的梧桐树洒下明暗斑驳的树影。布拉茨指着面向广场的小阳台告诉我,那就是铁托当年宣布南斯拉夫联邦共和国成立的地方。

很多学者认为,铁托的南斯拉夫是19世纪以来对民族主义概念最为成功的实践。虽然南斯拉夫最终因为1990年代的悲剧性内战而解体,但在其存续的大部分时间里,这个国家充满活力、备受尊敬,甚至闪耀着思想的光芒。

这同样也是我在斯洛文尼亚当代历史博物馆里的感受。在与布拉茨会面前,我细致地观看了博物馆的每一件展品。出乎意料的是,博物馆并没有表现出大部分后共产主义国家常有的那种批判性叙述和受害者心态。相反,我感受到了一种对过去岁月近乎惋惜的情绪。

我问布拉茨,作为年轻一代,他怎么看待那段历史?他是否认为南斯拉夫的解体是不可避免的?

布拉茨思考了一下,表示这个问题很复杂。他对南斯拉夫的了解主要来自于长辈们的讲述。

"我还记得小时候,爷爷常说,八十年代以前的生活是美好的。他在马里博尔的一家汽车厂工作,那是南斯拉夫最大的卡车生产厂。"

我想起了南斯拉夫老电影里那些卡车的镜头——它们很像中国的解放牌卡车。记忆中,它们总是在尘土飞扬的巴尔干山路上行驶。戴着鸭舌帽、叼着烟卷的司机探出脑袋,向追逐卡车的孩子们招手。

"爷爷说,工厂就像一个小型社会,餐馆、医疗中心、娱乐设施应有尽有,而且大多免费。对我们这一代来说,那些描述听起来像是童话故事。我甚至曾怀疑,爷爷在向我吹牛。"

我对布拉茨说,在中国也有类似的工厂,很多人在这样的工厂里度过了一生。

布拉茨点点头说:"我爷爷就是这样。马里博尔的汽车厂倒闭时,爷爷伤心极了,连续一周都在借酒浇愁。后来,那家工厂被一家中国公司买下,现在生产机场摆渡车。"

布拉茨停顿片刻,看了看我,接着说道:"你刚才问我对那段历史的看法,这就是我的看法——当一切走到尽头,总会有转机出现。至于解体是否不可避免,这我不知道。但在一个多民族的国家里,当经济和社会出现双重危机时,一个小小的火星就足以点燃整片森林。"

我们跨过圣詹姆斯桥,经过圣雅各伯堂区教堂。午后的阳光仍旧温暖,不少人在小巷的咖啡馆外就座。我和布拉茨也找了个位置坐下。

布拉茨告诉我,他生于 1999 年,从记事开始,斯洛文尼亚已经成为欧盟的一员。他是在资本主义和欧洲一体化的影响下成长的一代。

"某种程度上，我们又回到了奥匈帝国时期。"他说。

"怎么讲？"

"我们将很多权力让渡给了欧盟。我们这一代年轻人也更愿意去德国或奥地利找工作。这个国家开始变得空心化。"

"你对此感到担忧吗？"我问。

"这当然是个问题，但它超出了我的能力范围。面对这种情况，斯洛文尼亚人往往选择自嘲。"

"怎么自嘲？"

"比如，我们国家的海军只有两艘船，后来其中一艘报废了。当时的新闻标题是'斯洛文尼亚海军力量减半'。"布拉茨笑着说。

"对了，你为什么喜欢诗歌？"我问。

"它是我理解世界的一种方式。"

"有想过成为一名诗人吗？"

布拉茨摇了摇头："我还是会找一份正式的工作。也许会去维也纳——我女朋友想去那儿。"

"如你所说，又回到了奥匈帝国。"

布拉茨笑了："在斯洛文尼亚，机会还是太少了。"

———

在梅泰尔科瓦街区，一面墙上赫然涂着黑色的纳粹符号卐，然后又有人用白色喷漆在上面打了个大大的叉。

布拉茨建议我去梅泰尔科瓦看看。那里曾是南斯拉夫时代的军营，1991年斯洛文尼亚独立后，被卢布尔雅那的青年学生占领，变成了一座自由公社。政府一度想对那里进行商业开发，但遭到学生和占领者的抗议。如今，梅泰尔科瓦成了卢布尔雅那多元文化和亚文化的聚集地：有人被廉价的房租吸引，有人则喜欢那里自由的氛围、经常举办的前卫展览和地下演出。

一天傍晚，我步行前往梅泰尔科瓦。一出老城，卢布尔雅那便开始展现一座小城的空旷，越接近梅泰尔科瓦，这种感觉就越强烈。

梅泰尔科瓦临近铁道线，走进院子时，耳边传来墙外的火车声。院子给人一种年深日久的艺术园区的感觉：建筑物的墙皮剥落，绘满五颜六色的涂鸦和口号（"城市为了人民而非利润"），空地上散落着不同风格的装置艺术。

在一个建筑物前，我看到一株巨大的毒蘑菇，足有四五米高，上面斑斓的绿色图案犹如龙鳞。在一堵墙壁前的脚手架上，悬挂着几个四肢修长、满脸褶皱的光头小人，它们就像异形胚胎，正挣扎着从母体中抽离出来。

夜色缓缓降临，院子里点着昏黄的灯光。学生、朋克、嬉皮士、外籍移民三三两两地站在外面，喝着酒，抽着烟，音乐从破败的建筑物里传出来。在偏僻的角落，到处扔着酒瓶和烟头。花坛中可以看到尚未融化的积雪，白色的冰晶上沾满黑色的污点。

一个穿着连帽衫的黑人男子向我靠近，问我要不要"抽烟"。他的帽子拉了起来，脸藏在阴影里。我问他哪儿有，他示意我跟他走。

我们走过两家酒吧，绕过一座花坛，来到一栋建筑物的角落处。空气中飘着大麻味，还有音乐声。墙边有两只红色油漆桶，音箱就放在其中一个桶上。头顶的电线上挂着几只不成对的帆布鞋，可能是装置艺术，也可能是醉汉的杰作。

几个黑人男子站在这里，一边放着音乐，一边吞云吐雾。其中一位身着白色短款羽绒服，像是几个人中的头目。他看上去二十多岁，身材不高，蓄着一脸浓密的胡须。我走近时，他伸出一只拳头。我也本能地伸出拳头，和他的拳头相碰。

借着昏暗的灯光，我仔细观察他的面容：明亮的大眼睛，清晰的嘴部线条。我注意到，他的胡子修剪得很有门道——整齐的铲形胡子，像是细密的毛刷。这样的胡型有它特殊的意义，是他身份的标识。接着，在一种近乎礼节性的氛围里，其他几个黑人男子也过来和我碰拳。

我解释说，我并不是真的来买大麻的，我只是觉得这里的音乐很酷，很放松。

头目闻言，微微一笑，似乎对生意成不成并不在意。

"你喜欢这种音乐吗？"他问。

"对，我喜欢非洲节拍乐。"我说，"这是费拉·库蒂的音乐吗？"

"没错。"头目看了我一眼。

我们站在那里，随着非洲节拍乐晃动身体。夜色愈发浓重，音乐和大麻的气息让人不知身在何处。

头目告诉我，他们是从冈比亚偷渡过来的。那是一个说英语、信奉伊斯兰教的西非国家。他是最早来的，已经将近二十年了。这意味着，他刚来时还只是个孩子。

他以难民的身份长大，这塑造了他沉着冷静的性格。他试过各种谋生方式，贩卖大麻只是其中一项。他们每两三个月就会从荷兰运进一批货，有时甚至亲自驾车跨越边境。开放的边境意味着几乎无须受到检查，即便有检查，他们的肤色也提供了天然的保护色。

"白人警察一般不会检查我们。"

我问头目,梅泰尔科瓦是一个怎样的地方。

"很多年轻人来梅泰尔科瓦找乐子——音乐、大麻、酒精——这是此地的活力所在。"头目说,"另外,这里也是个市场,进行各种各样的交易。"

说话时,头目不时拿起油漆桶上的能量饮料喝上一口。他是虔诚的穆斯林,滴酒不沾。他告诉我,他每天都会在房间里铺上一块小毯子,朝着麦加的方向礼拜。

"信仰给了我平和,我不再随便与人争斗。"他轻轻笑了一下,"小时候我经常打架——你得足够强硬才能站稳脚跟。"

头目说话的时候手势不多,脸上几乎没有表情。他的语调平缓,声音低沉,但透过他的眼神,我还是能够感受到他在社会上磨炼出的锐利和机敏。

一个身材魁梧的亚洲男人向我们走来,手里捏着一罐啤酒,衬衣从外套下面露出一截。一个黑人男子欢快地吹了声口哨,像是在打招呼。头目说:"这人叫哈比卜,来自阿富汗。"

在阿富汗,哈扎拉人通常具有蒙古人的特征。有一种观点认为,他们可能是成吉思汗及其后人西征时期留下来的蒙古士兵的后裔。作为阿富汗的少数民族,他们长期遭受普什图人的歧视,很多人因此成了难民,流散在世界各地。

"你是哈扎拉人吧?"我问哈比卜。

"你怎么知道的?"

哈比卜扎着马尾,蓄着小胡子,眼角的鱼尾纹让他颇显沧桑。和头目一样,他也是偷渡来的。2001年阿富汗战争爆发,他和家人逃到了伊朗,在伊斯法罕找到了暂时的庇护,后来又移居到德黑兰郊外。

伊朗的生活还算稳定,但依旧贫穷。"阿拉伯之春"的动荡让大批难民开始涌向欧洲。2011年,当时年仅十六岁的哈比卜决定启程。他听说欧洲十分富有,那里的最低工资标准也远高于伊朗。

他随朋友来到土耳其,通过蛇头偷渡到希腊,再从那里换车。他本想去德国,可在卢布尔雅那就阴差阳错地下了车。

他孑然一身,远离亲人,尚未成年,因此申请到了难民身份。斯洛文尼亚政府为他提供了免费的住宿和每月一百六十欧元的生活补助,这样的待遇会一直持续到他成年。

他当时只有十六岁,只会说几句英语。记忆中,钱总是不够花。如果买衣服就不够吃饭,如果吃饭就不够买衣服。他选择辍学,开始打工谋生。他做过各种零工,学会了斯洛文尼亚语,但依旧只能拿到最低薪金。

哈比卜告诉我,他最近的一份工作是在一家中餐馆负责炒饭和炒面。由于他的面孔与中国人相似,许多顾客都误以为他是中国人。我猜,这或许也是雇主选择他的原因——他长得像中国人,但比中国人便宜。

哈比卜一边喝啤酒,一边与我闲聊。从他的语气中,我感受不到太多情绪。他好像抽离了出去,在一段距离之外审视自己的生活。这让我好奇,他是否有信仰,或者从宗教中找到了支撑。

"我不信任何宗教。我只信我自己。"他说,"我只对自己的生命怀有信念。"

他一口气喝光手中的啤酒,随手将空罐放在墙头,用眼睛瞄了瞄，然后飞起一脚。啤酒罐没有从墙头掉落，但已被他踩得扁平。

"还有功夫。我一直在学习功夫。"

"你从功夫中得到了什么？"我问。

"动力。"他说，"还有内心的稳定。"

哈比卜交过一个女朋友。不久前，他们俩还开着二手车游历了瑞士。那竟然是他第一次离开斯洛文尼亚。瑞士的壮丽风光给他留下了深刻的印象，可是旅行也耗尽了他的全部积蓄，同时也让他意识到自己有多穷。归来不久，女朋友提出了分手，哈比卜正打算搬离他现在的公寓，寻找新的住处。

我们聊天的时候，陆续有人走进旁边一家俱乐部的大门。我们从墙上的海报得知，这里会有一场免费的波斯传统民谣演出。

哈比卜在伊朗生活了将近十年，算得上半个波斯人。我问他想不想进去听听，他似乎也正有此意。

我们走进俱乐部，站在人群后面。歌手是一位伊朗留学生，用英文开场，讲起了自己对伊朗政权的不满以及对"头巾运动"的支持。

那是西方媒体正在热议的话题——因为不遵守伊朗的头巾规定，一个年轻女孩遭到逮捕，随后在拘留所中死去。无数德黑兰的年轻人因此走上街头，抗议政府。

哈比卜眉头紧锁，一副愤愤不平的模样。作为在伊朗长大的难民，他想必对伊朗女性的困境有着深刻的感受。我买了两瓶啤酒，带着安慰的意思，递给哈比卜一瓶。他一脸不悦地接过来，拉着我走出俱乐部。

"那家伙说的都是屁话。"他说，"唱歌就好好唱歌，扯那些没用的干什么？"

"你真这么认为？"

"他是来唱波斯民谣的，我们也是来听波斯民谣的。这跟政治有什么关系？他说那些话的目的是什么？他想表达什么？"哈比卜发出一连串的质问，"他无非就是想迎合那帮西方人的优越感。"

"但是，他说的那些话，似乎没错吧？"

"我没说他有错——这是两码事。我不喜欢的是，他偏要扯上什么自由民主。他以为这里就有自由民主？他以为一到西方留学就变成了西方人？简直可笑！他才来了多久？"

"肯定没有你来得久。"

哈比卜二十八岁，已经在斯洛文尼亚居住了十二年。自从离开伊朗，他就再也没有见过家人。他偶尔还会关注阿富汗的新闻，试图在那些新闻画面里寻找自己童年的影子，尽管他明白，这辈子可能再也没机会踏上阿富汗的土地。

和女朋友分手之后，他一直有离开斯洛文尼亚的念头。他渴望远走高飞，或许去加拿大碰碰运气。然而，他的身份、背景、教育程度，他的敏感、自尊以及对西方政治正确的不屑，几乎注定了他只能生活在底层。他逃离了战争，却逃离不了异乡人的身份。我甚至觉得，他被囚禁在了这里，囚禁在了西方人永远无法真正理解的困境中。

我们又回到冈比亚人那里，音乐已经换成了雷鬼风格。黄色的灯光打在建筑物上，投下幢幢阴影。那些人就站在明暗交界的地方，随着鲍勃·马雷的嗓音摇摆。

两个穿着臃肿羽绒服的男孩神色异常地走了过来。哈比卜说，他们是摩洛哥人。他们和头目打了声招呼，便开始一件件地脱掉羽绒服里面的衣服——那些衣服全带着吊牌，是他们刚从商店里偷出来的。

头目打量着那些衣服，故意摆出一副意兴阑珊的样子。他逐一给出价格，既像施恩的王子，又像精明的商人。我想起头目之前说过，梅泰尔科瓦不仅是年轻人的聚集地，更是进行各种交易的市场。显然，眼前的这一幕，也是交易的一部分，是这个夜晚剧情的一部分。

摩洛哥男孩离去时，身材明显苗条了许多。我这才意识到，他们原来这么瘦。他们走得很快，缩着脑袋，就像被冬夜的寒气紧紧裹住，就像刚刚挨了一记闷棍。

第二章
萨格勒布：心碎博物馆

离开卢布尔雅那，我坐上"萨瓦河号"火车，前往萨格勒布。

窗外是铅灰色的天空，淡黄色的阳光，杂乱的铁轨和电线杆飞速划过。一开始是红瓦白房的郊区景象，然后建筑与自然的比例开始逆转。火车驶入萨瓦河谷后，在广阔的丘陵与河水之间，村庄和教堂只是昙花一现。

我坐在包厢里，一边望着风景，一边翻阅《巴尔干两千年：穿越历史的幽灵》。1990年代初，本书作者罗伯特·D.卡普兰只身前往巴尔干旅行。他敏锐地意识到，民族主义的幽灵依旧阴魂不散，巴尔干的战火即将再度点燃。

和我一样，卡普兰搭乘火车前往萨格勒布。他发现，餐车里只有一个镀锌的立式柜台，供应啤酒、李子白兰地和不带过滤嘴的劣质香烟。那些指甲肮脏、大声喧哗的男人，或是挤在柜台前喝酒抽烟，或是安静地翻看色情杂志。

当他走出萨格勒布火车站时，20世纪的最后十年向他迎面扑来，撞击耳膜的是那种"充满怨恨的鬼魂般的声音"。他想到丽贝卡·韦斯特的《黑羊与灰鹰》，坦承正是那本书引领他踏上了巴尔干的旅程。

一本书引出另一本书，一种经验催生另一种经验——这正是旅行和阅读的美妙之处。和卡普兰一样，丽贝卡·韦斯特也是乘着火车前往萨格勒布。那是1937年的春天，希特勒已经掌权，车厢里挤满了携带现金出境的德国人。餐车供应地道的南斯拉夫风味，站台的灯光照亮如箭的疾雨。德国人郁悒不乐，但仍沉浸在唯有德国人最为优等的幻觉中。

将近一个世纪倏忽而逝，我坐在同一条线路的火车上，试图透过书页想象丽贝卡·韦斯特和罗伯特·D.卡普兰的旅程。

如今，列车空空荡荡，既没有韦斯特笔下悲观的德国人，也无卡普兰所见的烟酒喧哗。韦斯特时代的大餐没有了，卡普兰时代的李子白兰地不见了，就连餐车本身都已不复存在。

当年，火车会一路驶向贝尔格莱德，而今却止步于克罗地亚与塞尔维亚的边境。这一切似乎都在表明，时间并不只会带来进步，同样也可能带来衰退。就连通性和服务而言，巴尔干的火车只剩下昔日辉煌的余影。

火车不时在河畔小站停车，起伏的山峦上镶嵌着白色城堡。山下是古老的村镇，是静静流淌的河水，仿佛一幅文艺复兴时代的风景画。

这时，一个女孩突然拉开包厢门，大大咧咧地闯了进来。她没有大件行李，只有一个双肩包。她在我对面坐下，一边摘掉墨镜，一边喃喃自语，举手投足之间带着一丝戏剧性，就像这个包厢是她刚刚登场的舞台。她穿着帽衫，里面是领口脱线的卫衣，蜂蜜色皮肤，黑眼睛，栗色头发，发根微微卷曲，松松垮垮的样子像个男孩。

"天气真好。"我说。

她看了看我，表现得好像早已料到我会跟她搭讪。

没过多久，我便了解到，她名叫安娜，是克罗地亚人，二十六岁。平时从事翻译工作，也提供私人语言课程，偶尔还兼任户外向导。此外，她还拥有法语和土耳其语的双学位。

她说起话来滔滔不绝，完全没有初次见面的生疏。我觉得自己仿佛坐在一辆设定了自动巡航的汽车里，完全不用踩油门，只需轻轻握住方向盘，就能随着她的话语一路狂奔。

"土耳其语？"我好奇地问。

"是的，我想学一门特别的语言，但又要跟克罗地亚有关。"

安娜进一步解释，克罗地亚分为三大文化区域，各自承载着独特的历史印记：萨格勒布地区继承了奥匈帝国的基因，达尔马提亚沿岸洋溢着威尼斯的韵味，而广袤的潘诺尼亚平原临近塞尔维亚与波黑，受到奥斯曼帝国的影响。

她向我描述了来自不同地区的克罗地亚人的性格差异：她母亲来自萨格勒布的近郊乡村，性格严谨认真，凡事井井有条。小时候，她要是胆敢赖床，母亲就会毫不手软地将她从床上拎起来；父亲则是个标准的达尔马提亚人，乐天知命，滔滔不绝——我想安娜的性格多半遗传自父亲——但他也慵懒散漫，不思进取，更不会操持家务。

我本想插一句，男人不做家务似乎是普遍现象，与种族和文化无关。不过，转念一想，这么说好像把自己也归入了这个行列，于是只好保持沉默，微笑不语。

"我知道，你们中国都是独生子女。"安娜说。

"以前是，现在可以生两到三个，不过许多人选择不生。你有兄弟姐妹吗？"

"我有个哥哥，比我大十岁。"安娜的语气突然变得沉郁，如同面对一杯走气的啤酒，喝之无味，弃之可惜。

"他是个废柴，整天待在家里，只对修理破烂儿感兴趣。"她淡淡地说。

这倒是勾起了我的兴趣，想着如何得体地追问几个问题。不过，我还在思考措辞，火车已经抵达克罗地亚边境，海关人员登车开始检查证件。

在遇到安娜的2022年末，克罗地亚即将加入申根区和欧元区，成为继斯洛文尼亚之后第二个融入新欧洲体系的巴尔干国家。克罗地亚人对此是怎样的情绪？对未来又持何种期待？我打算问安娜，但觉得此刻或许不是最好的时机。

进入克罗地亚后，窗外的景致变得更为开阔，田间种着绿色的冬小麦，未融的积雪像片片闪光的鱼鳞。不久，视野中开始出现一些低矮的房子，墙上覆盖着花花绿绿的涂鸦。天空灰蒙蒙的，树上遍布乌鸦的巢穴，宛如造型诡异的雕塑。安娜望向窗外，表情变得沉静，或许还有点忧郁。

"如果你有时间，我们能在萨格勒布再见一面吗？"我鼓起勇气说道，"我想跟你探讨一些问题。"

"什么问题？"

"现在保密。"

安娜笑了。她告诉我,她的家离市中心很远,我得至少提前两小时通知她,她才能出来见我。

———

相比卢布尔雅那简朴的小车站,萨格勒布火车站一带气势宏伟。站前广场熙熙攘攘,长长的有轨电车如同中国城里的舞龙,尖啸着停下,又铃声清脆地驶离。

成群结队的鸽子,时而呼啦一声腾空而起,掠过广场上空,时而扑扇着翅膀纷纷降落。它们仿佛一群莽撞的顽童,在广场上掀起阵阵风浪,吹乱少女们的秀发,那些行色匆匆的路人,只能在鸽群中择道而行。

广场中央矗立着克罗地亚中世纪的首位国王托米斯拉夫的雕像。在他的统治下,克罗地亚不仅击败了周围的敌国,保持了独立,还成功地扩张领土,获得了达尔马提亚和潘诺尼亚地区的统治权,从而统一了大体相当于今日克罗地亚的疆域。

托米斯拉夫骑于腾空的战马之上,左手高举十字架,右手握剑,披风如旗帜般在背后猎猎飞扬。那坚实的肌肉和刚毅的线条,似乎隐喻着克罗地亚历史上的辉煌时刻——尽管这样的辉煌并未持久。王国的统治维持不到两个世纪,克罗地亚人便沦为了匈牙利与奥地利统治下的臣民。

这座雕像并非一直屹立于此。1937年,丽贝卡·韦斯特到访萨格勒布时,南斯拉夫王国尚在,那时的广场上并无此雕像。到了1990年代,南斯拉夫解体前夕,罗伯特·D.卡普兰踏出车站时,看到这座雕像屹立在广场中央。

雕像的立与藏,背后其实大有深意,也巧妙地反映了现实政治的需求:当南斯拉夫尚为一体时,弘扬克罗地亚独立和荣光的雕像往往会被视为不合时宜,于是被雪藏在历史的角落里;而当克罗地亚寻求独立时,它又被请出,掸掉尘土,再次昂首成为克罗地亚民族的骄傲与象征。

广场四周环绕着沉稳、厚重的哈布斯堡建筑:规划整齐的花园、挺拔的梧桐树、典雅的步道与喷泉——这一切无不让人联想到维也纳的市景。著名的海滨大酒店就坐落在火车站对面,今天看来依旧显得雍容华贵,堪称世界上最豪华的酒店之一。

海滨大酒店于1925年建成,最初是为了迎接"东方快车"的尊贵乘客。当时,萨格勒布和贝尔格莱德都是这列豪华火车的途经之地。然而,"东方快车"很快改变线路,绕开了动荡不安的巴尔干。

萨格勒布并非国际都会,也不是旅游胜地,没有了"东方快车"的客源,海滨大酒店的奢华在这座城市中多少显得有些格格不入,也超出了城市本身的商务需求。即便如此,它依然屹立不倒,宛若纪念碑一般,与四周的哈布斯堡建筑共同传达出克罗地亚人内心的渴望:当你走出火车站,第一眼看到这座城市时,克罗地亚人希望你觉得自己依然置身"西方"。

———

我认识了阿丽达。她是平面设计师,也是一家骑行俱乐部的创始人。生于1972年的她,长着一双斯拉夫人的澄澈的蓝眼睛,显得明亮而愉快。一天上午,我去骑行俱乐部找她,和她在萨格勒布的老城逛了一圈。

阿丽达告诉我,克罗地亚强烈的"西方"倾向,乃是长达数个世纪的奥地利统治留在克罗地亚人心灵深处的烙印——尽管在奥地利统治下,克罗地亚人从未获得应有的待遇和报偿。

从16世纪开始,克罗地亚便成为哈布斯堡王朝与奥斯曼帝国之间的军事缓冲地带。几乎所有十六岁至六十岁的克罗地亚男性都必须加入常备军,驻守哈布斯堡王朝,即后来的奥匈帝国的边疆。也就是说,大部分克罗地亚人都是当年军屯的后裔。

随后的历史一次次地证明,克罗地亚人是伟大的士兵。时至今日,你依旧能从克罗地亚足球队身上看到这些士兵的品质。萨格勒布的街头到处都在售卖克罗地亚足球队的球衣。每次看到10号队服时,我的脑海中就会浮现出卢卡·莫德里奇战士一般的身影。

从种族和语言的角度来看,克罗地亚人和塞尔维亚人实际上是一个民族。不过,"西方"倾向让克罗地亚人相信,自己在文化层面上优于"东方"的塞尔维亚。

阿丽达说,在南斯拉夫内部,克罗地亚和塞尔维亚代表了两种势均力敌的气质和倾向——克罗地亚人信奉天主教,塞尔维亚人信奉东正教;克罗地亚人使用拉丁字母,塞尔维亚人使用西里尔字母。双方若能弥合分歧,南斯拉夫就有望实现真正的统一,建立起一个强盛的国家。反之,一旦分歧无法调和,南斯拉夫就会走向分裂和战争。

这就像一些原本同根同源的民族,却总是因为琐碎的区别而互相不屑一顾,甚至为了小事不断争执。后来,我和阿丽达在骑行途中路过尼古拉·特斯拉的雕像。阿丽达告诉我,这是克罗地亚与塞尔维亚争执不休的最新证据。

尼古拉·特斯拉是著名的电气工程师和发明家。他在电磁场领域的多项发明为现代无线电技术奠定了基石。特斯拉汽车的名字,据说就是为了向这位伟大的天才致敬。

1856年,尼古拉·特斯拉出生于奥匈帝国治下的克罗地亚,但其本人是塞尔维亚族。1884年,特斯拉移民美国,加入美国国籍。他的事业和影响后世的发明几乎都在美国完成。

克罗地亚和塞尔维亚的分歧在于,尼古拉·特斯拉究竟属于哪个国家(在这场争论中,美国被悄悄撇在一旁)。克罗地亚主张,特斯拉生在克罗地亚,长在克罗地亚,家在克罗地亚,他当然属于克罗地亚。塞尔维亚则辩称,虽然特斯拉出生在克罗地亚,但他的文化身份属于塞尔维亚。他的父亲是一位东正教神职人员,他从小听着母亲吟诵塞尔维亚史诗长大,他的骨灰最终也安放在了贝尔格莱德——如果这些事实还不能证明特斯拉是塞尔维亚人,那还有什么可以?

但是,克罗地亚对此并不理会。阿丽达告诉我,随着克罗地亚加入欧元区,他们计划在新铸造的欧元硬币上刻上特斯拉的肖像,而这个决定自然激起了塞尔维亚方面的强烈抗议——实际上,他们早已将特斯拉的肖像印在了一百第纳尔的纸币上。

我问阿丽达:"特斯拉出生时,克罗地亚是奥匈帝国的一部分,后来他又成了美国公民。那么,奥地利和美国是否也有权声称特斯拉属于他们?"

"他们当然有这个权力,但他们并没有这么做,可能是因为属于他们的名人已经够多了。"阿丽达说，"而对于克罗地亚人和塞尔维亚人来说，我们会在任何事情上争个你死我活。如果塞尔维亚说特斯拉是他们的，克罗地亚人立刻就会反驳。反之亦然。"

"特斯拉自己怎么认为呢？他觉得自己是克罗地亚人还是塞尔维亚人？"

"特斯拉有一句名言：宇宙是一台伟大的机器。所以，你可以想见，他脑子里想的都是更宏大的事物。"

因此，这场争论注定没有结果，就像克罗地亚与塞尔维亚之间的无数争论一样。

后来，我在黑山首都波德戈里察又发现了一座特斯拉雕像，这让我备感惊讶。我向当地居民询问特斯拉与黑山的关系，得到的回答是：尽管特斯拉出生在克罗地亚，是塞尔维亚人，但他的祖先来自黑山。

一位历史人物的归属已经引发了南斯拉夫内部的纷争。可以想见，当这些族群聚合成一个国家时会是怎样的景象。

早在南斯拉夫王国时期，丽贝卡·韦斯特就已经觉察到南斯拉夫人民已被自身的分裂——主要是克罗地亚人与塞尔维亚人的对峙——弄得筋疲力尽。随后半个世纪的历史会再次证明，这场对峙能导致何等惨烈的悲剧。

1983年，丽贝卡·韦斯特与世长辞，没有目睹南斯拉夫悲剧的终曲，但阿丽达的青春岁月是在南斯拉夫度过的。她亲历了1990年代的战争，见证了一个时代的终结。

"我们无法回到过去。"阿丽达说，"但在这座城市的很多角落，南斯拉夫的影子依然栩栩如生。"

如果仅漫步于萨格勒布的老城,就无法领略这座城市的全貌。如同一个细心打扮的演员,萨格勒布的老城努力展示其"西方"的一面,而将南斯拉夫的特质掩藏起来。

因此,阿丽达建议我去新萨格勒布走走。她说,那里会呈现截然不同的面貌,展现萨格勒布更为复杂的另一面。

新萨格勒布,坐落在萨瓦河对岸,是在南斯拉夫时代兴建的,至今仍然是萨格勒布的主要居住区。

第二天中午,我再次来到阿丽达藏匿于老城的办公室。我们骑着自行车从那里出发,前往新萨格勒布。

起初,依旧是奥匈帝国时代的景象——广场、电车、吐司黄色的政府建筑。街头遍布咖啡馆,即便是冬日,人们依然围坐在户外的暖炉旁。商店里装饰着圣诞树,橱窗上贴满节日促销的广告。

经过一片小小的停车场时,阿丽达告诉我,这里曾经矗立着一座犹太教堂。第二次世界大战期间,南斯拉夫国王流亡海外,克罗地亚的极端民族主义政党乌斯塔沙决定效忠希特勒,建立一个种族纯净的克罗地亚国家。他们摧毁了犹太教堂,大批屠杀克罗地亚境内的塞尔维亚人、犹太人、吉卜赛人和同性恋者。

围绕到底有多少塞尔维亚人被乌斯塔沙屠杀,克罗地亚与塞尔维亚再次发生争执。特别是1990年代以来,这个问题更是成为政客们挑拨民族情绪的武器。

塞尔维亚方面认为有大约五十万塞尔维亚人惨遭屠杀;而克罗地亚则坚称这个数字只有十万——双方互相指责对方篡改历史,掩盖事实真相。

阿丽达告诉我，在这里，数字变得十分重要，因为它可以反映一个人的政治立场。

"如果你说五十万，你就是塞尔维亚民族主义者；如果你说十万，你就是克罗地亚民族主义者。"

"实际数字应该是多少？"我问。

"我认为双方都在刻意夸大或缩小。"阿丽达说，"实际数字应该介于两者之间。"

"三十万？"

"差不多。"

我们经过火车站，从桥下穿过铁轨。接着，就在那么一瞬间，我们离开了哈布斯堡式的优雅，进入了老城与新萨格勒布之间的过渡地带。风格凌乱的建筑物随意摆在那里，不少房子的窗户破碎，蒙着塑料布，看上去已遭废弃。这种转变是如此突兀，如此猝不及防，仿佛刚才的一切只是摄影棚里的布景，而根据剧本的需要，我们即将扮演新的角色。

阿丽达向我解释，这些建筑物的废弃很大程度上归咎于产权问题。在社会主义的南斯拉夫，房产通常由多个家庭共用，私有产权的概念并不明晰。当南斯拉夫解体后，房子的产权变成由几家人共有，不论是翻新还是拆除，都需要所有产权人一致同意。然而，时光荏苒，一些人搬离，一些人辞世，还有人已经远赴他乡。最终，这些房子不得不任由岁月侵蚀，成为风吹雨打的废墟。

我看到，有些房子里已经长出植物，有些成了丢满废弃物的垃圾场。墙上的破洞如同张开的嘴巴，诉说着主人离去后的忧伤，但早已无人倾听。

我们骑过萨瓦河上的大桥，大片草坪沿着河岸向远方铺展。桥上，小汽车排成长队，电车上也满载乘客。和阿丽达一样，很多萨格勒布人在老城工作，而住在新城，每天需要横跨大桥通勤。当年修建大桥时，没人预料到汽车数量的爆炸性增长，大桥只有两条车道，高峰时间经常堵得水泄不通。

我们进入新萨格勒布的地界，眼前的一切都是南斯拉夫时代的产物——铅灰色的高层公寓楼、横平竖直的大马路、覆盖着落叶的公园。商业活动大都隐藏在社区内部，街上看不到大型商场、餐厅或咖啡馆，只有拎着购物袋、穿着朴素的行人。

新萨格勒布最显眼的标志之一，便是举办"萨格勒布博览会"的展览场馆。当我们骑车经过那里时，阿丽达说："你想得到吗？这里曾经是东西方阵营对抗的最前沿。"

在冷战年代，南斯拉夫作为社会主义国家，却独树一帜地坚持不加入任何军事集团的外交政策。富有魅力的铁托善于外交，使得南斯拉夫在东西方阵营间左右逢源，成为两大势力争夺的焦点。萨格勒布博览会便是这一时期少数几个西方国家与苏联共同参与的活动，也就顺理成章地成为两大阵营展示实力的舞台。

在博览会上，美国馆以最新的家用电器和在南斯拉夫闻所未闻的社区超市概念赢得了人心；苏联馆则以庞大的机械设备、卡车和联合收割机展现实力。双方还将太空竞赛的重要成果拿到这里展示。

对克罗地亚人来说，西方的魅力显然更胜一筹。据说，铁托在视察美国超市后评论道:"这正是南斯拉夫需要的。"与此同时,《莫斯科真理报》则批评了铁托访问社会主义国家展馆的时间太短——平均只有三至七分钟。相较之下,他在美国馆却足足待了半个小时。

1980年代,阿丽达和几个女同学一起去博览会游玩。除了美国和苏联的展厅,还有中国、古巴等国的展厅,每个展厅都由各国最优秀的建筑师设计。那时的南斯拉夫犹如东西阵营之间的一片绿洲。阿丽达说,南斯拉夫护照可以免签一百多个国家,既可以去西方国家,也可以去社会主义国家。阿丽达去过威尼斯、维也纳、柏林和布拉格。在布拉格的某些区域,她会明显感到俄国人的存在,仿佛有人在监视她。

"那些受苏联影响的地区,容易让人产生这种感觉。"阿丽达说,"尽管只是一种感觉。"

"在南斯拉夫是否会有这种感觉?"我问。

"完全没有。"阿丽达说,"南斯拉夫没有苏联驻军。"

十六岁的暑假,阿丽达去柏林游玩,住在西柏林的表姐家。有一天,她拿着南斯拉夫护照,穿过柏林墙的哨卡,去东柏林玩了一整天。晚上,她回到西柏林,告诉表姐,她去东柏林逛了逛,表姐大惊失色。

"她虽然住在柏林,却无法去到柏林墙的另一侧,而我拿着南斯拉夫护照却能自由穿行。"说到这里,阿丽达笑了,墨镜下方是大幅上扬的嘴角。

"这可能是我童年记忆里最开心、最骄傲的一幕。我还记得表姐瞪大的眼睛,那种难以置信的表情。"

我们骑车穿行在巨大的住宅区里——1970年代的建筑。撒着落叶的空地上,停满便宜耐用的小汽车。阳光像稀释的蛋黄酱,均匀地涂抹在楼宇之间的草坪上:有老人独自拎着购物袋回家,有男人坐在车里抽烟,有年轻女孩在草坪上遛狗——十多只狗,欢快地奔跑着,大大小小的影子也随之跳荡。

眼前的一切显得平凡而宁静。如果在另一座城市,我恐怕会觉得有些单调。但在这里,我却有一种放空之感,仿佛平凡正是构成宁静的一个方面。

我们把车停在路边,在长椅上坐下来。城市的喧嚣像低沉的背景音,也像远处隆隆的火车声。我问阿丽达,怎么对比今天的克罗地亚与南斯拉夫时代的生活。

"对于我的工作来说,并没有什么是现在能做,而当年做不了的。"阿丽达说,"我现在是平面设计师,当年也可以做这份工作。我几年前创办了骑行俱乐部,当年也完全没问题。"

"宗教方面呢?"我问,"听说克罗地亚人都是虔诚的天主教徒。"

"这可能是对南斯拉夫最大的误解之一。南斯拉夫和苏联不同,只要你不参与政治,日常的宗教活动几乎不受影响。我记得在我小的时候,祖母每天都会去教堂礼拜,没有人阻止她或者干涉她。"她停顿片刻,继续说道,"相反,倒是有些事情不如当年了。"

最近,阿丽达的父亲患病,必须住院治疗,然而克罗地亚的公立医疗体系早已今不如昔。阿丽达只好选择昂贵的私立医院——那可真要花上一大笔钱。

阿丽达摘掉墨镜，拿在手里。她低头看着墨镜，像在把玩一件古董。

"某种程度上，我算是铁托的粉丝。他当然是独裁者，但在南斯拉夫这样一个多民族国家，我们确实需要一个拥有崇高威望、能让各民族服膺的领袖人物——没有这样的人物，南斯拉夫的内部矛盾就难以调和。在有些国家，独裁者去世可能会带来民主转型，但在南斯拉夫，铁托过世后，国家迅速陷入经济衰退，随后是政治危机。十年后，战争爆发了——兄弟之间的自相残杀。我有个奥地利朋友告诉我，她当时简直惊呆了，因为欧洲人没想到在20世纪末的欧洲土地上，还会发生种族屠杀。"

"你觉得这种暴力是怎么造成的？"

"现在回想起来，我们都被政治家利用了。在克罗地亚是我们的总统图季曼，在塞尔维亚是他们的总统米洛舍维奇——两个极端民族主义政客。当然，大克罗地亚主义和大塞尔维亚主义一直存在。铁托尽量在两派之间保持平衡，采取调解和压制的政策。当他去世以后，下面的人就想挑动民族情绪，从而获得权力。"

阿丽达抬头看了看我。湛蓝的眼睛——南部斯拉夫人的眼睛——蓝得让人惊叹。

"至今，我一想到克罗地亚与塞尔维亚之间的四年战争，皮肤上还会冒出鸡皮疙瘩。历史上，南部斯拉夫民族联合过两次，两次都以失败告终。在我看来，不会有第三次了。我们已经走上了各自的道路：克罗地亚加入了欧盟、欧元区和申根区。塞尔维亚在试图入盟的道路上——但因为科索沃问题——恐怕遥遥无期。尽管我不认为南斯拉夫能够一直持续，但我还是会怀念那个团结至上、民族主义不受欢迎的年代。如果我知道独立的代价会是四年战争，会有那么多人家破人亡，我宁可选择不独立。"

最近几年，阿丽达曾两次造访贝尔格莱德。她一度心怀恐惧，担心遇到暴力。因为克罗地亚的媒体上充斥着类似的报道——克罗地亚人的汽车被砸，克罗地亚人在街上被打。虽然战争的硝烟早已散去，但两国都不乏极端的民族主义者。

"第一次去贝尔格莱德时，我和我丈夫选择入住一家民宿。最初，我们极为谨慎，只敢和房东聊聊天气。随着交谈的深入，我们意识到房东并非民族主义者。最终，我们成了朋友。他给了我们一间最豪华的公寓，还邀请我们参加他组织的派对。"阿丽达回忆着往事，嘴角露出笑意，"在巴尔干，最有趣的派对一定是克罗地亚人或者塞尔维亚人举办的。贝尔格莱德的夜生活更是无与伦比。你会去贝尔格莱德吗？"

"当然。"

"去的话一定要体验那里的夜生活。"

"我保证。"

"实际上，我们和塞尔维亚人说的是同一种语言，只有口音和词汇的差别，但那些微妙之处是一致的——我们能够理解彼此的幽默感。克罗地亚人和塞尔维亚人，原本是最能理解彼此幽默感的民族。"

阿丽达的眼圈红了。她戴上墨镜，抬头望着眼前的住宅楼。这些南斯拉夫时代的建筑并不给人局促之感，它们只是如此平凡，让人想到毫无波澜的生活。冬日的阳光给墙壁镀上了一层金色，树影在有裂缝的墙面上微微颤动。

如果没有战争和屠杀，没有被挑动的民族情绪，没有那些令人恐惧的历史，事情原本会变得不同——我想，这就是阿丽达想要告诉我的。

就像乌克兰人和俄罗斯人，克罗地亚人和塞尔维亚人原本也可以成为最好的朋友。然而，一切都变得无法挽回。从此以后，他们不得不紧绷神经，在外人的叹息声中，走上各自的道路。

———

很早之前，我就听说萨格勒布有一家"心碎博物馆"，收集与恋人分手有关的物品。平安夜的前一天，我特意去这家博物馆看了看。

法国哲学家罗兰·巴特在《恋人絮语》中提到，每一段情感历程都会到达终章，而心碎博物馆便是它们最后的剧场：寄自世界各地的分手物件，汇集到这家小小的博物馆，每一个物件背后都有一段情感往事。

博物馆的创始人是两位克罗地亚艺术家。二十多年前，他们也是一对情侣。分手时，他们环顾公寓，看到了那只可以上发条的小兔子。这是两人之间的小玩具：先回家的那个人要给小兔子上好发条，让这个毛茸茸的小家伙守在门口，欢迎后回家的人。

分手后，这个小兔子要由谁保管呢？他们萌生了一个构想：为这些曾经共有的爱情遗物找一个地方，将这些记忆封存起来。这样，便诞生了一个贮藏失恋记忆的博物馆。

"我们的分手竟然催生出一个我们创造出来的最有意义的东西。"多年后，创始人之一奥琳卡·维斯蒂卡如是说——我从她的话中感到了一种克罗地亚式的幽默。

起初，他们担心博物馆只会收到一些露水情缘的琐碎小物。出乎意料的是，那些寄来的物件及其背后的故事，很快变得富有深度。

我细细察看每一件展品，发现1990年代的南斯拉夫战争是一个频繁出现的主题。这些被放置在玻璃展窗中的物件，虽然只是情感的碎片，却反映出这个地区复杂的社会现实。在巴尔干的视角下，即使是最个人的分手故事，也带着与众不同的历史重量。

展品中有一个克罗地亚士兵寄来的假肢。在1990年代与塞尔维亚的战争中，这个士兵失去了一条腿，但由于国际禁运，他无法获得假肢。在萨格勒布的一家医院里，他遇到了一位年轻、美丽、雄心勃勃的社会工作者。她来自国防部，帮他弄到了假肢的材料，而他对她也萌生了爱意。

可是，正如这位士兵在文字说明中所写的那样："假肢的寿命比我们的爱情更长，因为它所使用的材料，比爱情更坚固。"

还有一封未曾寄出的情书，作者是一位萨拉热窝少年。1992年5月的一天，他和家人坐在一辆满载难民的卡车上，逃离战火纷飞的萨拉热窝。出城时，他们被扣作人质，关押了三天。车上有一个留着金色长发的女孩，名叫埃尔玛。少年坠入爱河，偷偷给埃尔玛写下了这封情书。

由于逃难匆忙，埃尔玛没来得及带上自己的磁带，于是男孩把自己的磁带借给她听，但他未能鼓足勇气将情书一并交给她。三天后，他们被释放了，随后分道扬镳。她自然也没把涅槃乐队的磁带还给他。

很多年后，已经长大成人的少年写道："自那以后，我就再也没有见过她。如今，我希望那些音乐能让她记得，即使在枪林弹雨中，世界上依旧有不失美好的东西。"

一个马其顿女人寄来一缕自己的红发。

"这是一段短暂的恋情，但在精神上令我备受折磨。我曾因痛苦而发狂，将自己的头发全部剃光。很长一段时间，我都是光头——这样再也没人来爱我，这让我感到解脱。"

一个已被扯去很多腿的百足虫玩偶，见证了萨格勒布和萨拉热窝之间的一段异地恋。

"我们憧憬共同生活的那天，于是我买了这只巨型百足虫。每次见面，我们就扯下一条腿，决心等到最后一腿被扯下时，就永远在一起。但就像许多伟大的爱情一样，我们的关系最终破裂了——这只百足虫终于没有彻底变成残疾。"

一个卢布尔雅那女人寄来了她家花园墙上的一个小矮人雕像。

"那天，他开着新车来了，态度傲慢而绝情。在他离开时，小矮人飞向新车的挡风玻璃，然后反弹到了沥青马路上——这条短暂的抛物线，确认了我们二十年婚姻的终结。"

离开心碎博物馆时，我的心情略感沉重——但正如这些展品所表达的，或许这就是生活本身的重量。我想找一个地方歇脚，最终走进了一座天主教堂。昏暗的烛光轻拂着教堂内的壁画和圣像。

我坐在那里，突然觉得圣母玛利亚的神情是如此悲伤，仿佛对儿子波澜壮阔的一生并无欣喜之情。那神情仿佛在说："如果我知道随后发生的事情，我一定会阻止这一切。"

一个女人在我身边坐下，肤色黝黑，身材羸弱，一双黑色的大眼睛望着我。没有任何铺垫，她突然对我讲起她的生活：她有两个孩子，丈夫是个酒鬼，她已经三个月没交房租了，房东威胁将她赶走。最后，她问我能否给她一些房租钱。

我问需要多少，她告诉我一个数目，约合人民币六千元。

"你从哪里来？"我问。

"塞尔维亚。"

"吉卜赛人？"我从她的肤色和相貌推测。

"为什么这么问？"她诧异地看着我，"你对吉卜赛人有兴趣？"

"是的，我喜欢吉卜赛音乐。"

"我父亲是塞尔维亚人，母亲是吉卜赛人。"她说，"我看到你坐在这里，望着圣母像，我想你一定信仰上帝。所以，我相信你会帮助我。"

我差点告诉她，我是进来歇脚的，但我只是说："塞尔维亚人是东正教徒，这里是天主教堂，我们的信仰不同。"

"但我们都相信'神只有一位'，不是吗？"——这是《圣经》中的一句话。

我笑了，掏出十欧元递给她。

她没拿，看着那张钞票，轻声地问："可以再要十欧元吗？我还有两个孩子，他们也要吃饭。"

我又给了她十欧元。她接过钱，轻轻地叹了口气。

当我离开教堂时，一个吉卜赛男子坐在外头，向我伸手要钱。那一刻，我猛然意识到，他很可能就是那个女人的丈夫。

———

我和安娜相约在老城的一家克罗地亚餐厅见面。落座后，我跟她提起遇到的吉卜赛人。

"巴尔干有很多吉卜赛人。"安娜说,"其中最穷的是黑山和阿尔巴尼亚的吉卜赛人,比塞尔维亚的吉卜赛人更穷。所以你给她钱了吗?"

"给了一些。"

"你知道她在骗你吧?"

"或多或少。"

安娜叹了口气:"你让我想起了我哥哥。"

"你说过,你哥哥是个废柴。"

"我不是说你也是废柴。我是说,你的话让我想到了他的'共产主义理论'。他老是说什么'不一定要很有钱,但要平均'之类的话。"

这是一家风格传统的餐厅,桌上铺着红白相间的格子桌布,餐盘上堆着高高的白色餐巾。我让安娜点菜,她点了蔬菜沙拉、匈牙利式炖牛肉、填馅儿烤火鸡配烙饼,还有一壶李子白兰地。

安娜说,这种烙饼是克罗地亚内陆地区的特色食物,只有在萨格勒布才能吃到。到了我准备前往的达尔马提亚,我会发现那里的食物更接近地中海风味。至于李子白兰地,是一种高度数的水果蒸馏酒——巴尔干地区的灵魂饮料。

我又问起安娜的哥哥。她告诉我,他们并非同父所生。她哥哥的父亲是塞尔维亚族。1993年,在与安娜的母亲离婚后,他离开了克罗地亚。安娜从未见过他。

"他曾经是一家机床工厂的工人,但在战争爆发后失去了工作。"

"就因为他是塞尔维亚族?"

"是的,工厂里主要是克罗地亚族,塞尔维亚族是少数。他丢了工作,开始酗酒,喝多了就打我母亲,还骂克罗地亚人都是忘恩负义的混蛋。他的意思是，塞尔维亚人在二战中做出了巨大牺牲才有了南斯拉夫联邦，克罗地亚人却不懂得感恩。"

父母离婚那年，安娜的哥哥七岁。他目睹父亲变成酒鬼，对母亲大打出手，而外面的世界更是一片混乱。

安娜说，这或许是他逐渐消沉的原因。他不爱学习，也没考上大学。有很长一段时间，他待在家里，无所事事。

直到安娜上了高中，有一天，哥哥突然对母亲说，他准备去奥地利打工。那时，克罗地亚刚刚加入欧盟，很多年轻人开始去欧洲打工挣钱。

"我们以为他是有了喜欢的女孩，所以生活态度发生了转变。不过，就算真有那么个女孩，我们也没见到过。"

安娜的哥哥在维也纳待了三年，做装修工人。他不会给家里寄钱，也很少打电话。直到第二年圣诞节，他才第一次回家，胡子刮得干干净净，看上去心情不错。他破天荒地请一家人去餐厅吃饭，并留下了小费。大家都觉得，外出工作让他的视野开阔了，未来会朝着更好的方向发展。

然而，仅过了一年，他就彻底回家了，又像从前一样，缩回自己的世界。唯一做的事情，是维修街上捡来的废旧物品。

"我们后来才知道，他在维也纳和一个做护工的斯洛文尼亚女人同居，生了个孩子——是个男孩——但他们没有结婚。孩子被母亲带走了，在斯洛文尼亚生活。"

我问起那个孩子。他们还有联系吗？

安娜说，她和母亲都去看过那个孩子。实际上，几天前，安娜和我在火车上相遇时，她刚从那里回来。

"孩子今年六岁,很有礼貌——那种对陌生人的礼貌。他跟我讲英语,说他听不太懂克罗地亚话。"

"你哥哥没去?"

"我哥哥不愿去——事实上,他从来没去过。这也是我看不起他的原因之一。他总在逃避。虽然我明白,他的童年不算幸福——战乱的阴影、父亲的离去,这些经历无疑塑造了他的性格。但是,这些并不能成为他逃避责任的借口。许多人都有同样的遭遇,并不是他一个人。"

我点点头,没说话。这时,侍者举着托盘,为我们端来李子白兰地。我举起小酒杯,喝了一口,李子的甘甜与酒精的辛辣顿时充满口腔。

安娜说,哥哥也不喜欢奥地利。在他看来,那里的一切都围绕着金钱。他回来,就是因为在萨格勒布生活并不需要太多钱。

"他会修东西,鼓捣各种废旧物品,把坏掉的东西修好是他最大的乐趣。但他似乎从未意识到,一个人必须先修好自己,才能去修理别的东西。"

"也许修好自己要比修好东西更难。"我说。

"所以我觉得,他其实更适合生活在社会主义国家。"

"为什么?"

"因为在社会主义国家,你才需要修理破旧东西的能力。"安娜说,"在资本主义国家,你需要不断赚钱,然后去买新的。"

——

安娜点的菜棒极了:匈牙利式炖牛肉软烂多汁,萨格勒布烙饼浸泡在烤火鸡的油脂和香料中，浓郁而美味。我告诉安娜，这道菜让我想起了中国的一道美食——鱼头泡饼。

"你是说鱼头？"安娜露出不可思议的表情。

"没错，"我用手比画着，"那种很大的鱼头。"

我们转变话题，聊起安娜自己的生活。与哥哥不同，她的成绩很好。尽管出身工人家庭，但从小就学习钢琴和空手道。在大学里，她又学了法语和土耳其语，还对慢跑和徒步产生了兴趣。她热衷于结交朋友，尤其是那些可以让她运用各种语言的外国朋友——这或许解释了她为何会主动走进我的火车包厢。

我问安娜，当我走出火车站第一眼看到萨格勒布时，觉得它像一座欧洲城市——这是否也是她的感受？

她想了想，然后轻声回答："这里依旧是巴尔干。"

安娜向我提起2020年萨格勒布发生的那场地震。它导致很多建筑物受损，其中就包括著名的萨格勒布大教堂。可是，几年过去了，大教堂依旧没有完成修缮。参加大教堂的弥撒，原本是萨格勒布人几百年来的圣诞传统，如今只好被迫中断。她说，如果我留心观察，还会发现这座城市的很多建筑上都有裂纹，却无人去管。

"为什么？"

"腐败是一个原因。腐败是巴尔干的润滑剂。你想办事，没有贿赂是不行的。政府已经为修缮支出了一大笔钱，只是没人知道花在哪儿了。另一个原因是效率低下。国家与地方的党派对立，互相攻讦，在很多事情上无法达成一致。在克罗地亚，内部是一片散沙，能把人民团结起来的只有对外的民族情绪。"

"这算不算是民主的代价？"

"我不这么认为。"安娜说,"萨格勒布的市长——在他突发心脏病死掉之前——已经掌权二十多年。他把持了一切资源,搞垮了所有对手。尽管他因为腐败进过监狱,但还是能继续当选。因为他掌握了系统,没人能撼动他。"

"除了死亡。"

安娜会心一笑。我注意到她的酒杯已空,于是拿起酒壶,为她斟满。

我说,在中国相差十岁的人,思维方式往往会有较大不同。克罗地亚是否也存在这种差异?

"当然,"安娜说,"上一辈克罗地亚人,即便接受过高等教育,也能坦然接受前往欧洲发达国家从事体力工作的命运。我们这一代就不同了。比如我自己,我就不愿意放弃专业背景,去德国做护工,哪怕那样可以赚更多钱。"

不过,安娜也清楚自己不得不做出妥协。她告诉我,她还和家人挤在一起生活,她不会购买任何名牌商品,也没想过买车和买房。

"那些看起来不错的房子,几乎都是从欧洲回来的人建的。"安娜说,"在克罗地亚,仅凭一份普通工作,你根本无法拥有那样的房子。"

"克罗地亚加入欧元区后,情况会改善吗?"

"对达尔马提亚人也许会,因为统一货币能吸引更多的外国游客来度假。但对我们内陆地区的人来说,欧元恐怕只意味着物价上涨。"

也许,这也是克罗地亚必须承担的代价。当我走出火车站时,就已经看到了克罗地亚人的心之所向——他们向往繁荣的欧洲,渴望成为其中的一员。在这个意义上,克罗地亚还算幸运,因为除了希腊和斯洛文尼亚,周边国家尚在为了获得这样的资格而苦苦挣扎。

时光慢慢流逝，餐厅里的客人渐渐稀少。安娜瞥了一眼她的红米手机，说她必须得走了。她住的地方距离萨格勒布有一个小时的车程，最后一趟火车是在晚上十点十五分。

我们离开餐厅，步入冬夜，朝着火车站的方向走。站前广场上，一些年轻的亚洲面孔三五成群，有男有女，看上去像在街头闲逛。他们的五官与中国人相似，只是皮肤更加黝黑。他们是什么人？

安娜告诉我，这些是在克罗地亚打工的尼泊尔人，数量有近六万人之多。他们是劳务派遣工，从事各类体力劳动。据她所知，在尼泊尔当地，派遣工是一份令人羡慕的工作。

一瞬间，我突然感到全球化世界的荒诞一面：当克罗地亚人去更富有的欧洲国家寻找体力工作时，国内的空缺就由来自更贫困地区的尼泊尔人填补。这些人跨越半个地球来到这里，擦地板，盖房子——他们比克罗地亚人走得更远，待遇更差。

此刻，几个尼泊尔人正以海滨大酒店为背景拍照，脸上是愉快的表情，鼻息在空气中窜动。夜色中，海滨大酒店灯火辉煌，像一艘停泊在港口的巨轮，冷眼旁观一切，静静等待起航。

的里雅斯特的海岸线

深入地下世界的小火车

卢布尔雅那的老城

卢布尔雅那的老城

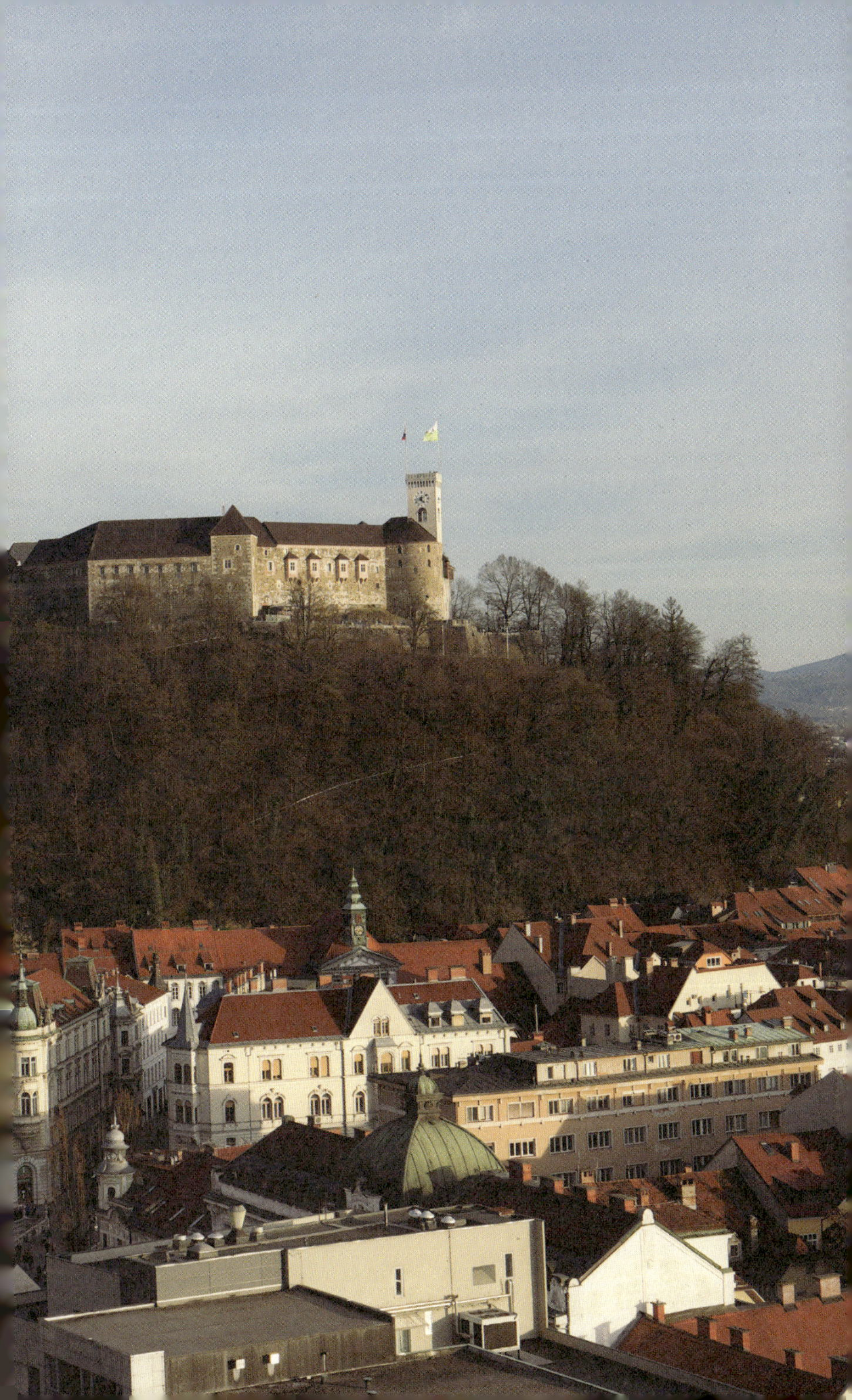

从卢布尔雅那的公寓阳台上远眺朱利安阿尔卑斯山

萨格勒布的集市与大教堂

萨格勒布公园内的涂鸦

萨格勒布的电车

萨格勒布市中心废弃的南斯拉夫时代的建筑

第三章
达尔马提亚：冰与火之歌

仔细观察克罗地亚地图，你会发现它形似一只张开的蟹钳：钳子的一边伸向塞尔维亚与欧洲大陆，另一边伸向黑山与阿尔巴尼亚。后者是亚得里亚海边的一片狭长地带，地理上被称为"达尔马提亚"。这里与意大利隔海相望，是克罗地亚风景最美的地方。

我买了一张汽车票，从萨格勒布出发，前往达尔马提亚。路线是经里耶卡、扎达尔、斯普利特，抵达电视剧《冰与火之歌》中的"君临城"杜布罗夫尼克。我计划兴之所至地在每个城市停留，短则一晚，长则数日。之后，我将从杜布罗夫尼克穿越边境，进入黑山。

和中国的大年初一一样，圣诞节的次日清晨，萨格勒布也变成了一座空城，街上只有寥寥几个闲逛的尼泊尔人。车站的咖啡馆里倒是有几个醉醺醺的克罗地亚人，正在享用一顿典型的克罗地亚式早餐：香烟配咖啡或香烟配啤酒。

他们大概是无家可归之人，街上的店铺都已关门，只有这里尚可一坐。吧台后面的女人面无表情，看不出有酒鬼光顾是高兴还是厌恶。后来,她也自顾自地点上一支烟,眯着眼睛,透过袅袅升起的烟雾,打量这些不速之客。

离开克罗地亚的内陆地区,前往风景如画的海岸线,需要翻越起伏的迪纳拉阿尔卑斯山。大雾逐渐笼罩了窗外,世界仿佛也是一家烟雾弥漫的咖啡馆。不久,海拔开始骤降,大约一刻钟的工夫,汽车已经置身于一派海滨风光中。

我在克罗地亚裔作家杜布拉夫卡·乌格雷西奇的书中读到,无数南斯拉夫人心中毕生难忘的一幕,便是在穿越漫长而寂寥的路途后,突然见到亚得里亚海在地平线上悄然浮现。旅客们总会玩一个小游戏:谁要是先看到大海,便要拖着长长的音调大喊一声"水——",以此争夺五个第纳尔。

如今,没人玩这个游戏了,大家都在低头玩手机。我们很快就要到达里耶卡,我想起安娜说过,他的父亲就来自里耶卡,性格与来自内陆的母亲迥然不同。

看着窗外,我开始领会山脉与性格之间的微妙联系:迪纳拉阿尔卑斯山像一道屏障,分隔了两侧截然不同的地理环境。如同天山分隔了农耕的南疆和游牧的北疆,在交通不便的过去,一座大山往往就会成为两种生活方式的分界线。

里耶卡是一座港口城市,曾先后属于奥匈帝国和意大利,二战后才成为南斯拉夫的领土。市中心的建筑具有奥匈帝国风情,白帆点缀的海港则让人想起意大利,而南斯拉夫为这一切蒙上了一层淡淡的社会主义滤镜——三段历史叠加在这座不大的城市里,让我的思绪也飞越了几个世纪。

俄国作家纳博科夫在其回忆录《说吧,记忆》中描述了童年时代随父母来里耶卡度假的情景。那时正是世纪之交，里耶卡被称为阜姆，属于奥匈帝国的领土。奥地利和俄国的上流阶层，喜欢来附近的海滨小镇度假，享受亚得里亚海的夏日阳光。

在一家海滨小餐馆，就在侍者准备上菜的时候，纳博科夫的父亲注意到旁边有两个日本军官。

"我们立刻决定离开，"纳博科夫写道，"但在离开前，我还是迅速地抓起了一整个冻柠檬奶球，含在口中带走了，尽管它让我的嘴巴发痛。"

那是1904年，纳博科夫五岁，日俄战争正在远东进行。纳博科夫的家庭教师订阅的英文画报上刊登了一幅日本艺术家的战争漫画，描绘了"如果俄国军队试图在贝加尔湖的冰面上铺设铁轨，俄国的火车头将会像玩具一样沉入湖底"。

20世纪初，无疑是里耶卡最辉煌的年代。如今，只有一些老派餐馆还保留着那种优雅的余韵。光顾的客人都年事已高：男士穿着正装，拄着拐杖；女士满面皱纹，却依然精心梳妆。坐在这样的餐厅里，只能屏气凝神地吃饭，你会渐渐地产生一种错位感，觉得自己也步入了夕阳红。

于是，到了晚上，我就在街上寻找一家氛围轻松的餐厅。意料之外的是，里耶卡的麦当劳竟是年轻人的社交场所。在户外桌旁，可以看到一群放寒假的少男少女，穿着打扮几乎如出一辙：男孩们留着平头，穿着运动裤和球鞋；女孩们长发披肩，穿着窄腿裤和小白鞋。我很快发现，她们仿佛在遵循什么不成文的规定，都将裤腿挽起一道窄边，露出赤裸的脚踝。

我点了巨无霸和薯条，搭配一瓶在超市买到的克罗地亚红葡萄酒。我发现，身处异国他乡时，麦当劳也能抚慰乡愁，因为那同样是来自童年的味道。果然，牛肉饼充满焦香，融化的芝士为其增加了层次，生菜也清脆爽口。我将葡萄酒倒入可乐杯中，喝了一口，惊喜地发现竟与汉堡相得益彰。

一个克罗地亚女孩在我对面坐下，只点了薯条，没点饮料，也没点汉堡。当她发现我在喝葡萄酒时，不禁露出微笑。我问她要不要来一杯，她大方地去柜台要了个纸杯。

她也叫安娜，二十来岁的样子。当我询问她的职业时，她告诉我，她从事的是一份"会让中国父母引以为傲的工作"。

"只是中国父母吗？"我笑着问。

"好像也不是。"她说，"任何地方的父母。"

"医生？"

她拿起纸杯，我们轻轻相碰。

安娜说，她现在是牙医专业的研究生，等毕业后才能正式开展职业生涯。在克罗地亚，牙医收入颇丰，但她依旧打算离开这里，去寻找更多的可能性。

原来，安娜曾在美国做过交换生。那里的多元文化让她深深着迷，也让她意识到克罗地亚文化上的单调。她在美国交过不同肤色和背景的男友，爱上了豆腐和越南河粉，对日本任天堂的游戏情有独钟。说话间，她微微抬起头，目光越过纸杯，仿佛在追忆什么。

我说："里耶卡以前也很国际化。"

"但现在不了，"安娜说，"除了奥地利的老人，没人会来这里。"

奥匈帝国解体后，里耶卡便开始了漫长的衰落。意大利统治期间，里耶卡变成了一座边城。二战后期，德军炸毁了整个港口。南斯拉夫解体后，私有化的丑闻和大规模腐败更是令这里的经济雪上加霜。

"你看到周围这些年轻人了吗？"安娜说，"他们现在还在上高中，但等他们升入大学，大多数人都会选择离开。"

"你有什么打算？"我问。

"我已经在维也纳的牙科诊所找好了实习。"安娜说，"圣诞节一过，我就离开这里。"

———

第二天中午，我从里耶卡坐上汽车，前往扎达尔。大巴沿着达尔马提亚风光旖旎的海岸线前行，一侧是嶙峋的山岩，如剔净的白骨，一侧是碧蓝如洗的大海，点缀着点点白帆。

扎达尔这座海边小城，历经二战的烽火，几乎被夷为平地。1990年代的南斯拉夫内战期间，它又一次被战争的阴影笼罩——城外十几公里的地方就是克罗地亚和塞尔维亚军队激战的前线。

到达扎达尔时，夜色已经像一张深蓝色的天鹅绒毯子覆盖大地。汽车还要继续开往斯普利特，而我是唯一下车的乘客。我拖着行李，想到美国作家保罗·索鲁，他在南斯拉夫内战期间也到过这座城市，同样是唯一的旅客。午夜时分，他看见码头的办公室亮着灯，一男一女正在整理文件，吞云吐雾。

"我刚从船上下来。"保罗·索鲁说，"我想找一家旅馆。"

男人摇摇头，女人则说："这里只有几家旅馆，现在都住满了难民。"

我投宿在老城外的青年旅馆，离汽车站不远。三十年过去了，旅馆依旧住满了难民——这一回是全球化的难民。

我原以为淡季的扎达尔不会有太多游客，没想到推开门的瞬间，几张黝黑的面孔一起望向我。他们移开摊在地上的行李，饶有兴味地看着我像玩跳房子一般，左蹦右跳地来到自己的铺位前。

其中一个人告诉我，他们是孟加拉人，来克罗地亚打工，暂时在青旅落脚。我问他们具体做什么工作。那人说，他们在海边的度假村打工。现在是淡季，又是假期，他们本打算回国，可是机票太贵，想来想去，还不如几个人一起结伴游荡。

他们长得很像印度人，身上也有一丝咖喱味，但都是穆斯林。他们有男有女，其中一对看样子是情侣，但到了青年旅社，他们也只得遵守规定，分开住宿。

刚才说话的那人问我是不是一个人，我说是。他很同情地摇了摇头——以摇头表示点头的意思，这一点也和印度人一样。

扎达尔的老城不大，环绕着高耸的城墙，里面有教堂、广场、咖啡馆、餐厅和菜市场。南斯拉夫内战期间，扎达尔曾遭到惨烈轰炸，到处是破坏的痕迹。在保罗·索鲁看来，这些破坏显然带有某种恶意。比如，老城区的罗马城门尽管毫无战略意义，却被炸得面目全非。他还看到，街上有许多荷枪的克罗地亚士兵：他们仪容邋遢，蓄着长发，许多还戴着耳环。

老城广场上散落着古罗马时代的遗迹，夜色中像是随意从地上冒出来的。在教堂和廊柱的废墟间，竖立着一根古罗马的耻辱柱，曾用来公开羞辱那些通奸的妇女。广场的另一侧是拜占庭风格的圣多纳图斯教堂，墙壁上正在展示圣诞灯光秀：五彩斑斓的巨大色块，你飞过来，我砸过去，像两队暴徒在隔着教堂互殴。

不过，第二天早上，我又来看这座教堂时，才发现真正令我惊愕之处。简介上写着：这座教堂经历了13世纪的蒙古入侵，类似遗迹在克罗地亚已不多见。

从中亚到欧洲，我见过不少蒙古侵略的纪念物，但站在亚得里亚海的海滨，还是不由得感叹：蒙古的锋芒竟然已经波及至此！

1241年，窝阔台大汗去世，继任者之间爆发权力斗争，这才使得蒙古人从欧洲返回中亚。用英国历史学家彼得·弗兰科潘的话说，他们终于"把脚从基督教欧洲的喉咙上挪开了"。

老城的巷子里藏着一些时髦餐厅，有的人声鼎沸，有的空空荡荡。临街的橱窗亮着灯，风吹动地上的纸片。我路过一家外表不起眼的小餐馆，桌上铺着朴素的桌布，墙上挂着家庭照片，像是经营已久却拙于营销的类型。

我点了餐前面包、鱼汤、蔬菜沙拉和烤章鱼，还要了一壶便宜的白葡萄酒。侍者白发苍苍，穿着熨烫整齐的白衬衫和黑马甲。他服务周到，总是殷勤地为我倒酒，问我对菜品是否满意。饭点已过，餐厅里只有我一个客人，他却依然用心整理空无一人的邻桌，随后静静地站在吧台后面，注意着我的方向。

当他再次过来为我斟酒时，我问起他的年纪。

"我已经五十二岁了，先生。"他回答，"不算年轻了。"

接着，还没等我开口，他又说道，他知道他的样子看起来要老得多。

的确如此。看他的样子，我以为他快七十岁了。

"你是中国人吧？"他问，"中国人不像克罗地亚人那么显老。"

他似乎很清楚这一点，也愿意承认。他说，他以前做过很多工作，其中一份和鞋子有关。那时，他曾去广州进货，看到六七十岁的广东老人还是精力充沛，在茶楼里喝茶，在公园里练剑。他说，克罗地亚人显老，与他们的经历和生活习惯有关。譬如，他们大都经历过战争和失业，很早就开始抽烟，喝酒也很凶。他现在已经戒烟，但毕竟还是抽过大半辈子。这一点我能听出来——说话时，他的胸腔有一种风箱般的回音。

我问他做过哪些工作，在中国的生意如何。

没想到他经历过那么多事情：当过兵，离过婚，做过记者，干过演员。那个和鞋子有关的生意最终因为疫情而失败了，导致他现在不得不给一个开餐馆的朋友打工——在这家小餐馆，他已经工作了一年。

我的酒没了，他又为我打来一壶，说是他送我的。我喝着葡萄酒，想着他举手投足之间那种旧式的尊严和礼节。无论命运如何，他并没有表现出任何怨尤。他愿意承认别人更健康，更有活力，能够心平气和地谈起之前的经历。想着这些，我开始对他产生好感。我觉得，如果我处在他的位置，经历这些挫折，恐怕早已一蹶不振。

那天晚上，回到旅馆，房间里已经鼾声一片。我有段时间没住青旅了，忘记了夜晚的鼾声有多可怕。我躺在床上，挨着时间，第二天一早就爬起来，离开旅馆。

城市刚刚苏醒，码头沐浴着阳光，海面晶莹闪亮。在海浪的冲击下，通往大海的镂空石阶，响着阵阵风琴声。

——

从扎达尔继续向南，前往斯普利特。两座城市相距一百二十公里，车程大约三个小时。

昨天一夜没睡好，一上车我就昏昏沉沉。再睁开眼时，窗外已经夕阳西下，海面上是粉红色的余晖，仿佛被一片大火点燃。道道光影投射在陌生小镇的屋顶上、路人的脸上和衣服上。有那么一瞬间，我忘了自己身在何处，甚至忘了这辆车要驶向何方。这种转瞬即逝的迷离感，就像灵魂片刻挣脱肉身，如一片羽毛，飞向宇宙。

斯普利特车站位于港口附近，街边是店铺和换汇商店。平日，这里或许是一条嘈杂的街道，不过此时天色已晚，又是圣诞假期，只剩下一片黯淡的景象。码头上停着白色渡轮，棕榈树在海风中摇曳，空气中飘着煮贻贝的味道，给人一种置身那不勒斯的错觉。我走向港口，很快看到一座巨大的宫殿。在夜幕的映衬下，宫殿显得破败而庄严，森森古意令人心中一凛。

实际上，宫殿的历史比克罗地亚的历史还要久远。它是古罗马帝王戴克里先的宫殿，也是现存最雄伟的古罗马建筑之一。公元305年，六十岁的戴克里先皇帝选择退位，在与意大利隔海相望的斯普利特修建了这座宫殿。他远离政治，过起农耕生活，最大的兴趣是种卷心菜。有人劝他复位，被他断然拒绝。他的回答成为后人津津乐道的佳话："若您见到我亲手种植的蔬菜，便不会做出如此请求。"

公元305年，正是中国的晋惠帝时代。时值天下荒乱，生灵涂炭，多有百姓饿死。晋惠帝得知后，也说了一句名言："何不食肉糜？"

我正想着卷心菜和肉糜，眼前发生了奇妙的一幕：一群吉卜赛乐师突然从宫殿大门里走了出来。月光照亮他们卷曲的头发、蓬松的胡子，照亮他们生动的面孔、狡黠的眼睛。他们一边走一边演奏，音乐的旋律欢快而忧伤，有那种吉卜赛人面对苦难的穷欢乐劲儿——这一幕可真像是塞尔维亚导演库斯图里卡的电影中会出现的场景。

错身而过时，他们突然停止演奏，转头看我，我也转头看他们。

"你从哪儿来？"其中一个人瞪大眼睛问。

"中国。"我回答。这时他们已经走到我的身后。

"你们呢？"我回头大喊。

"匈牙利！匈牙利！"

他们走向港口，演奏声很快又响起来。第二天，我四处寻找，但没有再见到他们。或许就像斯普利特的本意"匆匆离开"一样，他们也已经匆匆离开，流浪他方了。

———

在斯普利特逗留的日子里，我总是徜徉在戴克里先的宫殿中。如今，它更像是这座城市跳动的心脏。宫殿的范围内居住着大约三千名当地居民，他们的祖先大都是逃避阿瓦尔人入侵的难民。

阿瓦尔人就是中国古籍中的游牧民族"柔然"。在被突厥人击溃后，他们一路迁徙至欧洲，7世纪时横扫达尔马提亚地区。当地居民被屠杀殆尽，只有少部分人逃到附近的岛屿。等他们返回大陆，发现家园已被摧毁，只有戴克里先的宫殿尚可容身。

他们在宫殿里搭起栖身之所，经过几个世纪后，那些住宅已经和宫殿彼此依存，成为一体。南斯拉夫时代，政府曾想疏散宫殿内的居民，拆掉墙壁与柱子之间的房屋，恢复宫殿往昔的宏伟。但勘测人员很快发现，一旦将居民赶走，房屋拆除，戴克里先的宫殿也将随之坍塌。

于是，宫殿的结构不断增加，变得愈加繁复。迷宫般的小巷里藏着通道和庭院，挤满蜂巢一般的房屋。现在，很多房屋已经改成商店、酒吧、旅馆和餐厅，成为斯普利特最时髦的场所。

走在小巷里，我听到咖啡馆里传来的音乐，看到居民将洗好的衣服晾在头顶。少年对着古老的墙壁踢球，面目刚毅的老大爷走出房门，察看误入庭院的不速之客。老妇人坐在雕花的高窗下，透过老花镜，打量窗外的世界。

在市井生活之间，依然可以想象宫殿当年的样貌。为了建造宫殿，戴克里先不惜重金，从意大利和希腊运来大理石，从埃及运来十二尊狮身人面像。巨大的白石取自附近的布拉齐岛——十五个世纪后，这种白石也将用来建造美国白宫。

罗马帝国的疆域延伸到达尔马提亚，但已经无力翻越崇山，进入巴尔干深处。在这里，我发现地理决定论再次呈现其宿命的一面：迪纳拉阿尔卑斯山西侧的达尔马提亚地区尚有众多古罗马的遗存，而山脉东侧的黑塞哥维那地区——正如我后来在那里看到的——就仅有一些古罗马文明的沉渣碎屑了。

戴克里先宫殿是斯普利特的基石，但今天的城市早已溢出宫殿。宫殿的大门外是一座熙熙攘攘的巴尔干市场，贩卖蔬菜、奶酪、香肠和鱼干等物。上了年纪的男人提着两辫子大蒜站在露天，看上去跟自己出售的货物一样坚韧。

市井百姓的日子并不算宽裕——食品价格不低，制成品的价格与西欧不相上下。所以，巴尔干市场里有一个区域，专门出售廉价的服装、鞋类及小家电。走在其间，我很快就意识到这些货物的源头——中国义乌小商品市场。

市场外，有一家工人阶级光顾的酒吧。疲惫的中年人喝着啤酒和葡萄酒，打发着时光。电视里播放着比吉斯的歌曲"Stayin' Alive"：年轻的约翰·特拉沃尔塔穿着喇叭裤，走在1970年代的街头。

伴着电视里迪斯科的节拍，酒吧里一个淡黄色头发的女人跳起舞来。岁月让她略显发福，可我几乎可以想见，她在年轻时是一个会让人回眸的女人。

她穿着翻领白衬衫、蓝色牛仔裤和黑色粗高跟鞋，跳得神采飞扬。其他人也被她的情绪感染，纷纷加入。我看着他们跳舞，心里涌出一种温馨，好像这就是我一路上在寻找的东西。

酒吧的灯光打在天花板上，照出一个个晕圈，色彩与明暗不断变换。歌曲结束后，跳舞的人都停了下来。下一首歌曲是"How Deep Is Your Love"，忧伤的歌词，忧伤的旋律。

跳舞的女人告诉我，她四十九岁，离过婚，有一个二十岁的女儿。女儿和朋友出去玩了，她自己出来喝一杯。

她喝了五杯。临别前，她有点摇晃地站起来，还像意大利女人那样，朝众人送了几个飞吻。

——

前往杜布罗夫尼克的路上，汽车沿着蜿蜒狭窄的公路进入内陆山区。几乎转瞬之间，地中海的影响就荡然无存。气候变得干燥寒冷，到处是低矮的灌木和破碎的山岩，散落着白色的石头房子。

汽车途经弗尔戈拉茨——一座安静的小山城，几乎没有游客造访——车站的咖啡馆里烟雾缭绕，大声播放着巴尔干音乐。还不到中午，很多男人已经醉意蒙眬。他们抽着烟，唱着歌，身后的群山就是广阔的巴尔干腹地。

虽然与斯普利特仅仅相隔百公里，克罗地亚的内陆与海边却给人迥然不同的感觉。这种对比之强烈，让我对克罗地亚的历史有了更直观的认识：因为地理的区隔，克罗地亚的不同区域在历史上受到不同文明的影响，产生不同的性格，而这个国家能结合到一起则是民族主义发酵的结果。

拿破仑入侵是克罗地亚历史上的一个插曲，时间短暂，却影响深远。从法国人那里，克罗地亚人开始接触到民族主义理念，自我意识也随之嬗变。此后，克罗地亚人就开始在"两个自我"之间不断摇摆：时而倾向于泛斯拉夫的情感，时而倒向对抗塞尔维亚的诉求。历史的浪潮多次证明，克罗地亚每一次在冰与火之间摇摆之时，往往也是战乱与动荡之时。

汽车驶上跨海大桥，绕过一小片波黑领土，接着便滑向克罗地亚版图的最南端。杜布罗夫尼克以富庶和美丽闻名，其历史也恰好体现了克罗地亚人"两个自我"的纠结。

杜布罗夫尼克过去叫拉古萨，但因为听上去太像意大利语，归属南斯拉夫后就换上了如今这个饱含斯拉夫风情的名字。南斯拉夫内战期间，这里遭受了塞尔维亚和黑山军队长达七个月的围城和炮击。至今，当地人对塞尔维亚人和黑山人仍然心怀怨恨。

我住在杜布罗夫尼克的老城。走在迷宫般的小巷里，很容易觉得自己也成了历史的一部分。沿着狭窄陡峭的巷道，登上城墙，只见老城坐落在一座半岛之上，被城墙勾勒出清晰的轮廓。城墙最初建于9世纪，原本就是为了抵御围攻而建。到了15世纪，由于奥斯曼土耳其人的威胁，城墙又再次得到加固。这样，整座老城就被包围在一道周长两公里、高二十五米的石头屏障中。

在人类发明坚船利炮之前，杜布罗夫尼克的防御可谓固若金汤。这就是为何这样一座可以用脚步丈量的小型城邦，在历史上能够成为一个长期独立的共和国。在15和16世纪的黄金时代，拉古萨共和国的国力达到鼎盛，甚至可以与对岸的威尼斯相提并论。从拉古萨出发，商队既可以取道内陆，穿越巴尔干腹地，前往东方的君士坦丁堡；亦可以乘风破浪，航向欧洲诸多重要港口。奥斯曼帝国渴望将其收入囊中，以此作为向意大利进军的跳板，但拉古萨凭借高超的外交手段，屡次巧妙地躲过了战争的阴云。

从高处俯瞰老城，满眼皆是白石与红瓦，有一种根植于历史的富足气息。想象一下，早在1317年，这里就建立了至今仍在运营的药房；1436年就有了至今仍在使用的供水系统。1347年，当黑死病席卷欧洲，导致三分之一人口死亡时，杜布罗夫尼克率先建立起世界上第一套完整的隔离制度：所有外来人员必须在海上的岛屿隔离四十天后方可上岸。当地人将"隔离"称为"quarantine"——拉丁语中"四十天"的意思。历史学家认为，这个时间长度受到了《圣经》的启发。例如，诺亚方舟在洪水中漂浮四十日夜，耶稣在荒野中禁食四十天。

除了1667年的一场大地震，杜布罗夫尼克几乎躲过了历史上所有的天灾人祸，老城在当地人心中拥有近乎神圣的地位。每一块砖石都浸染着宗教传说或历史掌故，故事中嵌套着故事，传说里嵌套着传说，行走其间的人们都能够看到和感受到——这也强化了人们对老城神圣不可侵犯的信念。

这就是为什么当克罗地亚宣布独立，南斯拉夫内战爆发后，当地人纷纷躲进老城寻求庇护。他们未曾料到的是，塞尔维亚和黑山并没有派出攻城部队，而是从海上和山上封锁了这座城市，然后以大炮轰击老城。炮击和封锁并不能攻陷一座城市，更多的是一种心理战术，达到恐吓人心的效果——这似乎正是当时的情况。

即便到了今天，我依旧可以从老城的屋顶看出炮击的破坏程度：那些装饰着明亮新瓦片的屋顶大都遭到过破坏，因此不得不更换；那些已经褪色的原始瓦片，如今只是零星地点缀其间。

―――

第二天早上，我沿着城墙，走向码头。教堂门口有人分发起泡酒和生蚝，我也拿了一份，权当早餐。码头上泊满渔船，海水清澈透明，成群的小章鱼在水中起起伏伏，如同一队小伞兵轻盈降落。

我走到一处悬崖，眺望大海。穿着泳裤、光着上身的男孩，从巨石上一跃而下，跳入海中。即便是冬季，杜布罗夫尼克依旧温暖湿润，灿烂的阳光给人以秋日之感。行至此地，心情不由得明朗起来，于是决定在这里迎接新年，顺便见证克罗地亚加入申根区和欧元区的历史性时刻。

为了打发白天的时光，我决定前往波珊卡村。那是杜布罗夫尼克城外的制高点，在老城时我总能看到山顶上巨大的十字架，在夜色中发出耀眼的白光。通往山顶的缆车已经停运，我便乘坐小巴前往。小巴沿着山路盘旋而上，一排排带花园的房屋面朝金色的大海，有一种威尼斯式的优雅。不久，山路变得荒凉，碎石间可以看到养蜂人的小屋。

波珊卡村一片静谧，只有鸡鸣犬吠之声。村里的房子都是新建的，战火曾将这里的一切都摧毁了。荒草萋萋的废墟依旧裸露在村外的土地上，一块显眼的大牌子上写着：不要忘记1991至1992年间，波珊卡村曾被战火摧毁。

我经过那座巨大的十字架，俯瞰波光粼粼的大海和红瓦老城。不远处的城堡，最初由拿破仑的军队所建，现已成为国土战争博物馆，展示塞尔维亚和黑山军队的暴行以及杜布罗夫尼克市民的抵抗。

一位克罗地亚父亲正带着上小学的儿子参观——这是一场家庭内部的爱国主义教育。他们坐在展览室的椅子上，观看当时的战争影像：战火中，老城面目全非，街上空空荡荡，到处是破碎的瓦砾。一枚炮弹击中民房，导致多人死亡和受伤，救援队伍从瓦砾中救出血迹斑斑的生还者。有人在哭泣，有人双手掩面，沉浸在深深的悲痛之中。镜头捕捉了人们的恐惧，也记录了无私的救援和互助场面：战争无情，有人依旧保持着人性美好的一面。

离开博物馆，我沿着一条小路下山。山坡上生着星星点点的橄榄树和矮橡树，不时有较为开阔的松林。午后，我在一棵俯瞰亚得里亚海的松树下吃自己带的午餐。我斜倚一块大石头，吃着三明治，目光越过山谷，看着绵延起伏的山脉。云海的阴影缓缓移动，遮住一座黑色山岭。再往远方，如同水墨画一般，就是黑山共和国连绵不绝的群山。

回到山下，我顺道参观了红色历史博物馆。如果说国土战争博物馆展示了南斯拉夫解体后的可怕场景，那么红色历史博物馆就是在试图探索南斯拉夫解体的深层原因。

一个二十岁出头的年轻女孩闲坐在柜台后，无聊地玩着手机。她告诉我，我是今天唯一的参观者。博物馆从衣、食、住、行等方面，展示了克罗地亚在社会主义时期的日常生活。即便以欧洲的标准来看，那也是一种富足的生活。你可以真切地感受到，南斯拉夫曾经充满理想，也创造过发展的奇迹。问题在于，这一切的根基并不稳固——快速提升的生活水平，其实建立在庞大的外债基础上。我想起阿丽达之前提及的观点：南斯拉夫曾是不同阵营拉拢的对象，低息贷款的诱惑便是手段之一。不过，债终究也要偿还。一旦国家本身陷入危机，外债便成了压死骆驼的最后一根稻草。

历史学家们常将二战后南斯拉夫的快速崛起与民族团结归结于三大支柱：坚强领导者铁托的影响力，唯一合法的政党——南斯拉夫共产主义者联盟，以及统一的南斯拉夫人民军。到了1990年代，这些维系国家的力量都已不复存在。经济危机进一步激化了原本存在的民族矛盾，加之苏东剧变的冲击波，以及西方国家对斯洛文尼亚、克罗地亚和波黑独立的快速承认，南斯拉夫几乎不可避免地踏上了崩溃之路。

离开博物馆的时候，那个女孩正坐在门口抽烟。她生于1997年，对那段历史没有特别的兴趣。我问她为何会在此工作，她轻轻耸肩，说自己只是随便找个工作罢了。事实上，她很快准备离职。

"之后有什么打算？"

"我有太多兴趣，还没决定选择哪个。"她向空中吐了口烟圈，口气中带着点调皮，还有孩子式的玩世不恭。

"这里有塞尔维亚和黑山的游客吗？"我又问。

她摇了摇头："至少我从没见过。"

——

三十年过去了，战争已成为历史的一部分，但在这座城市的记忆中，它的阴影若隐若现。在老城的很多地方，仍可见到对战争受害者的凭吊和纪念。得知我是作家后，当地人也愿意主动谈起那段历史。

"塞尔维亚人的大炮就藏在那些山上。"那天晚上，一个叫马可的酒吧老板对我说，"他们常常在夜里发射，就像山上打了一个闪电，接着一声巨雷炸响。"

他当时是个十来岁的孩子，觉得战争像一场大人之间的玩笑，却又一点儿也不好笑。城中断水断电，食物只有分发的土豆。当夜幕降临，他的母亲总会忧心忡忡地点起蜡烛，在摇曳的烛光下，向圣像祈祷。

"在南斯拉夫时代，杜布罗夫尼克就是欧洲人青睐的度假胜地。"马可回忆着，"但战后的那些年，这里一片萧条，游客寥寥。"马可想办法去了德国，开起了出租车。直到多年后，他才重返故土。

我问他为何不在德国定居。

"这里是我的家。"他简单地答复。

某种程度上，马可算是幸运的，因为他的家乡是一个旅游胜地。

随着时间的流逝，创伤得到了愈合，他也能依靠旅游业来维持生计。回国后，马可经营过餐馆，之后又开了这家爱尔兰酒吧。他埋怨杜布罗夫尼克的商业竞争过于激烈，市场几乎饱和。

"刚开这家酒吧的时候，类似的竞争对手几乎没有，但不久周围就开了两三家。夏天还好，冬天生意就会大受影响。"

马可既是在发牢骚，也是在向我解释为什么酒吧里除了我，只有另一桌客人。

我并没有告诉马可，酒吧人少正是我光顾这里的原因。在克罗地亚，室内吸烟司空见惯，人多的酒吧更是烟雾弥漫，像是走进了纳粹的毒气室。从萨格勒布一路至此，我几乎是在烟雾中挣扎着前行，嗓子都快说不出话了。

马可提到，美剧《权力的游戏》在这里取景之后，杜布罗夫尼克的知名度更高了，开始有来自欧洲以外的游客慕名而来。夏天时，这里的物价暴涨，一房难求。很多游客甚至不得不住在几十公里外的波黑境内，每天开车往返。

我问马可，随着克罗地亚加入申根区和欧元区，杜布罗夫尼克是否会成为最大赢家？一路上，很多克罗地亚人都这么对我说。

马可不置可否地摇了摇头。他告诉我，老城区的物价如今已是正常物价的两倍，甚至超过了意大利和德国的一般水平。

"人们选择来杜布罗夫尼克，是因为这里风景优美，也因为物价较为便宜。如果价格继续飙升，还会有游客来吗？我不知道。"

走出马可的酒吧，街上人头攒动。当地居民正纷纷涌向老城，准备庆祝新年的到来。圣布莱斯教堂前灯火辉煌，乐队的演出已经开始。我穿过被霓虹灯点亮的人群，沿着曲折的小径，回到那家俯瞰老城的旅馆。

不知何处传来《欢乐颂》的曲调——这旋律,恰巧也是欧盟的盟歌。我忽然感到,对克罗地亚来说,这乐章不仅是欢庆的象征,也是一种宣言,昭示着一个新时代的开始,也宣告了南斯拉夫之梦的彻底终结。

自从民族主义激发了克罗地亚人的自决意志,他们就在"两个自我"之间徘徊不定。最终,他们做出了选择,与历史命运达成和解:从独立到内战,从转型到复原,三十年的时光就这样飞逝而过。现在,克罗地亚人终于得偿所愿。

我打开一瓶葡萄酒,拉开窗帘。街上是欢乐的人群,空气中弥漫着乐观情绪,天空被城里的灯火映成一片宝石般的深蓝。我坐在窗前,一边啜饮葡萄酒,一边倾听《欢乐颂》,等待新年的到来。

第四章
黑山：去山巅呼喊

杜布罗夫尼克是个繁华之地，有着符合欧洲标准的旅馆、餐厅和一切便利。我在这里又流连了两日，从老城搬到新城，每天去港口散步，到本地人的小馆子用餐，在咖啡馆和酒吧阅读巴尔干的历史文献。

接下来，我准备进入黑山和波黑——那里是巴尔干的腹地，和它崎岖的地形一样，至今仍被民族仇恨、政治分裂和脆弱的经济撕扯得支离破碎。想到要去那些地方，我有一种即将离开舒适的房间，出门面对坏天气的亢奋感。

开往黑山的巴士只有晚上一班。夜幕降临后，我从车站对面的小超市买了一瓶托米斯拉夫牌黑啤，坐在车站的长椅上，等待开往科托尔的汽车。偌大的车站空空荡荡，既没有车，也没有旅客——没人去黑山。车站的大喇叭放着克罗地亚语的广播节目，仿佛絮絮不止的白噪音，也像有人拧开水龙头，让水徐徐漫延在空无一人的广场上。

两个警察从不同的方向朝我走来。我想到有些国家禁止在公共场合饮酒，于是下意识地把酒瓶藏到背包后面。但是，他们并非为我而来，只是走到长椅旁边，聊起天来。

两个警察，一老一少，都留着八字胡，深深的眼袋上写满疲惫。我不懂克罗地亚语，可还是能够听出，他们的说话方式与广播节目里的人不同：更风格化，也更戏剧性。老警察在炫耀什么，小警察俏皮地附和，然后两人一起爆发出笑声。我又拿出酒瓶，喝了一口，感觉正在一个未知的国度偷听。

终于，一辆老旧的巴士载着它那邋遢的司机来了，乘客只有我和一个吃薯片的姑娘。司机抽完烟，将烟头扔在地上。随后，我们开出车站，离开杜布罗夫尼克，驶向黑山边境。

窗外的白房子亮着灯，星星点点，像森林中的萤火。前方的道路只是一团黑黝黝的山影。一辆汽车开着大灯，穿行在山影中，仿佛一个移动的白点。我注视着这个白点，好像盯着一只爬在黑色幕布上的瓢虫。接着，山路转弯，白点突然消失不见。远方再次陷入彻底的黑暗，只有巴士的引擎声单调地回响。

到了边境检查站，我们下车，盖章，进入黑山。这里的地貌并没有显著变化，但透出一种全然的异样。我望着窗外飞速划过的小镇，突然意识到，可能是因为这里的一些招牌不再是拉丁字母，而变成了西里尔字母。这意味着，我在不知不觉之间从天主教的世界滑入了东正教的世界。在黑山，信奉东正教的人口约为72%，这让它与塞尔维亚和俄罗斯有了更多精神上的联系。

巴士绕过科托尔湾，一侧是大海，一侧是洛夫琴山。山峰拔地而起，有着陡峻的线条。我在书中读到过，黑山的名字就来自洛夫琴山，因为这座石灰岩山脉太过荒凉，一年中总有数月一片苍黑。

科托尔是洛夫琴山下的一座港口城市，人口只有一万余人。当我走出湿漉漉的车站时，街上和海上都弥漫着雾气。黝黑的山峰、白色的雾霭、昏黄的路灯、几座灯影幢幢的建筑，共同构成一幅线条粗粝的油画。我拖着行李走进这幅画中，在老城里找了一家驿站般的石头旅馆，住了下来。

———

第二天一早，我走出旅馆，太阳已经高高升起。昨夜的大雾散去，昏暗潮湿的景象已经消失不见。在这个晴朗的冬日，科托尔湾碧波荡漾，洛夫琴山上飘着几缕轻纱般的薄云。

一个光头男人正在城墙外的岸边投喂动物。白色的海鸥、棕色的潜鸭、灰色的鸽子扑打翅膀，争抢男人抛出的面包屑。男人似乎童心未泯，时而往这个方向扔，时而朝那个方向掷，乐呵呵地看着飞禽横冲直撞，乱作一团。当他终于结束自己的慈善事业，钻进汽车扬长而去时，空中还飘荡着一些凌乱的羽毛。

我继续四处游荡，发现老城就位于峡湾的末端，几乎与身后的山脉垂直相连。一条山路蜿蜒而上，通向高处的圣约翰堡。我花了两个小时爬到那里，俯瞰这座山海之间的小城。

老城拥有迷宫般的小巷和一座袖珍广场。广场上有两座高大的钟楼，映衬着山景。城中遍布教堂，既有东正教堂，也有天主教堂。相比天主教堂，东正教堂的氛围更具神秘气息：圣像、熏香、褪色的壁画……身着黑色法衣的大胡子神父，一边晃动黄铜香炉，一边念念有词。黑山老妇人围着头巾，脸上皱纹纵横，让人想到黑山自古就是个严苛的地方。

科托尔的老城很小，路是石头的，房子也是石头的。走在小巷里，我经常会与流浪猫不期而遇。老城里居住着数百只流浪猫，让科托尔获得了"猫城"的称号。当地人有句名言："当你不知道去哪里的时候——跟着猫。它会带你去到你没去过的地方，还会介绍朋友给你，因为猫在科托尔的时间比任何人都长。"

猫是怎么来到科托尔的？一种说法认为，科托尔自古就是港口和货物码头，有很多老鼠，于是就有了猫。不过，老城干干净净，我也并未看到老鼠。因此，另一种说法就显得更有说服力：黑山人虽然以勇猛凶悍著称，骨子里却十分温柔——这也反映在他们对待猫的态度上。

午后，我经过一家酒吧，一只猫正眯着眼睛，趴在门口的台阶上晒太阳。在科托尔，冬日的阳光十分珍贵，因为太阳总是被大山遮蔽。当我也在门外的椅子上坐下来享受阳光时，猫没有被吓跑，只是无奈地看了我一眼，慵懒地挪了挪身子，为我让出一点儿空间。

侍者走了出来，从猫身上抬腿迈过。

"来杯生啤。"我说。

侍者是个年轻的小伙子，像典型的黑山男人一样身材高大，相貌英俊，棱角分明的脸上留着黑色的络腮胡子。他将啤酒端给我，然后在邻桌坐下，两只大手扣在一起，放在桌面上。

我后来得知，他叫乔万，生于1997年。老家在黑山北部，靠近塞尔维亚的山区。他的父母和弟弟还生活在那里。

在黑山这样的地方，山区真的就是山区，几乎种不了什么作物。

我问乔万,山区的主要生活来源是什么。

"放羊。我家养了三十多只羊。以前我每天在山上放羊,现在是我弟弟。"乔万停顿片刻,接着又说,"这是山区的传统生活方式,祖祖辈辈就是这样生活的。不过,我选择了离开,到了科托尔。"

"为什么会来这里?"

"因为羊不够多,我不得不出来工作。"乔万腼腆地一笑,"刚到这里时,我才二十岁。这些年,我一直在酒吧和咖啡馆当侍者。"

这样的回答,倒与二十年前在中国北方乡村听到的如出一辙。

我问乔万,他觉得科托尔怎么样。

"这是黑山最著名的旅游城市。欧洲人会来这里度假。"他说,"俄罗斯人和英国人尤其喜欢这里。"

他说,大多数黑山人和他一样干旅游业。从春天开始,他们会连续数月不间断地工作,直到冬天淡季才有机会回家或是休息。

"但你现在还在这里。"我说。

"是的,是的。"乔万面露喜色,有点骄傲地搓搓手。

我想,他一定是误解了我的意思。我其实想问他为什么没有回家,而他把我的话当作了恭维——即便到了淡季,他还是保住了工作。

乔万说,他住在城外的一栋两室公寓里,到老城需要二十分钟。在科托尔,这可算是相当远的距离。我问他房租多少。他说,四百欧——几乎相当于他半个月的收入。

"有点贵。"我说。

乔万点点头。"这里的生活很艰难。但没办法,我只能租个大房子。我二十一岁就结婚了,女儿今年三岁。我和妻子是在酒吧认识的,她也是服务员。"

"她是黑山人吗?"

"不,她是塞尔维亚人。"乔万说,"不过,黑山人和塞尔维亚人没什么区别。她出生的那个城市人口还不到四千人,大概还不如你们中国一条街上的人多。"

我笑了,然后告诉乔万,在我居住的城市,有些小区就比整个黑山的人口还多。

"我的天!"乔万瞪大眼睛。

我又要了一杯啤酒。乔万拿起桌上的空杯,跨过那只猫,走进酒吧。过了一会儿,他又端着一杯酒走出来。此时,阳光已经从台阶上悄悄溜走,那只猫终于直起身子,伸伸懒腰,走开几步,开始梳理自己的绒毛。

我问乔万,是否想过出国工作,那样或许会有更好的收入。比如杜布罗夫尼克,不过是两小时左右的车程。

乔万摇摇头。

"我从没想过出国。"他说,"黑山还不属于欧盟,我没办法在那边工作。"

"黑山不属于欧盟,却使用欧元。"我提到这一点。

"是的,是的。"乔万再次露出笑容,似乎又把我的话当成了恭维。

"这不奇怪吗?"

"我看不出有什么奇怪。"

作为初来乍到的旅行者,我不免感到奇怪。在此之前,我从未见过任何独立的主权国家,不发行本国的货币。即便像津巴布韦或者委内瑞拉这样的"失败"国家,总归也有自己的货币,就算那些货币的价值还不如一卷卫生纸。

南斯拉夫时代，黑山使用南斯拉夫的货币第纳尔。1992年，南斯拉夫解体后，斯洛文尼亚、克罗地亚、马其顿和波黑纷纷独立。只有弱小的黑山选择跟随老大哥塞尔维亚，组成了南斯拉夫联盟共和国（简称"南联盟"）。

绵延数年的战争和国际制裁摧毁了南联盟的经济，造成严重的通货膨胀。为了抑制通胀，避免全盘崩溃，黑山从1999年开始使用德国马克作为官方货币。到了2002年，欧元诞生，黑山也转而使用欧元。

有趣的是，黑山迄今并未与欧洲央行达成任何使用协议。2012年，黑山开始与欧盟进行入盟谈判，而欧盟不得不面对一个史无前例的情况，即一个已经使用共同货币但并未执行强制性经济条件的国家，正在努力加入欧盟和欧元区。

在复杂、破碎的巴尔干，黑山倒也并非个例。后来，我又在科索沃遇到类似情况。相比黑山，那是一个更加饱受摧残、深陷麻烦的"国度"。

乔万告诉我，对黑山来说，目前最大的希望就是加入欧盟。因为除了旅游业，这里几乎没有别的工作机会。他说，首都波德戈里察附近原本有一家铝厂，曾是黑山最大的工业企业，但在2021年12月关闭了。现在，除了一家热电厂，黑山没有任何工业。只有加入欧盟，黑山人才有更多机会，国家才有依靠。

我问乔万，他是否担心一旦加入欧盟年轻人都会离开黑山。

乔万说，刚开始会有很多年轻人离开，但他相信，他们最终还是会回来。

一

一旦没有了太阳，冬日的科托尔立刻就让人感到寒意。我逛遍了老城，不知道还能去什么地方，于是又要了一杯生啤，坐到酒吧里，消磨时光。

黄昏时分，一个女人推门而入。她看上去四十多岁，也可能更大，有一头亮棕色的头发，眼泡鼓鼓的，好像刚哭过一场。她坐到吧台边，像熟客那样和乔万打了个招呼，然后要了一杯啤酒。

我猜她是美国人。在略显矜持的欧洲，其实不难分辨出美国人——他们很容易打开话匣子，而且一旦打开就滔滔不绝。

美国女人一边喝酒，一边向我和乔万透露，她是拉斯维加斯人，有拉美血统，在美国驻俄罗斯大使馆工作，隶属军队系统，归国防部管辖。现在是圣诞假期，她独自在欧洲旅行。假期结束后，她将调往澳大利亚。

"我讨厌寒冷，但下雪的莫斯科美极了。"她说，"不过，我还是很高兴，总算可以调到一个说英语的国家了。"

"是的，是的。"乔万笑嘻嘻地附和美国女人。

"俄罗斯人其实相当友善。听说我要离开，他们都很伤心。我的翻译是个1992年出生的女孩，她听说我要走，搂着我抱头痛哭。"

"是的，是的。"乔万说，"怎么会想到来黑山的？"

"说来话长。我先去了意大利——罗马、托斯卡纳——你知道，我们美国人喜欢托斯卡纳。我一直想在意大利买房退休呢！在托斯卡纳拥有一套房子，是所有美国人的梦想。然后，我坐船到了阿尔巴尼亚。我发现，那里的风景和意大利没什么两样，但房价比意大利便宜多了。都拉斯你知道吗？房子漂亮极了，面朝大海。我想，用我的钱可以在那里买个大房子了。何必非要在意大利呢？然后，我从阿尔巴尼亚到了这里。天，科托尔的老城美极了！我这两天一直在想，要不要在科托尔也买一套房子？"

美国女人看了看我和乔万，仿佛在征求我们的意见。不过，还没等我们开口，她又继续说道："我要在科托尔待十八天。我想沉浸在一个地方，慢慢地体验。我在老城租了房子，便宜又宽敞。我每天睡到自然醒，然后在老城里散步、吃饭。对了，我喜欢和当地人聊天！我觉得只有和当地人交朋友才是真正的旅行。我和广场上那家咖啡馆的小伙子就成了朋友。"她转过脸，看了看乔万，"现在，我们也是朋友了。"

"是的，是的。"乔万点头。

"我有一个问题，"美国女人问乔万，"你觉得黑山人和塞尔维亚人有什么不同？"

"这是个很好的问题。"乔万说，"但也很政治化……"

"哈哈，那你要原谅我！我们美国人很直接！"

"我认为我是黑山人，因为我出生在这个国家。"乔万说，"但实际上，黑山人和塞尔维亚人是同一个民族，说同样的语言。在黑山，有人会故意强调黑山人与塞尔维亚人不同——但那么说只是想煽动民族情绪。"

"南斯拉夫内战呢？你的父母会给你讲当时的情况吗？"

"他们只是告诉我发生了这件事，但从没给我讲过具体细节。"

美国女人若有所思地点点头。"我明白——就像我也不会给我的教女讲我在'9·11'那天看到了什么，或是我在伊拉克和阿富汗看到了什么。"

"你在这两个国家待过?"我问。

"我在这两个国家待过很长时间。我亲眼看到过爆炸。"美国女人看了看我,"是的,你可以说,我经历了很多。但我只会告诉我的教女发生过什么事,从来不会向她透露更多细节——你不会希望下一代了解那些残酷的事情,那些曾经伤害过你的事情。"

———

我喝完啤酒,在老城找了家餐馆。饭后,下起雨来,风里夹杂着雨星。我再次回到那家酒吧,美国女人已经不在了。

"她刚走,又喝了五杯。"乔万说,"你认为她是美国大使馆的吗?"

"你认为呢?"

"我不知道。"乔万说,"我对这个世界上的任何事都保持怀疑。"

"她说你们是朋友。"

乔万笑着耸耸肩。

我又要了一杯啤酒,小口喝着。在这个凄冷的雨夜,在这家淡季营业的小酒馆,我突然感到生命是一段孤独的旅程,而我就像一个落单的水手。我发自内心地感谢这里还开着门,否则我真不知道该如何度过这个孤苦的夜晚。

酒吧是旅人的避风港,这么想的人恐怕不止我一个。没过多久,又有两个男人大大咧咧地闯了进来。其中一个男人用后背抵住大门,使劲嘬了口烟屁股,将烟头弹进雨中。

这个男人穿着西装外套,里面是一件绘有小鸡图案的卡通T恤。他的同伴穿着一套防水户外装,但脑袋是其软肋。一绺稀疏的头发,被雨水打湿，像纸片一样粘在脑门上。他们说俄语，眼圈发黑，看上去十分疲惫。两人点了鸡尾酒，在另一桌坐下。

我们聊了起来。穿西装外套的叫尼古拉，穿户外装的叫亚历山大。两人都是彼得堡人，目前正在海外"流亡"。尼古拉告诉我，俄乌战争爆发半年后，俄罗斯政府发出军事动员令，他们赶在动员令生效前逃了出来，先去了塞尔维亚，又来到黑山，希望在这里找到一个落脚之处。

我问他们打算"流亡"多久？

"普京死前，我们绝对不会回国。"亚历山大说。

"我们租了辆车，开着四处转悠，想找到一个适合长居的地方。"尼古拉说。

"觉得黑山怎么样？"

"挺不错，但有一个问题。"尼古拉表情严肃，看上去不像在开玩笑，"你有没有发现，这里的女人从来不会跟你有眼神接触？"

"什么？"

"我说，这里的女人从来不会跟你有眼神接触。你发现了吗？"

"是吗？"

"尼古拉疯了。"亚历山大解释道，"他离过两次婚，上一任妻子长得像塞尔维亚人，他还对她念念不忘！"

"闭嘴！"尼古拉打了朋友一拳，接着对我说，"如果哪天这家伙被人杀了，不用怀疑，一定是我干的。"

一个女孩走进酒吧，穿着米色风衣和黑色丝袜，肤色苍白，涂着鲜艳的口红。她一进来就自报家门，说她是搭乘廉价航班，从英国飞到这里的。

"坐飞机时，我把所有衣服都穿在身上了，简直像一只熊。"

"你能不能说慢点？"尼古拉说。

"我在飞机上像一只熊。你们从哪里来？"

"我们从俄罗斯，他从中国。"亚历山大说，"你要喝点什么？我们请客。"

"真的吗？我还没和俄罗斯人、中国人一起喝过酒呢！"

"今天是你的好机会！来点巴尔干的烈酒怎么样？"尼古拉喊道，"来四杯李子白兰地！"

我们按照俄罗斯的方式喝酒———一口闷。喝了一杯，又喝了一杯，喝第三杯的时候，英国女孩的脸上已经泛起红光。她高兴地拿出手机大声说："我要拍照告诉我在英国的女朋友，我在跟两个俄罗斯人和一个中国人喝酒！"

午夜时分，酒吧要打烊了，尼古拉和亚历山大意犹未尽，邀请我们去他们的公寓继续喝。

"我们租的是海景房，有伏特加，有音乐！"

尼古拉不断重复着这句话，脸上混合着疲倦和兴奋。我心中暗忖："我一定要记住这张流亡者的脸！"

起初，英国女孩犹豫不决，最终还是决定和俄罗斯人一起走。我和他们在酒吧门前告别，冒雨走向旅馆。雨点像猫爪子，轻轻拍在身上，身后的石头路上响起英国女孩的高跟鞋声和俄罗斯男人的笑声。

———

离开科托尔，我坐上汽车，前往首都波德戈里察。汽车途经最后一座海滨小城布德瓦，随后向北驶入洛夫琴山脉。这意味着我已经彻底告别地中海，进入巴尔干腹地。窗外的风景越来越贫瘠，山石上寸草不生。一路上看不到田地，也看不到工厂，只有灰色的石头袒露在大地上。

黑山有一首古老的民谣，以戏谑的方式讲述了这个国家的起源：上帝创造完世界，发现袋子里还剩下不少石头。他干脆将这些石头倒在一片荒野上，于是就有了黑山——眼前的景象倒真与民谣所唱的一样。

中世纪时，黑山曾是塞尔维亚王国的一部分，后来才成为独立公国。到了 14 世纪，奥斯曼土耳其人开始侵蚀巴尔干半岛，15 世纪时已经征服了黑山周边的土地，但是黑山人不愿投降。他们放弃了斯卡达尔湖畔的家园，躲进遍布石灰岩的洛夫琴山脉。然而，这片土地太过荒芜，就连统治者也经常离开这里，搬到富庶的威尼斯居住。他们甚至一度打算彻底将权力移交给主教，告别这片凄凉之地。

与土耳其人的战争绵延了四个世纪，塑造了黑山人的民族性格和尚武传统。令人惊叹的是，这个小小的山国竟然从未被土耳其人完全征服。黑山人的坚韧不拔固然是原因之一，更重要的原因恐怕是这里的环境太过恶劣。入侵的土耳其人时常发现，他们会因为无可劫掠而陷入饥饿的绝境。

群山环抱的采蒂涅是黑山昔日的皇城。1918 年之前，这里一直是黑山的首都。我发现，它更像是一座杂草丛生的小镇，朴素的平房之间夹杂着欧式别墅和东正教堂。汽车驶过寂静的街道，经过尼古拉一世国王的王宫——看上去就像一座山间的驿站。汽车站里同样冷冷清清，没有人下车，只有一个农民长相的男人上来，目光空洞地望着窗外。

第二次世界大战后,南斯拉夫联邦成立。作为加盟共和国的黑山将首都迁至今天的波德戈里察。在南斯拉夫时代,它被称作"铁托格勒",意为"铁托之城"。

我在波德戈里察的汽车站下了车。站外就是一片铁托时代的住宅区,墙皮开裂,遍布涂鸦。我拖着行李,走在飘满落叶的街上,感到时光倒流,仿佛回到南斯拉夫时代的晚秋。

这种感觉并没有维持太久。一走出那条街,情形就变得有些不同。我预订的公寓位于一片新建的住宅区,通向那里的道路已经平整,花坛里是刚种下的树苗,路边还有几家商务风格的咖啡厅。一路上,我看到不少豪车呼啸而过。在波德戈里察这样的小城,什么人会开这样的车?

我发现,这些豪车不仅车窗紧闭,而且全贴着深色的玻璃膜。只有一次,在一个十字路口,我看到一辆豪车打开了一道窗缝,从里面探出一支雪茄的烟头。

后来,房产中介告诉我,因为使用欧元,黑山成了著名的洗钱胜地,俄罗斯寡头拥有这个国家百分之四十的房产。黑山还有不少赌场,海边甚至有专门为超级游艇设计的码头。

"你这间公寓的主人也是俄罗斯人。"房产中介笑着介绍,"我们负责帮他打理一切。"

我为这间公寓支付的可怕房费终于有了解释。不过,想到自己的血汗钱即将进入寡头的腰包,真有点哭笑不得。

"东正教的圣诞节快到了。如有任何问题,请随时联系,我们将竭诚为您服务。"说着,房产中介递上一张英文名片,然后躬身后退，轻轻将门关上。

我在萨格勒布已经过了一次圣诞节，那是天主教的圣诞节。如今，我又要在黑山过一次东正教的圣诞节。回想起萨格勒布圣诞节时寂静的街道，我赶忙在楼下的超市买了烟熏牛肉、火腿、奶酪、番茄、黄瓜、青红椒，还有一瓶李子白兰地，一股脑放进寡头的大冰箱，以防自己在节假日期间缺水少粮。

———

波德戈里察位于两条河流的交汇处，是一座混杂与分裂的城市。城市不大，可以随意步行。我走到奥斯曼街区——这里曾是土耳其城镇的中心，至今仍可见到土耳其人占领过的痕迹。

街区里有一座钟楼和两座奥斯曼风格的清真寺。经过其中一座清真寺时，我看到几个皮肤黝黑、满脸胡茬的男人刚刚礼拜完毕。在巴尔干，这些信奉伊斯兰教的斯拉夫人被称为波什尼亚克人（或称波斯尼亚穆斯林）。他们的长相与我见过的塞尔维亚人、克罗地亚人或黑山人并无不同。

奥斯曼人占领巴尔干后，很多当地的塞尔维亚人和克罗地亚人逐渐改信伊斯兰教。对于贵族阶层来说，改信开辟了一条进入帝国上层社会的通道，而对于贫苦的斯拉夫农民来说，改信则可以免除不少针对异教徒的税收。

这些斯拉夫人原本信仰东正教或天主教。改信伊斯兰教后，在语言和生活习惯上开始与传统的塞尔维亚人或克罗地亚人产生不同。到了近代，他们慢慢形成了自己的身份认同。如今，大部分波什尼亚克人居住在土耳其人统治时间更久的波黑地区，生活在黑山的波什尼亚克人只是少数。

南斯拉夫时代，关于波什尼亚克人是否算是一个民族的争论就已经存在。长久以来，波什尼亚克人在正式文件上只能选择使用塞族、克族或南斯拉夫人自称。直到1973年，他们才在宪法层面上得到承认。

铁托的用意是为了借此安抚波斯尼亚穆斯林的情绪，同时也进一步削弱大塞尔维亚主义和大克罗地亚主义的影响。然而，最终的结果事与愿违。当南斯拉夫解体时，波什尼亚克人的身份和信仰使得他们受到塞尔维亚民族主义和克罗地亚民族主义的双重夹击。波什尼亚克人聚居的城市大都遭到屠戮，靠近塞尔维亚边境的斯雷布雷尼察更是发生了震惊世人的种族大屠杀，为多灾多难的20世纪画上了一个悲剧性的句号。

———

走在奥斯曼的街区里，我感到昔日的繁华已经时过境迁。倾圮的土墙、蓟草、灌木丛、散落的木屋、蕾丝窗帘、窗台上的欧石楠，还有从铁皮烟囱里冒出的蓝色炊烟——这一切仿佛都在表明，曾经的城镇中心已经蜕化成一个半城半乡的地方。

我走到莫拉查河畔，看着眼前的河水与石桥。"河流是单调的亮绿色，清澈，如蛇一般蜿蜒，在沙子和鹅卵石上淌过。南斯拉夫人特别喜欢这颜色。"丽贝卡·韦斯特在《黑羊与灰鹰》中写道。如今，河水的颜色依旧，也依旧一路奔流，对过往的历史似乎全无芥蒂。

我走进一家餐馆，坐在靠窗的位置，点了一盘混合烤肉，里面有牛肉、羊肉、辣味香肠和卡巴布烤肉，价格还不到人民币六十元。我正吃着，一个吉卜赛男孩敲了敲窗玻璃。他看上去也就六七岁，眼睛像小动物一样熠熠放光。他指了指我的餐盘，示意我分给他一点儿。

我把两块没动过的烤肉放在餐巾纸上，打开窗户递给他。他小心翼翼地接过去，朝我点了点头，然后背过身子吃起来。我这才注意到，他身后还站着一个年纪更小的女孩。她站在那里，仰头望着狼吞虎咽的小男孩，眉头微蹙，脏脏的小脸上全是渴望。

我想起在萨格勒布时，安娜曾对我说过，巴尔干有很多吉卜赛人，最穷的是黑山和阿尔巴尼亚的吉卜赛人。可面对眼前的景象，我又能做些什么？离开餐厅时，我看到那两个吉卜赛小孩还徘徊在门前的空地上。

我跨过大桥，来到莫拉查河西岸。路边的街心公园里，有一座铁托雕像。就像苏联到处都有列宁雕像一样，铁托雕像也曾经遍布南斯拉夫的各个角落，如今却不多见了——从斯洛文尼亚一路至此，我还是第一次看到。

我仔细打量这尊雕像：一身戎装的铁托身披风衣，背着双手，目光低垂，一脸思虑，仿佛他已经预见自己死后国家分崩离析的命运。我绕到雕像背后，看到有人在铁托的手里塞了一朵玫瑰花——大概是新年时塞的，红色的花瓣依旧鲜艳，但边缘处正开始枯萎。

如此看来，这个国家还有人怀念铁托，怀念那个时代。

沿着新城的大街，我又走了半个小时，最后来到基督复活大教堂。这是一座塞尔维亚风格的东正教堂，历经二十年的建设，终于在2013年落成。教堂有着恢宏的圆顶、高耸的钟楼和金色的十字架。底部是粗凿石材——来自洛夫琴山脉的灰色大石头，与顶部的精雕细刻形成鲜明对比。

我随着人流步入教堂。巨大的吊灯与铺天盖地的镀金壁画交相辉映。这是圣诞节前的礼拜日，每个人都做着同样的动作：走到圣像前，在胸前画十字，低头亲吻圣像，最后转身离去。

一个准备离开的男人看到了我，指了指头顶上方，咧嘴一笑。那里有一幅壁画，我刚才看时并未多加留意。此刻，我用另一种方式观看，才发现壁画描绘的是铁托、马克思和恩格斯在地狱中被烈火焚烧的场景。一时间，我心头大震，想再去找那个男人聊聊，然而环顾四周，他已经离开教堂，消失不见了。

我再次感到，波德戈里察是一座混杂与分裂的城市：这里既有奥斯曼时期的清真寺，也有塞尔维亚风格的东正教堂；既有社会主义时代的街道和住宅，也有欧洲风情的餐馆和酒吧；有破败的房子，有寡头的豪车；有人怀念铁托，为他献花，有人憎恶铁托，诅咒他下地狱。

如果说这一切只是混杂与分裂的表象，那么更深层次的混杂与分裂恐怕就埋藏在人们的心中。

———

傍晚时分，我在黑山国立剧院附近的一家酒吧坐下。低低的阳光照在路牌、圆桌、户外椅和来往的行人身上。隔壁桌是个独自喝酒的女孩。我问她喝的是什么。她说尼格罗尼。于是我也点了一杯。

女孩叫卡特琳娜,在波德戈里察出生、长大,在一家酒店做过五年前台。现在,她给美国纳什维尔的一家比萨连锁店当外卖接线员。

我问她,美国的比萨店为什么会在这里找接线员?

卡特琳娜说,比萨店的老板是一名黑山移民,把接线员的差事外包回了老家。老板给她的工资是每小时七美元——在波德戈里察,这算是不错的收入,但只相当于纳什维尔最低工资的一半。

"订餐的美国人知道你在黑山接电话吗?"

"完全不知道。"

我问卡特琳娜是怎么找到这份差事的。

她说,是一位好朋友介绍给她的。她先干了一段时间,直到有了孩子。

"她是我大学时代最好的朋友,"卡特琳娜说,"我们至今每周都会见面。"

"见面做些什么呢?"

"我们会约在公园里,一起遛娃。"

此刻,兑过水的阳光给人一种淡淡的秋日之感。我的脑海中浮现出一幅两个女孩一起遛娃的画面,温馨,又有点滑稽。

卡特琳娜留着齐耳短发,化着淡妆,穿一件绿色翻领毛呢外套。她捂着嘴,打了个哈欠,说自己凌晨四点就起床了,因为要上美国时间的夜班。

"夜班很辛苦吧?"

"我其实更喜欢上夜班,因为夜里订比萨的人很少。有时,一整晚只用接二十个电话。"

"这份工作最让你惊讶的是什么?"

"美国人的胃口。"卡特琳娜不假思索地说,"有时候,他们一个人会点一张十三寸的大比萨,还要加上炸鸡、薯条和大桶可乐。"

"这家比萨的味道如何?"

"我没吃过。"卡特琳娜说,"我还没去过美国。"

她从饰有金链的黑色挎包里取出一盒 ESSE 牌女士香烟,抽出一支,用打火机点上。她的指甲修剪整齐,涂着透明的指甲油。

"我申请过两次美国签证,但都被拒了。"她吐出一口烟,"相比欧洲,我其实更喜欢美国,因为美国人不像欧洲人那么势利——他们根本不知道黑山在哪儿。"

卡特琳娜笑起来。

"为了申请签证,我每次都准备了很长时间。我甚至连塞尔维亚都不敢去,因为他们和美国的关系不好,我担心签证会受影响。"

"可美国为什么拒签你呢?"

"我二十九岁、未婚、能说流利的英语——签证官大概认为我有移民倾向。"

我点点头。

"实际上,我只是想去美国看看。为了这份工作,我记住了纳什维尔所有的地名和地标,我甚至知道最近又开了哪些餐厅和店铺。所以,我想去纳什维尔亲眼看看这些地方,想去店里尝尝比萨的味道。如果我喜欢我看到的一切,我可能会申请美国大学的研究生。但我从没想过当非法移民。"

"可签证官不相信。"

"你得向他们证明。"卡特琳娜说,"可我拿什么证明我并不想做的事?"

"的确很难。"

"如果你一直渴望某个东西，不甘心失败，你就会越来越痛苦。以前我确实很想去美国，我不喜欢波德戈里察，不喜欢这里的生活。但是被拒签两次以后，我开始学会喜欢我已经拥有的东西了。"

卡特琳娜用橘色搅拌棒，拨弄着那杯红色尼格罗尼酒中的冰块。

"这里至少有调得不错的尼格罗尼酒。"我拿起酒杯，喝了一口，"还有平安夜也在营业的酒吧。"

卡特琳娜微微一笑，吸了口烟，把火星熄灭在烟灰缸里。

在我们置身的这条林荫道，很多当地人坐在两侧的户外椅上，喝着咖啡或鸡尾酒。树叶一片金黄，大部分依旧挂在枝头。一个小男孩站在平衡车上飞驰而过，一对夫妇逗弄着婴儿车里的孩童，一个流浪歌手唱着巴尔干的流行歌曲。

越过公园里那片灰色的沙滩，青色的莫拉查河一路向南奔涌。

———

我在网上支付了前往黑山第二大城市尼克希奇的车票，打算在那里停留一夜，再转车前往波黑。

旅途中，我总是对节日心存戒备，因为所有提前获得的信息都可能不再准确，惊喜或意外总是不请自来。比如，此刻，汽车站售票窗口的工作人员就告诉我，开往尼克希奇的班车已经取消了。

"为什么？"

工作人员撇撇嘴。

"但我的车票是昨天刚买的。"

她耸耸肩。

"能退票吗？"

她不再搭理我。

"还有其他办法能到尼克希奇吗？"

这时，旁边一位说英语的中年男子插话说："你可以考虑乘火车。"

"火车什么时候出发？"

"五分钟后。"

我立刻拖起行李往外走。幸运的是，火车站紧邻汽车站，也没有煞有介事的安检。车站只有两条轨道，一列火车静静地停在那里。车身上没有显示任何行程信息，但已经有拿着大包小包的乘客，耐心地坐在车厢里。

"尼克希奇？"我探头问。

一个女孩向我点了点头。

"车票在哪儿买？"

"车上！车上！"

几分钟后，火车真的颤抖着启动了。窗外划过小巧的波德戈里察：破败的房子、有涂鸦的墙壁，然后是一小片葡萄园，接着便驶入了群山之中，偶尔能看到几只山羊在岩石间寻食灌木。

列车员是个秃头大叔，穿着大一号的西装，心情似乎不错，不时与身边的女乘客开着玩笑。坐在我对面的是一对俄罗斯情侣，瘦高的男孩也是逃兵役出来的。他们在山间的一个小站下车，说山里有一家修道院，提供留宿的木屋。

尼克希奇虽然是黑山的第二大城市，但比我想象的还要小，完全没有城市给人的世故之感。走出火车站，迎面而来的是一座荒草萋萋的转盘，几条街道就从这里发散出去。

我随意选了一条尚有人气的街道，沿路找到一家旅馆。招牌的油漆已经剥落，窗户也有破损，不过倒有一个前台女孩守在门口。我付了房费，接过钥匙，在她的指引下，沿着狭窄的楼梯拾级而上，来到了二层的客房。

走廊不能说没有打扫，但只是打扫到某一条界线，然后清洁员似乎想起了更重要的事，就任由扫起来的灰尘留在了那里。房间还算整洁，我只住一晚，也就没花心思细看。我放下行李，锁上房门，回到街上，准备探索这座我此生大概只会来一次的小城。

自由广场上有一片萧条的圣诞集市，环绕着黑山国王尼古拉一世的雕像。这位国王的一生跌宕起伏，如同这个国家的写照。尼古拉一世生于1841年，在的里雅斯特度过童年，在巴黎接受教育。他最为人津津乐道的是他的嫁女功夫。

尼古拉一世生了九个女儿。她们的婚姻将这个偏远的巴尔干小国同欧洲大陆出人意料地连接起来：一个女儿嫁给塞尔维亚国王，一个女儿嫁给意大利国王，两个女儿成了俄国大公的夫人，一个女儿成了德国王妃。尼古拉一世也因此获得了"欧洲岳父"的绰号。

凭着几位女婿的支持，黑山与塞尔维亚、意大利和沙俄结成盟友，参与了多次对抗奥斯曼土耳其人的战争，夺取了包括尼克希奇在内的土地。这样的胜利在黑山的历史上可谓罕见，也成了尼古拉一世至今还能矗立在广场上的原因。

尼古拉一世在国内实施改革，颁布宪法，发行货币，引进欧洲式的新闻自由，无奈黑山的家底实在太薄，饥荒依旧时有发生。一战期间，黑山被奥匈帝国占领，尼古拉一世流亡意大利和法国。

战争结束后,作为战胜国的黑山却被塞尔维亚吞并,成为南斯拉夫王国的一部分。塞尔维亚控制下的黑山议会宣布废除尼古拉一世的王位。具有讽刺意味的是,南斯拉夫国王彼得一世正是尼古拉一世的大女婿。

1921年,流亡中的尼古拉一世在法国去世,黑山短暂的独立史也随之寿终正寝。黑山再次获得独立已是八十五年后的事了。

——

自由广场附近有一条街上遍布咖啡馆和酒吧,很多年轻人就在那里消磨时光。在这样一个缺少旅游资源的内陆城市,鲜有外国游客到访,东亚人更是十分罕见。我在那条街上刚走几步,就有三个无所事事的年轻人朝我大喊。

"尿!尿!"(你好!你好!)

"抠你鸡哇!"(日语:你好!)

"过来和我们喝酒!"

他们的邀请正合我意——在尼克希奇,我有一个晚上可供挥霍,我和他们一样无聊。

三个年轻人都是二十来岁:一个文质彬彬,戴着眼镜;一个穿着白色连帽衫;一个穿着黑色皮夹克。他们看到我很是开心,忙着招呼侍者拿来杯子,为我倒酒。

"他想去美国!"我们干了一杯尼克希奇生啤后,穿白色连帽衫的小伙子指着戴眼镜的小伙子说。这应该既是实话,也是调侃,戴眼镜的小伙子倒不在意。

"那你俩想去哪儿?"我问。

"德国!"

"奥地利!"

他们哈哈大笑。

"要不要女人?"

"可卡因呢?"

"他是黑社会的,他能弄到大麻!"

他们又哈哈大笑。

"你是做什么的?"戴眼镜的小伙子问我。

"作家。"

"写写我们!"

"那你们得先自我介绍一下。"

戴眼镜和穿黑皮夹克的小伙子是大学生,穿白色连帽衫的小伙子是足球运动员,在尼克希奇的一家俱乐部踢中卫。

"你知道 Paul Phua 吗?"他们突然问我。

"谁?"

"Paul Phua!你知不知道他?"

"没听说过。他是什么人?"

"赌王!博彩教父!"

"中国人!"

"我们总统的好朋友!"

"你没听说过?"

我告诉他们,我确实没听说过,不过这位华人赌王怎么会和黑山总统成为好朋友?

谈起他们的总统，三个人顿时显得津津乐道。他们说，总统从1991年开始执政——有时是总统，有时是总理。那时，他们都还没出生呢！

"他会一直执政下去吗？"我问。

"当然！"戴眼镜的小伙子说，"他可是一个独裁者。"

说这话时，戴眼镜的小伙子并没有一丝反讽，更像是在陈述事实。

我后来意识到，戴眼镜的小伙子冤枉了他们的总统。就在我结束巴尔干之旅，回国后不久，黑山政坛突然发生地震。在位三十年的总统在大选中落败，被一位1986年出生的政坛新秀取而代之。不过，老总统依旧领导着他的政党，誓言卷土重来。

酒吧响起塞尔维亚的流行歌曲，在场的每个人都会唱，也都跟着唱。整条街上的气氛就像是在某个大牌歌星的演唱会上——他只需伸出话筒，台下的观众就自发地唱起来。

"你们怎么都会唱塞尔维亚歌曲？"

"我们是同一个民族，说同样的语言。"戴眼镜的小伙子说，"我们以前是同一个国家。"

"我们和塞尔维亚曾经是兄弟。"足球运动员说，"现在不是了。"

2006年，为了远离塞尔维亚的麻烦，黑山举行公投，以55.5%的微弱优势宣布独立。随着黑山的独立，南斯拉夫的每一个加盟共和国都成了独立国家。南斯拉夫的名字从欧洲地图上消失了，很可能是永远地消失了。

此时，夜幕开始降临，灰蒙蒙的街道与薄暮融为一色。几个吉卜赛孩子走过来，开始挨桌要钱。

黑皮夹克小伙子指着一个吉卜赛男孩问我："你觉得他有多大？"

"十二三岁吧。"我说。

"你相信吗？他已经十七岁了。"

我仔细端详那个吉卜赛男孩。他个头不高，身体单薄得像个孩子，面容却惊人地成熟。他讨起钱来真有一手：那种直勾勾的目光，略带一丝讥讽的微笑，还有那种隐约的侵略性。

"他们平时做什么？"

"都是小偷。"

"他们从哪里来的？"

"就从这里，我们本地的。"

"你会给他钱吗？"

"我通常会给他一欧元。"

穿黑皮夹克的小伙子从口袋里掏出一枚硬币，轻巧地抛向那个吉卜赛男孩。男孩熟练地接过去，握在手心里，朝我们咧嘴一笑。

太阳已经完全沉落，街上亮起昏黄的灯光。酒吧的音响已经停了，周围变得异常安静。

"我们打算去另一家酒吧。"戴眼镜的小伙子说，"你愿意加入我们吗？"

"他必须跟我们一起走。"穿黑皮夹克的小伙子说，"尼克希奇的夜晚才刚刚开始！"

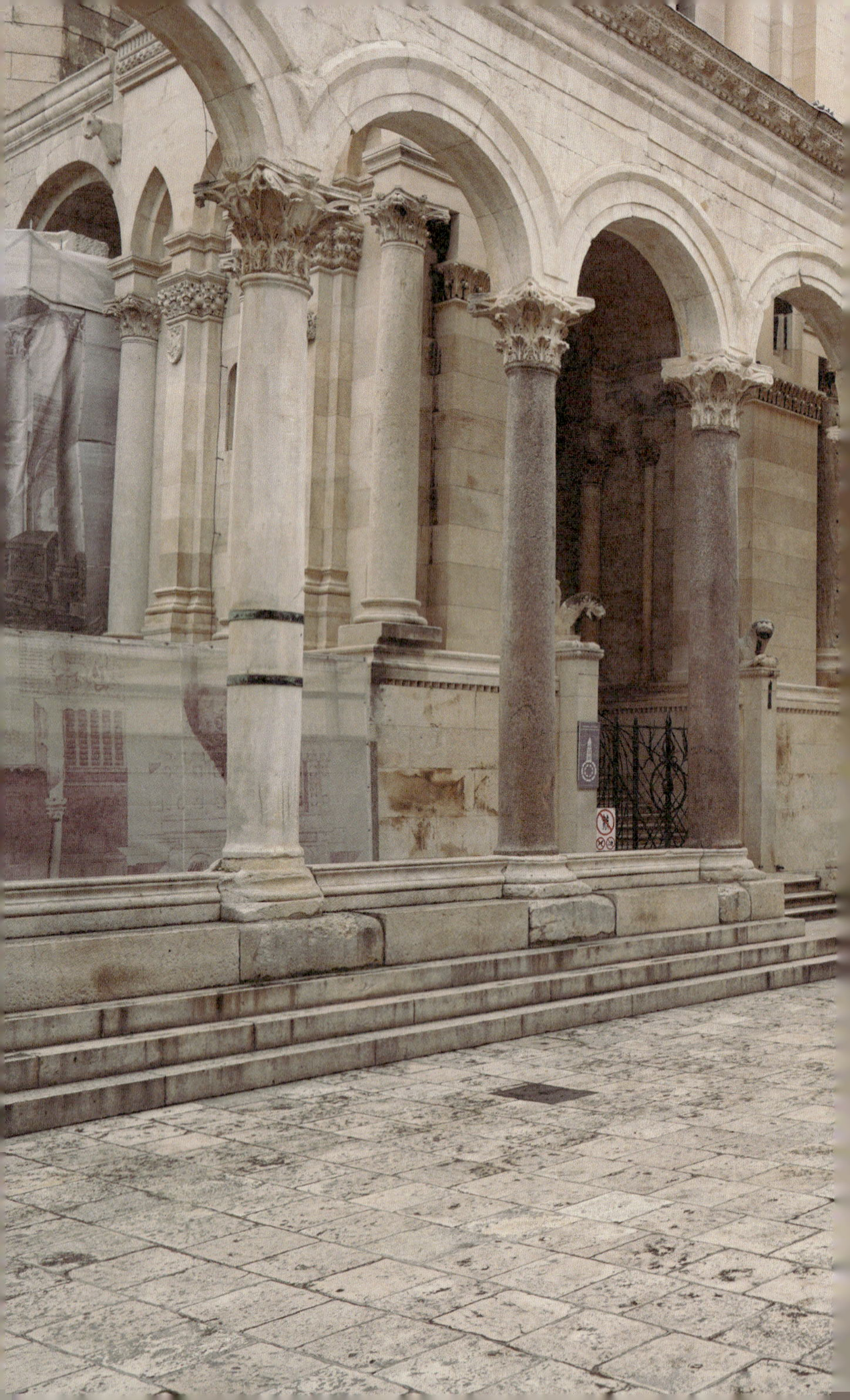

斯普利特的戴克里先宫殿

扎达尔通往亚得里亚海的风琴石阶

斯普利特酒吧内玩填字游戏的男人

俯瞰杜布罗夫尼克

在杜布罗夫尼克跳水的人

在波珊卡村远眺黑山的群山

俯瞰科托尔

在科托尔投喂动物的男人

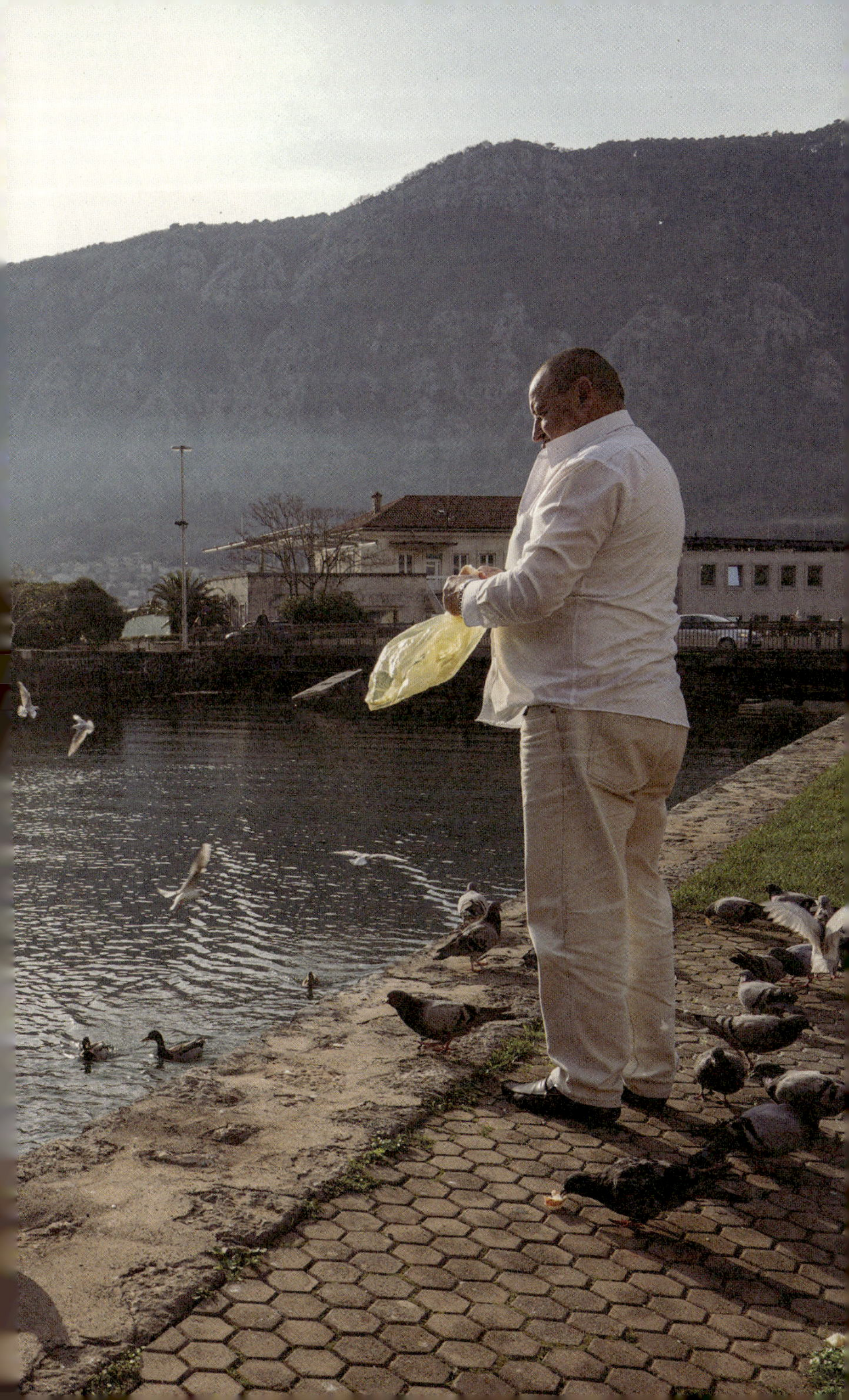

杜布罗夫尼克的垂钓者

科托尔的猫

波德戈里察，手持玫瑰花的铁托

第五章
莫斯塔尔Ⅰ：解体概要

闹钟响起的时候，窗外的天空还黑着。我发现自己躺在旅馆的床上，脑袋里只有火车碾轧铁轨的"哐当哐当"声。

我努力回忆昨夜的巴尔干酒局：我跟着三个黑山青年去了另一家酒吧，遇到了他们的朋友。酒精源源不断地涌来，尼克希奇生啤，还有烈性的李子白兰地。临近午夜时，我们去了一家深夜营业的小餐馆，有人给我点了一个烤奶酪三明治——那可真是人间美味！这时，我才突然发现，带我吃饭的几个人并不是跟我喝酒的那些人——可我又是怎么和他们混到一起的？

接下来的记忆更是不翼而飞：我回到旅馆，上好闹钟，还贴心地给自己在床头放了一杯水。在大脑缺席的情况下，我仅靠身体的其余部分完成了如上工作。

我瞥了一眼手机，清晨六点四十分，离我前往特雷比涅的车只剩下不到一小时。我走进浴室，用冷水洗脸，想让自己看起来更有精神。我端详着镜中的自己：头发凌乱，脸部浮肿，眼神因酒精而呆滞。这副模样让我深感自责,发誓进入波黑后不再喝酒。

车站里只有寥寥三四个人,与我同车的是一位中年妇女。她保养得宜,烫着蓬松的卷发,提着一只做工精良的皮包,神情中透露出一丝兴奋,仿佛正怀着满心激动,准备去特雷比涅看望刚生完孩子的女儿。

相比这位女士,中巴车则寒酸很多,不仅暖气故障,还四处漏风。不过,钻进来的冷空气也不是没有好处——它至少让宿醉的乘客瞬间清醒过来。

我们经过一片喀斯特湖泊,湖面上弥漫着晨雾,若隐若现的湖心小岛仿佛漂浮在雾海之中。雾气沿着湖面蔓延,最终如一条灰色长蛇,钻进远处的峡谷。湖泊东侧的堤岸、山峦和树林,全都沐浴在一片通红的朝霞里。

我们穿过黑山边境,来到波黑一侧的检查站。年轻的海关官员拿着我的护照翻了好久。我想,大概很少有中国人从这个口岸进入波黑。

"你有签证吗?"他问。

"波黑对中国公民免签。"

他狐疑地看了看我,示意我去趟办公室。一个官员模样的中年人坐在办公桌后面,接过我的护照,一页一页地翻看我曾去过的国家,仿佛在阅读一部引人入胜的小说。我心中暗自盘算,他是不是想要点小费?

"你从哪里来?"他问。

"尼克希奇。"

"你去过那么多国家?"

"是的,确实。"

"你是做什么工作的?"

"我是一名作家。"

"作家?"

"对,作家。"

"你来波黑做什么?"

"旅行。"

他盯着我,似乎突然找到了某种乐趣,开始放声大笑,制服下的啤酒肚也随之一阵抖动。他笑着向我伸出手,与我愉快地击掌,又热情地握了握手。

走出办公室时,我不禁回头看了一眼,只见他仍旧坐在那里,面带笑容,嘴里低声咕哝着:"作家……哈哈……作家。"

———

特雷比涅是一个人口不足三万人的宁静小城。波黑战争期间,大多数的波斯尼亚穆斯林和克罗地亚族被迫离开。如今,塞尔维亚族人口的比例从南斯拉夫时期的70%激增至94%。尽管身处波黑境内,但是街道上看不到波黑共和国的蓝黄色国旗,只有波黑塞族共和国的红蓝白三色旗帜悬挂在政府办公楼、警察局和各种公共纪念碑上。

这里距离杜布罗夫尼克只有三十公里,但就气氛而言,却有着天壤之别。我发现这里异常安静,游客几乎不见踪影。当地人透露,只有在盛夏之时,才会有些精明的旅客选择在此住宿,白天则驱车前往杜布罗夫尼克。

奥斯曼土耳其人在这里统治了四百余年,在特雷比什尼察河上留下了一座石拱桥。

如今,青绿色的河水冲刷着河床上的卵石,河畔是一派田园风光。灰瓦红墙的庭院里搭着葡萄藤,种着圆白菜,停着濒临报废的小汽车。一个满脸皱纹的塞族老妇人,正忙着在绳子上晾挂洗净的床单。

我在石拱桥上遇到了两个身穿牛仔裤的女孩。她们正坐在桥顶的石头上,眺望桥下的河水。两人还是高中生,和陌生人交谈时会因害羞而脸红。我询问她们高中毕业后的打算。她们说,想去巴尼亚卢卡上大学——在特雷比涅,这是大部分塞族年轻人的选择。

在波黑,巴尼亚卢卡不仅是塞族人的事实首都,也是波黑的第二大城市。女孩们向我解释,塞族人很少前往波黑的官方首都萨拉热窝,因为那是一座波什尼亚克族的城市。

直到今天,波黑仍是整个巴尔干最为动荡不安的地区之一,也是巴尔干民族主义矛盾的缩影。

波黑地处战略要地,历史上多次成为周边大国争夺的对象。从奥斯曼帝国的统治到奥匈帝国的控制,再到两次世界大战期间的动荡,波黑一直是多方势力交汇的焦点。无论是在两次世界大战期间,还是在1990年代的波黑战争中,波黑地区都经历了最为惨烈的杀戮,这一切并非偶然。

波黑是一个民族和宗教多元的国家,主要由信仰伊斯兰教的波什尼亚克族、信仰东正教的塞尔维亚族和信仰天主教的克罗地亚族组成。民族与宗教身份复杂敏感,各民族之间的政治权力分配不均,加之历史恩怨，使得国家统一始终处于一种微妙的平衡中。

1991年，随着斯洛文尼亚和克罗地亚相继宣布从南斯拉夫独立，波黑的波什尼亚克族和克罗地亚族也开始寻求独立，波黑的塞族则坚定反对。1992年，在波黑塞族抵制的情况下，波黑宣布独立，内战随即爆发。战争持续了三年半的时间，造成约二十万人死亡，两百万人流离失所。

1995年12月，在美国的强力推动下，战争各方签署了《代顿和平协议》。协议虽结束了战争，但也使波黑成为一个拥有复杂政治结构的国家。根据协议，波黑被分割为两大实体：波什尼亚克族和克罗地亚族组成波黑联邦，塞尔维亚族组成塞族共和国。两个实体在名义上属于一个国家，但各自拥有主权和边界，拥有总统、总理、议会和警察。波黑的国家元首则由三人组成，分别代表三个民族，轮流担任。

《代顿和平协议》虽然在短期内平息了战火，缓和了三个民族之间的矛盾，但并未实现深层次的和解。经过近三十年的时间，三个族群反而进一步强化了各自的民族意识，弱化了对波黑统一国家的认同感。

对于未来，波黑的三个民族也有不同的愿景：塞尔维亚族希望追求"大塞尔维亚之梦"，与塞尔维亚合并；克罗地亚族则希望"回归"已加入欧盟的克罗地亚；而人口占比已经超过五成的波什尼亚克族，本土意识随之增强，他们更希望维护波黑的统一。

可以说，波黑就像一颗悬挂的定时炸弹，内部的紧张关系很可能再次引发冲突。

———

我要从特雷比涅前往莫斯塔尔，从塞族共和国前往波黑联邦。

次日清晨，我冒着大雨来到汽车站，登上座无虚席的巴士。车厢里坐满了携带行李的塞族人，空气中有种兵荒马乱的气氛。我好奇，为何他们都去莫斯塔尔。询问后才发现，巴士的终点站是巴尼亚卢卡，只是中途在莫斯塔尔停靠。和中国的春运一样，车上的塞族人都是东正教圣诞节后回巴尼亚卢卡上学或打工的人——这是一辆节后返城大巴。

坐在我旁边的女孩叫伊丝朵拉，今年二十四岁，身着一件白色高领毛衣，淡妆雅致，金色的波浪长发披在肩上。在这辆拥挤的大巴上，她身上的香水味显得不同寻常。窗外的大地高低起伏，大巴随之颠簸摇晃，那香水味也时而浓郁，时而淡去，就像给巴尔干的世界增添了一道嗅觉维度。

伊丝朵拉是特雷比涅人，在巴尼亚卢卡的一所大学攻读农业研究生，未来想进入实验室工作。她在闲聊中透露，她的姐姐住在意大利的小城贝加莫，就在米兰附近。她的姐夫是塞族人，在当地的机场驾驶接驳车。

她拿出手机，滑动屏幕，找到一张姐姐的照片。姐姐的容貌和伊丝朵拉有几分相似，只是身形更为丰满。照片里，姐姐身着一件鲜红的毛衣，手持一杯葡萄酒，脸上洋溢着中年女人对生活的满足。她的旁边是丈夫和两个孩子，餐桌上摆满诱人的食物。

伊丝朵拉说她很羡慕姐姐的生活。上个暑假，她第一次去意大利探望姐姐，顺便在米兰玩了一天。她很想去托斯卡纳旅行，但笑言自己囊中羞涩——意大利实在太昂贵了。

我问她身上的香水是不是在米兰时买的。她笑着摆手:"这是姐姐送给我的。"

我们又闲聊了一会儿,她好奇地问我:"你是来这里旅行的吗?"

"可以这么说。"我回答,"我正要去莫斯塔尔,想去看看那座奥斯曼时代的老桥。听说那是波黑最著名的世界文化遗产之一。"

伊丝朵拉点头说:"每次去巴尼亚卢卡,我都会路过莫斯塔尔,但从来没下过车。"她顿了顿,继续说,"那里主要是波什尼亚克族和克罗地亚族的地盘。"

"那你有这两个民族的朋友吗?"

"没有。"她坦率地回答,"所以我也没看过那座老桥。"

大巴翻过一片连绵起伏的山脉,进入波黑联邦。窗外是坍塌的山崖,雨中有皮肤黝黑的牧羊人,驱赶着羊群。在塞族共和国境内,我只看到过东正教堂。现在——仿佛跨过了某条无形的分界线——村子里出现了清真寺,还有成片的穆斯林墓地,墓碑上刻着伊斯兰教的星月符号。

这样的景象似乎宣告着我已经离开奥匈帝国和威尼斯文化圈的影响。在接下来的旅程中,我即将踏足的土地几乎都曾处于拜占庭帝国和奥斯曼帝国的统治下。有历史学家指出,巴尔干的斯拉夫人在很大程度上是被这些外来帝国的统治所塑造:欧洲的拜占庭和奥斯曼帝国部分,即最接近近东的地区,至今仍是最贫困、最动荡不安的地方。

巴士在大雨中驶入莫斯塔尔。我惊讶地发现,波黑战争虽然已经结束近三十年,莫斯塔尔的市景却像定格在了那时一样:街边的建筑物布满弹孔，被炮弹炸毁的房子就那么留在原处。战争的疤痕赫然在目，我原以为需要细心寻找才能发现。

当全世界都在对极右翼势力的崛起忧心忡忡之时，巴尔干地区依旧走在极端民族主义的最前沿。在莫斯塔尔的日子里，我不止一次感到，这些幽灵一般的建筑，与其说是为了让后人记住历史的疼痛，不如说是在警示人们，战争的阴影并未完全散去，和平随时可能被新的冲突点燃。

大巴最终抵达车站时，我与伊丝朵拉告别，并交换了联系方式。我注意到她的签名档里写着一句拉丁谚语："Dosis sola facit venenum"，意为"剂量决定毒性"。

这或许是伊丝朵拉在实验室工作时的格言，然而这句话恐怕同样适用于波黑乃至整个巴尔干地区：适度的民族主义可以凝聚人心，一旦超过某个临界点，它就可能成为毁灭的毒药。

―――

莫斯塔尔是一座分裂的城市。这座城市有两套邮政系统、两个汽车站、两支消防队、两所综合性医院、两家电力公司、两支足球队、两个垃圾回收厂和两家热门夜总会——它们泾渭分明地服务于这座城市的两个主要族群：波什尼亚克族（约占44%）和克罗地亚族（约占49%）。

两个族群的界线分明，沿着城中一条南北走向、与内雷特瓦河平行的大道形成事实上的分界线——波什尼亚克族居住在大道以东，克罗地亚族居住在大道以西，而多数塞族人已经逃离此地。

大道曾是战争期间的军事前线,随处可见弹孔和废墟。大道有两个名字,反映了两个民族对这场战争截然不同的态度:波什尼亚克族称其为"民族革命大道",而克罗地亚族称其为"克族保卫者大道"。

时至今日,两个民族的居民依旧很少越过这条界线,甚至有经历过战争的年长者再未去过对方一侧。这就是在同一座城市里,几乎所有公共设施都有两个的原因——每边一个。

我后来发现,有一个例外存在:莫斯塔尔唯一的大型购物中心坐落在克族一侧。有时候,一些追求时尚的波什尼亚克女孩会跨过分界线,去购物中心里的 ZARA 购买新款服装。

南斯拉夫解体前,莫斯塔尔是巴尔干地区民族构成最为均衡的城市之一,波什尼亚克族和克罗地亚族各大约占人口的 35%,而塞族占 19%。1992 年 4 月,波黑宣布独立,波黑塞族控制的南斯拉夫人民军开始围攻莫斯塔尔。起初,波什尼亚克族和克罗地亚族联手抵御塞族的进攻。但当塞族军队撤出后,两个昔日的盟友在莫斯塔尔爆发了更为血腥的内战。

在接下来的近一年里,波什尼亚克族所在的东岸始终处于围困之中,毗邻分界线的老城成为克族炮轰的主要目标。当战火最终平息时,包括莫斯塔尔的标志性老桥在内的许多古建筑,已经沦为炮火的牺牲品。

我租住的公寓就位于老城边缘,是一套两室一厅公寓,附带厨房和阳台。公寓的外墙上留有弹孔,室内却铺着暖色的木地板,摆着雅致的家具,挂着伊斯兰风格的装饰画。在波黑,三个主要族群在多数问题上意见不一,但失业问题严重是他们难得的共识。受到腐败、裙带关系和经济停滞的影响,波黑是前南地区失业率最高的国家。

在这样的背景下,莫斯塔尔的旅游业提供了当地居民能赚到一点儿钱的少数机会,因而竞争异常激烈。我住的这套公寓每晚只要人民币一百多元,是我在整个巴尔干之旅中住宿最实惠的地方。找房的时候,我就惊讶于莫斯塔尔的房源之多、价格之低。

浴室里铺着黑白相间的漂亮瓷砖,看上去无可挑剔。不过,两三天后,我却发现,一旦洗澡时间稍长(超过五分钟),洗澡水就会漫过瓷砖,泛滥成灾。看着涌出浴室的洪水,我觉得自己仿佛看到了莫斯塔尔的缩影:在表象之下,隐藏着一言难尽的破碎。

——

公寓的阳台十分宽敞,俯瞰一座奥斯曼风格的清真寺。我时常站在阳台上,眺望老城的天际线,任由思绪在宣礼声中飘荡。

一天早晨,我与埃斯梅尔在清真寺门口碰面。他是波什尼亚克族,也是一位热心的业余历史学者。最初,他只是谈着莫斯塔尔的历史,也乐得让我知道这座城市在奥斯曼帝国时代的辉煌。不过,当我们步入清真寺,来到后面的墓园时,他的心情一下子变了——他作为波什尼亚克族的情感被唤醒了。

他指着那一排排墓碑,让我留意上面的时间。这些安息于此的年轻人大多在二十岁到二十五岁之间,他们的生命都在1993年戛然而止——那是克族与波什尼亚克族冲突最激烈的时期。我发现,一些大理石墓碑上雕刻着逝者的肖像照。照片中的他们面带宁静的笑容，仿佛对自己未能充分展开的生命已经释然。

"1992年至1994年间，莫斯塔尔的波什尼亚克族实际上经历了两场战争。"埃斯梅尔讲述道，"起初是塞族从东面发起进攻，接着是克族从西面发起进攻。对我们而言，第二场战争尤为致命，也带来了更大规模的破坏和人员伤亡。"

1994年，埃斯梅尔只有六岁，与他的母亲和哥哥住在离这座清真寺不远的地方。他清晰地记得，那年春天，一群候鸟在清真寺的上空徘徊，似乎在寻找它们曾经安家的地方。由于清真寺周围已经被炮火摧毁，那些候鸟只能无助地盘旋，搞不清家在何处，更想象不出在它们离开的这段时间里发生了什么。

埃斯梅尔的父亲曾是一名军人。一天晚上，他回到家里，带来战争可能爆发的消息。那时，塞尔维亚与克罗地亚已经开战，而波黑刚刚宣布独立。街上人心惶惶，人人都感到山雨欲来。莫斯塔尔的一些塞族居民似乎得到了风声，开始匆忙地收拾行李，离开这座城市。

当塞族军队从东部的高地上大兵压境时，住在莫斯塔尔东部的波什尼亚克族和克族人纷纷逃亡。埃斯梅尔的姨妈一家在山里躲了十四天，终于沿着小路逃到了莫斯塔尔，投奔埃斯梅尔家中寻求庇护。她当时并不知道，更大的灾难正在后面悄悄逼近。

起初，克族和波什尼亚克族团结一心，因为他们明白，如果各自为战，两个民族都不足以抵抗更为强大的塞族。但克族人有着他们自己的计划。

"在最理想的情况下，他们希望在克罗地亚和波黑建立一个由萨格勒布主导的联盟。"埃斯梅尔解释说，"而在最糟糕的情况下，他们会选择与塞族人一道分割波黑。但这一切的前提是,波黑必须先从南斯拉夫独立出来。因此,在冲突初期,他们与波什尼亚克族合作,共同应对形势。"

在埃斯梅尔看来,大塞尔维亚主义和大克罗地亚主义有一个共同之处,那就是都想吞并波黑这片土地。在他们的认知中,波什尼亚克族是一个虚构的民族,不过是土耳其人征服巴尔干后改信伊斯兰教的塞尔维亚人或克罗地亚人。

早在战争开始前,塞尔维亚总统米洛舍维奇和克罗地亚总统图季曼就曾秘密在铁托的伏伊伏丁那狩猎小屋会晤,商讨分割波黑的计划,决定将这片土地一分为二,分别纳入塞尔维亚和克罗地亚的疆域之内。

"但棘手的问题只有一个,那就是如何划分莫斯塔尔。"埃斯梅尔说,"因为莫斯塔尔正好处在夹缝地带,西面以克罗地亚人为主,东面以塞尔维亚人为主。"

经过一连串的秘密策划,克族和塞族达成了共识,以莫斯塔尔东部的主要商业街——铁托元帅大道作为分界线。这一决定意味着整个穆斯林老城区将处于克族的控制之下。当时,大部分波什尼亚克人对这些秘密协议一无所知,仍然相信自己和克族人有着共同的愿景:那就是反对塞族的扩张,获得自治权。

根据这些秘密的安排,塞族军队撤退到了莫斯塔尔以东二十公里处,而克族领导人在莫斯塔尔建立了一个强硬的民族主义政权。市内开始设置路障,波什尼亚克族居民的自由出入受到限制。接着,种族清洗开始了。住在克族聚居区的波什尼亚克人被集体驱逐或是送入集中营,他们的房子和家当化为乌有。

———

埃斯梅尔带我离开清真寺，坐上他的二手汽车，车就停在一栋废弃的房子前。我们驶出莫斯塔尔城区，来到内雷特瓦河畔的郊外，那里有一座波什尼亚克族的小村庄。路边有一栋简朴的平房，是战争纪念馆。一个满脸胡茬、面有病容的老人拿出钥匙，为我们打开门。

"他以前是军人，现在是纪念馆的守门人。"埃斯梅尔解释说，"这是我们波什尼亚克族集资修建的民间纪念馆，对公众免费开放。"

"所以不是官方的？"

"不可能是官方的。莫斯塔尔议会里的克族人永远不会同意为一座波什尼亚克族的战争纪念馆拨款。"

墙上挂满照片和展板，橱窗里陈列着波什尼亚克士兵使用过的武器和遗物。房间内的空气有些滞闷，好像很少有人进来参观。近三十年的光阴过去了，我能感到这段历史正在渐渐变旧，蒙上尘土。

我在一张照片前驻足。照片中是几位身着迷彩装的波什尼亚克士兵——他们身材瘦削，眼窝深陷。

"这位是波什尼亚克族的军事指挥。在战争爆发前，他是一名兽医，专业是帮助牲畜分娩，在战争中却要学习如何杀人。"埃斯梅尔说，"你知道丛林法则吧？如果不想被人杀，就要先杀死别人。"

"他看起来非常疲倦。"我评论道。

埃斯梅尔点了点头："想想看，克族人可以通过萨格勒布无限制地获得物资，我们则腹背受敌，补给线必须穿过塞族控制的区域，只能在夜间冒险走小路。整个战争期间，我们的食物、水、燃料和医疗物资都极度匮乏。我们不仅面对种族清洗的威胁，还得在生存的压力下挣扎。"

我问埃斯梅尔，战争是否影响了他的童年生活。

"孩子不像大人那么苦。"他说，"压力全在我母亲身上。"

他接着告诉我，他的父亲后来被俘，关押在集中营里。那个集中营位于莫斯塔尔以南不远处。在当时克族控制的黑塞哥维那地区，有将近六十个类似的集中营。

我对埃斯梅尔说："1990年代的欧洲竟还存在着集中营，这实在难以置信。"

"但这是真的。"埃斯梅尔看着我，"人类嗜杀的手段代代相传。"

他告诉我更多的细节：他的父亲在集中营里待了一百四十五天，体重减轻了三十公斤。他被迫喝尿、吃鞋油、啃食草皮，真正的食物几乎没有。战争结束后，他的父亲回到家里，埃斯梅尔已经完全不认识他了。

后来，我读到英国战地记者艾德·武里亚米的文章。他在集中营里目睹了三十个形容憔悴的男人被要求在三分钟内喝下滚烫的稀粥。他们的手臂已经瘦成铅笔般的棍子，手肘和手腕的骨骼仿佛锯齿状的石头向外突出。

"他们还活着，但已人格贬值、身体衰败、肉体腐朽，彻底丧失了尊严。"武里亚米写道，"他们空洞的大眼睛犹如刀片一般紧盯着我们。"

和很多当年的战友一样，埃斯梅尔的父亲始终没有从创伤中完全恢复过来。

"他患有各种慢性病，却固执地拒绝服药。到现在，他每天要抽三包烟。"埃斯梅尔说,"他的一些战友,战后就开始借酒消愁,有的甚至染上了毒瘾。"

此时,那个满脸胡茬、面有病容的老人再次走进房间,为我们送来两杯波斯尼亚红茶。他小心地将茶盘放在一把椅子上,脸上的忧郁和病容融合在一起。埃斯梅尔同他交换了几句话,老人随即朝我含笑点头致意,然后慢慢退出了房间。

"我刚才跟他说,你是来自中国的作家,专程来这里探访和了解我们的历史。"埃斯梅尔说。

我一时不知如何回应,只得点点头,继续翻着手上的笔记本。然后,我问起埃斯梅尔自己的经历:他是在莫斯塔尔出生、长大的,他第一次穿过分界线是什么时候?

"我就在分界线附近长大。"他回忆说,"1998年,也就是我十岁的时候,我第一次瞒着父母穿过了分界线。我不知道分界线另一侧的样子,充满了好奇,决心过去看个究竟。我知道,只要我保持沉默,没有人能单凭我的外表判断出我是波什尼亚克人还是克族人。"

"语言真的有那么明显的差异吗?"我问,"只要你一开口就会被对方发现?"

"语法基本相同,但某些词汇的使用偶尔会泄露一个人的族群身份。"埃斯梅尔解释道,"不过,只要我不长篇大论,一般他们是分辨不出来的。"

埃斯梅尔溜过分界线,进入克族一侧。他震惊地发现,那边是一派繁华的景象。一切都显得如此热闹,街上车水马龙,到处都是熙熙攘攘的购物人群。那里的战争已经结束了,甚至看不出有任何战争的破坏痕迹。

可是，就在不远的对面，分界线另一侧的世界却是一片萧条。房屋倾圮，商店紧闭，荒草在废墟中生长，偶有树木点缀其间。到处都能看到弹片深深嵌入泥墙之中。人们衣着破旧，行走在老城泥泞的街道上。

埃斯梅尔很快就意识到，即使他一言不发，也很容易暴露自己的身份。"因为克族的孩子们都穿着耀眼的新耐克鞋，而我脚上踏的，却是一双沾满污泥的破旧球鞋。"

对埃斯梅尔来说，那次越界的经历是一次相当沉重的打击。"当你还是孩子的时候，你对世界有很多天真的设想。我从小就在穆斯林区的废墟中长大，以为所有人的成长环境都和我一样。我本以为，这就是世界的真实面貌，从不会去质疑'这是真的吗'或者'为什么会这样'。直到我亲眼看到了另一侧的世界，我才猛然意识到，战火主要发生在我们这一边，波什尼亚克族才是战争最大的受害者。"

——

高中时，埃斯梅尔进入了莫斯塔尔唯一一所族群混合的学校，发现自己处于一个"一校两制"的环境中：学校内部分别为波什尼亚克族和克罗地亚族设立了独立的教室，开设了各自的课程，两族的学生仅在课间如厕时会发生短暂的交集。

起初，他常与克族的孩子们发生冲突，但渐渐地，他们学会了和平相处。埃斯梅尔意识到，波什尼亚克族与克族之间并没有想象中的那么大差异。事实上，这些差异非常微小。

我也在书中读到过，波什尼亚克族、克罗地亚族和塞尔维亚族之间的区别是如此之小——他们讲同一种语言，有相似的容貌，享受相同的美食——以至于一些研究南斯拉夫内战的学者不得不引用弗洛伊德的"对细微区别的自恋"来解释他们各自的民族主义。

然而，时至今日，莫斯塔尔的教育体系仍然是分离的。战后出生的年轻人通常只与自己族群的人交往，他们住在同一个城市，却很少有共同的生活经历。

在政治层面，相同的民族政党仍然控制着国家和地方政治。为了维护权力，他们学会了如何操弄大众情绪，而煽动民族主义、制造分裂始终是他们手中最有力的工具。

"某种程度上，战争期间的分裂并没有随着和平而消散，反而变得更为严重。"埃斯梅尔说，"这已不再是物理意义上的分裂，而是根深蒂固的心理分裂。每次跨过那条分界线，都会刷新人们内心的隔阂。"

大学毕业后，埃斯梅尔工作了三年，然后选择辞职投身于他现在的事业。他一直对历史感兴趣，也深知保存历史真相的意义。作为波斯尼亚穆斯林的使命感，让他对正在做的事情坚定不移。他说，目前的问题已经不仅是莫斯塔尔或者波黑仍然分裂，而是整个世界都在分裂。

"极右翼势力在欧洲和美国蠢蠢欲动，而全世界对波黑的问题越来越漠不关心。在这种大环境下，波黑的民族主义政客开始故意淡化甚至否认历史。"

"他们最终想要达到什么目的？"我问。

"分裂波黑。"埃斯梅尔斩钉截铁地说，"就像1990年代波黑战争爆发时一样。"

我问埃斯梅尔，对于他个人而言，战争的记忆是否成了一种负担？他是否考虑过让自己稍微放松下来？

他沉默了片刻，然后清了清嗓子："有人说，如果没有遗忘，人生会变得不堪承受，但我就是忘不了。战争就像一条阴魂不散的大灰狗，始终跟在你身后。每当我回到家里，看到我的父亲，往事就会历历在目。国家目前的局势也在不断地提醒你，历史有可能重演。作为波什尼亚克人，我所能做的，就是保存这些记忆，将它们记录下来，让更多人知道，让更多像你一样的外人了解这里曾经发生的一切。"

"我理解你的意思。"我回应道。

我拿起茶盘上的波斯尼亚红茶，轻轻抿了一口，又抬眼望向四周。这一刻，房间里那些照片和展板的含意似乎变得更加清晰：波什尼亚克士兵的疲惫面孔，集中营战俘的瘦弱身躯，化为废墟的建筑，被炸毁的奥斯曼老桥，躺在瓦砾堆中的尸体，还有冒着狙击手的炮火在河边浣衣的妇女。

———

过了一会儿，我们离开战争纪念馆，坐上埃斯梅尔的二手车，驶回莫斯塔尔城区。埃斯梅尔说，他最后还想带我去分界线附近，亲眼看看那些废墟。

我们跨过内雷特瓦河，驶上一条宽阔的街道。这条大道就是莫斯塔尔的分界线——道路西侧属于克族，道路东侧属于波什尼亚克族。

进入市中心，两旁的废墟开始映入眼帘。埃斯梅尔告诉我，这些曾是公寓、银行和办公楼的建筑,在战争初期遭到摧毁,后来更是成为双方狙击手的藏身之处。时至今日,它们仍然伫立在那里,宛如一件件巨大的现代艺术装置。

我们找不到停车的地方,最后兜兜转转,来到附近一座波什尼亚克族的住宅区。我看到一栋五层的公寓楼,墙面密布着弹孔,仿佛一张麻点斑斑的面孔。楼下两层已被炮火摧毁,窗框扭曲变形,墙皮剥落,裸露出混凝土和钢筋,然而中间一层竟然还有人居住——窗外挂着空调外机,合着百叶窗,掩着白色窗帘。整个公寓楼已经形同废墟,但正是这种脆弱的结构,让楼上的这个房间显得那么坚实——比战争更让人心碎的坚实。

"是什么人住在这里?"我问埃斯梅尔。

"就是这房子的主人。"

"他们没搬去别处?"

"如果没钱买新房,他们就搬不走。"

"政府不会提供修复资金吗?"

"有一些修缮的预算,但是那些钱大多数都流进了官员的口袋。"

这时,我注意到临街墙面上的涂鸦,龙飞凤舞的字迹。埃斯梅尔向我解释,那些涂鸦实际上是一段对话。

上面一行写道:

谁来给我们修房子?

下面有人调侃地回答:

为什么要给你这个傻瓜修房子?

沿着这条狭长的街道,我们继续前行,偶尔在某座废墟前驻足。废墟还保持着废墟的样子,没人去打理。埃斯梅尔特意搜集了一些南斯拉夫时代的老照片,好让我了解这些地方曾经的风貌。照片中的街景是南斯拉夫辉煌岁月的见证,可最终,曾经和睦相处的人们选择用民族主义的怒火摧毁了一切。

我们路过一家小餐馆。它的两侧已成废墟,餐馆却独自夹在中间,像在开一个波黑式的玩笑。显然,这家房屋的主人自己出钱,修复了自家的部分,并开设了这家餐馆。我真想进去坐坐,在这种连米其林都无法提供的环境中吃上一顿,但又担心房子随时可能坍塌。

埃斯梅尔告诉我,就在不久之前,一段破旧的房梁坠落下来,砸死了一个居住在废墟中的吉卜赛少年。这个事件登上了新闻头条,但所有人都心知肚明:即便是死亡,也不足以促成任何改变。

第六章
莫斯塔尔Ⅱ：问题的核心

在穿越巴尔干的旅途中，莫斯塔尔是我来到的第一座深受奥斯曼帝国影响的欧洲城市。土耳其人自1468年开始统治此地，开启了莫斯塔尔的都市化进程。在随后几代人的时间里，伊斯兰教在城市居民和地主阶层中逐渐占据了主导地位。许多波斯尼亚人皈依伊斯兰教，一方面是为了宗教信仰中承诺的来世福祉，另一方面则是为了在现世获得各种公民权益。不过，相当一部分农奴阶层仍然是基督徒。

到了16世纪，莫斯塔尔成了黑塞哥维那地区的行政中心。一座标志性的石桥取代了之前横跨内雷特瓦河的木桥。这座石桥是奥斯曼时代最杰出的建筑之一，长二十八米，高二十米，其规模在当时令人惊叹。

埃夫利亚·切莱比，一位在四十年间走遍了整个奥斯曼帝国及其邻国的土耳其旅行家，在他的十卷本巨著《旅行之书》中这样描述："石桥如彩虹一般跨越两座悬崖，宛若天际之弓……作为至高无上的真主卑微的仆人，虽然我踏足过十六个国度，却未曾目睹过如此壮观的桥梁。"

午后，我从公寓出发——洗澡水再次泛滥——步行来到石桥。内雷特瓦河的河水呈青色，岸边的树木和野草伸出头来，探视流水，水面则映衬着宣礼塔的尖顶。天空阴云密布，雷声隆隆，仿佛远处传来炮声。随后，一场冬雨从天而降，天地间泛起银光。风如鳞片一般拂过水面，斜飞的雨丝像条条跃出河面的小鱼。雨中，河堤的轮廓显得朦胧，石桥也变得一片迷离。

老桥附近的巴扎里见不到什么游客。夏天时，这里或许熙熙攘攘，此时却给人一种萧条之感。一个波什尼亚克老人用德语向我推销自制的李子白兰地，其他几位妇女则热情地向我介绍她们亲手制作的辣椒酱。

"太辣了。"我一边摆手一边说。

但她们没有放弃，转而拿出自制的各式果酱。

"甜的！非常甜！"

1993年11月9日，柏林墙倒塌四周年的这一天，这些妇女身后的老桥在克族坦克的炮火下轰然倒塌。一位战地记者捕捉到了老桥坠河的瞬间，那就像一场酒醉狂欢的高潮。

对于波什尼亚克人而言，这一天无疑成了内战中最黑暗的时刻，因为老桥不仅是通向前线的生命线，更是这个城市的灵魂——"莫斯塔尔"的名字就是"老桥的守护者"的意思。

然而，回顾这段历史，与其说是莫斯塔尔守护了老桥，倒不如说是老桥以一种悲怆的方式守护了这座城市。那些记录老桥坍塌的照片和影像，在媒体上广泛传播，最终引起了国际社会对莫斯塔尔的关注。

在一个寒冷的冬夜，英国记者和作家简·莫里斯走访了莫斯塔尔。在那条空旷的河上，只剩下一座晃悠悠的临时吊桥。她感到，与第二次世界大战相比，这场南斯拉夫的分裂战争更加真实地来自人心深处。看着眼前的废墟，她忍不住疑惑：关于人心，这一切要说些什么？

她的同伴是一位来自杜布罗夫尼克的克罗地亚人。简·莫里斯问他，是谁下手摧毁的老桥。

"可能是塞族人，也可能是穆斯林。"

"难道不可能是克罗地亚人吗？"

"哦，确实，也可能是克罗地亚人，但不是真正的克罗地亚人，不是像杜布罗夫尼克人这样的克罗地亚人。"

"简而言之，不是像他这样的克罗地亚人。"简·莫里斯略带讽刺地写道。

如今，老桥已经修复如初，并在2005年列入《世界遗产名录》。世界教科文组织赞誉其为："融汇了奥斯曼帝国、地中海及西欧建筑风貌，展示了多元文化交融城市的典范。重建的老桥及其周边古城，不仅是民族和解与国际协作的标志，更象征着多元文化、不同种族和宗教的和谐共存。"

然而，在老桥的一端，我发现了一块波什尼亚克族放置的石碑，上面刻有"永远铭记1993年"的字样，仿佛在默默地提醒世人，不要忘记那座桥曾经历的苦难。

———

我穿过老城，跨过分界线，进入克族一侧。有那么一瞬间，我真的感觉自己又回到了克罗地亚。

就在紧邻分界线的路边，矗立着一座天主教堂。拔地而起的钟楼高达一百零七米，仿佛在提醒人们已经进入了另一种叙事。

钟楼的介绍牌上写着："考古学家在此发掘出公元4世纪的教堂遗址，表明莫斯塔尔自建成之初就已经存在有组织的天主教活动。"

我沿着安静的街道漫步，路旁挺拔的梧桐树营造出典型的欧洲中产阶级社区的秩序感。两侧的店铺全都悬挂着克罗地亚国旗，就连店铺的招牌和路边的广告也给人一种置身克罗地亚的感觉：萨格勒布咖啡馆、斯普利特酒吧、托米斯拉夫牌啤酒……就像我刚才跨过的并非一座城市的分界线，而是两个国家的边境线。

一块路牌指向了克族区的汽车站——在莫斯塔尔，两个汽车站相隔仅一点五公里，然而它们还是强调了彼此之间为数不多的差异，分别以不同的词语拼写"车站"一词：克族一侧是"kolodvor"，而波什尼亚克族一侧则是"stanica"。

我走进一家咖啡馆——人们在聊天、看报、喝咖啡——气氛与穆斯林一侧有着微妙的不同。我试图思考这种差异的本质：他们的长相看不出区别，语言又如此接近，他们生活在同一座城市里，相隔不过几百米。后来，我意识到，或许是那种西欧城市中常见的疏离感。克族人更擅长划清人际间的界限，不是冷漠，而是一种界定个人空间的默契。

咖啡馆的墙上悬挂着内战时期的老照片，都是从克族一侧拍摄的：位于分界线附近的那座天主教堂也曾化为瓦砾，说明战争中的伤害通常是相互的。

我路过一家精酿啤酒吧，走到吧台前才想起自己发过誓——在波黑期间不碰酒精。

打酒的女孩是个爱笑的姑娘，留着一头卷发，围着鲜艳的红围巾，显得舒服又暖和。她问我喝点什么。

我迟疑了片刻，终于开口："一瓶苏打水吧。"

"不来点啤酒？"她惊讶地问。

我摇头："不，今天就这样。"

女孩是克族人，在莫斯塔尔大学艺术设计专业学习，课余在这家酒吧打工赚钱。聊天时，我问她是否担心民族矛盾带来的问题。她轻描淡写地说，这要看个人。幸运的是，她自己从未遭遇过不快。

她说，酒吧的老板就是一个波什尼亚克族人，每年会在美国逗留两个月，其余时间则住在酒吧对面的公寓里。

"他对我还不错，没有因为我是克族人就刻意为难我。"她边说边洗净一个酒杯，然后给自己倒了半杯啤酒。

"确定不来点啤酒？"

我再次摇头拒绝。

她打趣地问："难道我遇到了一个怪人？"

"这倒是有可能。"我含笑回答。

这时，一个知识分子模样的中年男人步入酒吧。他身材瘦削，穿着灰色大衣，戴着黑色礼帽，宛如从19世纪的油画中一脚迈了出来。他脱下礼帽，通过眼镜上方审视周围，向我们轻轻点头致意，然后悄然离开。

女孩告诉我,他是文学教授,波什尼亚克人。他有个习惯,每天这个时候都会来酒吧里巡视一圈,看看有没有游客,特别是女性游客。

"如果你是女士,他肯定会留下来。他会跟你分享他在内战中的遭遇——我已经听了几十遍了。"

——

达米尔是克罗地亚族,生于1985年,至今未婚。他出生于莫斯塔尔郊外的一座克族村落,目前在城里的一家银行工作。两年前,他在克族区买了一套单身公寓。房子面积不大,但客厅中央的大沙发上铺着柔软的毛毯。他乐于将自家的沙发无偿提供给背包客,自己则扮演一名慷慨的沙发主。

尽管在莫斯塔尔找到经济实惠的住所并非难事,仍有许多旅行者倾向于选择免费的沙发客体验。他们将这种零住宿成本的旅行方式视作背包游的至高信条,认为只要每个人都愿意开放家中的沙发,理论上我们就能摆脱对资本主义酒店业的依赖。

这套沙发客式的共产主义理想固然令人向往,但我个人尚未尝试过。听闻沙发主中既有真正的好客之人,也不乏一些暗藏怪癖的家伙。身处异国他乡,如果不幸羊入虎口,那可就惨了。不过,通过沙发客网站结识这些热心肠的沙发主也是一种乐趣。他们通常热情好客,对本地情况了如指掌,也乐于分享自己的时间。

我就是这样认识的达米尔,让他带我去莫斯塔尔西南的克族聚居地转转。我们谈妥了价钱——他会提供车辆,兼任司机和向导。他的开价相当合理,尽管那是个工作日的上午,他还是承诺会在一小时内与我碰面。

按照约定，我在公寓附近那栋废墟前的空地上等待，但达米尔迟到了半小时。他解释说，他平时很少造访穆斯林区域，绕了一大圈才找到这里。他是一个已经开始谢顶的壮汉，穿着黑色套头衫和阔腿牛仔裤，凸显出较为发福的肚子和紧绷的臀部。他说起话来却是清脆的男中音，与粗犷的外表相比，有一种出人意料的温柔。

在与达米尔的闲聊中，我了解到，他除了是个沙发主，还是个裸体主义者。

我不太理解这个词的意思。我只知道欧洲有一些专为裸体爱好者设立的海滩，去那里的人们，无论男女，都必须赤身裸体——达米尔是指这个？

他点点头："除此之外，我在家里通常也不穿衣服。"

"如果有沙发客来访怎么办？"我问。

达米尔解释说，他通常只接待男性客人，且会事先告知对方自己的生活方式。只有对方表示理解和接受，他们才能在他家过夜。不过，他补充道，他有时也会忘记提前说明。有那么几次，他赤身裸体地出现在客厅，直接把对方吓得从沙发上蹿了起来。

忆及往事，达米尔嘿嘿一笑。我突然觉得，我不做沙发客的决定是对的。要是万一碰上达米尔这样的谢顶壮汉，一丝不挂地从卧室里走出来，那可真让人不知如何是好。

我们坐上达米尔的黑色菲亚特，离开莫斯塔尔，进入地势崎岖的山区。公路大致与内雷特瓦河平行，透过草木混生的河岸，可以看到青色河水正向着莫斯塔尔的方向急速流淌。白色的阳光照耀着河谷中的石头房子，河对岸的大山露出惨白的石灰岩和颜色浅淡的公路。

这里是前南斯拉夫最贫穷的地区之一,也是克罗地亚的法西斯组织乌斯塔沙的重要招募地。当地有句谚语说,只有蛇、石头和乌斯塔沙才会在这里生长。实际上,这片土地至今依旧是克族民族主义情绪最高涨的地区。你会意识到,很多时候,贫穷与激进互为因果,相互维系。

达米尔告诉我,他的祖父是铁托麾下的反法西斯游击队员,而外祖父是乌斯塔沙分子。南斯拉夫时代,祖父过得风生水起,先在一家国有银行担任要职,之后又分到了大房子。与之相反,外祖父一家遭到整肃,最后不得不去德国做起了劳工。

后来,我在一本书中看到,南斯拉夫在20世纪六七十年代的典型形象是客籍劳工列车。还有一位南斯拉夫无名氏写了一首客籍劳工短诗:

> 把裤子脱了,亲爱的,别跟我讲规矩。
> 我从法兰克福一路回来,日子真是苦啊。

达米尔说,那的确是一段艰苦的日子,不过外祖父一家熬了过来。随着铁托时代的终结,南斯拉夫的经济渐渐陷入泥潭,意识形态的束缚也逐渐松动。

一年夏天,达米尔的母亲回乡探亲,邂逅了达米尔的父亲。尽管母亲一家曾因历史问题受到冷遇,但长年在德国打拼让他们相对富有。父亲虽然出身于受尊敬的革命家庭,但当时已经家道中落。因此,这段婚姻就家庭背景而言,可以说是门当户对。

在外祖父的克族村子里,达米尔的父母重新修缮了老屋。达米尔在那里出生、长大,后来在莫斯塔尔的克族区上学。他在大学时主修经济,毕业后进入莫斯塔尔的一家银行,同事也都是清一色的克族人。达米尔坦言,从小到大,他几乎没有与塞族或波什尼亚克族交往的机会。

我们经过一些战后被遗弃的村子——塞族和波什尼亚克族的村子。在这片克族人的汪洋大海中,它们就如同小片的孤岛。其中一个塞族村子还剩几户人家,村中残留着废弃的房子。达米尔提到,房子的主人很可能在内战中丧生,废墟就留在了那里。

"没人清理吗?"我问。

达米尔侧头看了我一眼:"那可是需要钱的。"

我们路过村中一座东正教堂时,恰巧有位神父走过。我们和他打了声招呼,神父哈了哈腰作为回应。

神父告诉我们,村中大多数的塞族居民都已搬离,仅剩几户老年人选择留下,因此教会派他来这里继续守护信众。

他是一个二十来岁的年轻人,戴着眼镜,穿着法衣,蓄着浓密的黑色络腮胡。他打开教堂门,让我们进去看看。教堂里弥漫着熏香,壁画看上去已有年头。风吹进教堂,烛火如舞蹈般抖动。

教堂后面是一片墓地,铺满枯黄的落叶。墓碑散落在高大的松柏之间,上面青苔斑驳。达米尔说,这是个古老的塞族村庄,人们一直在这里繁衍生息。不过,等最后几位老人离世,这个村子恐怕也将成为历史。

神父一直想拉着我们闲聊,但我们还要赶路。

"神父一个人守着教堂,肯定很寂寞。"达米尔上车后说。

"也没有沙发客。"我调侃道。

"太寂寞了。"达米尔摇摇头。

我试着问起达米尔的童年。他比埃斯梅尔大上几岁,作为克族人,他对战争的记忆是怎样的?

"战争爆发前的两天,正好是我七岁生日。"达米尔回忆道,"我还记得母亲给我买了一个大蛋糕,上面全是水果。"

两天后,战争爆发,塞族军队大兵压境。村子里有几栋房子被炮弹击中,于是所有人开始逃亡。

达米尔一家往西逃,逃到了达尔马提亚的亲戚家,在那里躲了三个月。在达米尔的记忆中,那是一段快乐的日子。他不用上学,每天去海边游泳,在沙滩上挖坑,把比自己小的孩子埋起来。

"母亲一直担心家里的情况,不知道战火是不是殃及了我家,但我并没有这些担忧,只是开开心心地过日子。"达米尔说,"你懂的,孩子即便在战争的缝隙里也能找到乐趣。"

三个月后,塞族与克族达成秘密协议,战事暂停。当一家人回到村子时,发现有些房屋已成废墟,但他们家的房子幸存了下来。

不久,克族与波什尼亚克族的战事爆发,但战场被限制在莫斯塔尔的市区之内,达米尔的生活几乎未受影响,他依旧能够正常上学。

我说:"我遇到过一个波什尼亚克人,跟你年纪相仿。战争期间,他在莫斯塔尔,日子比你惨了不少。"

"我明白你的意思。"达米尔说,"但战争记忆就是个体化的、私人化的。我的确没有波什尼亚克人那么惨,但我同样憎恶这场操蛋的战争。"

一

我们到达波奇泰尔耶。这是一个古老的波什尼亚克村庄，内雷特瓦河从山脚下流过。陡峭的山石间生长着石榴树，山坡上散落着石头房子、哈吉·阿里贾清真寺和一座奥斯曼式的钟楼。

山顶有一座残缺不全的堡垒，顶端是八角形的瞭望塔。在奥斯曼帝国时期，这里是一个重要的防御点，因为翻过眼前这片起伏的群山就是奥匈帝国的疆域。

1993年，克族武装血洗了这个村子，包括建于1563年的哈吉·阿里贾清真寺，都成了蓄意攻击的目标。

我们沿着小路拾级而上，来到山顶的堡垒，爬上瞭望塔。这里的确是战略要地，能将整个内雷特瓦河谷尽收眼底。

群山在阳光的照耀下显得苍白，植被生长的地方如一块块褐色斑点。一座大桥正在河谷上方合龙，巨大的混凝土桥墩如同外来的入侵者，带着一股超现实感。河两岸散落着村庄，红顶白墙的风格与我在达尔马提亚所见的并无二致。远处，一列载满铝材的火车在风景中缓缓穿过，犹如远行的小舟。

达米尔说，铝是波黑为数不多的矿产资源。火车从这里驶向海边小城涅姆——那是我前往杜布罗夫尼克途中路过的地方——再从那里运往欧洲。

瞭望塔也曾在战争中受损，如今装上了透明的钢化玻璃作为围栏。这些简单的玩意儿虽然是这几年才修的，可是看上去却像上个世纪一般老旧。达米尔告诉我，波奇泰尔耶的修复工程得到了欧盟数百万欧元的资助。按照计划，这里原本会有咖啡馆、工艺品商店和艺术家小屋，只是一切都停留在了蓝图上。

"资金已经耗尽了。或者说，贪污完以后的钱已经花完了。但你看看结果如何？"达米尔愤愤地说，"等着瞧吧，这里很快就会重新变成废墟。你看到的一切就是这片土地的写照。"

山脚下，一个戴头巾的波什尼亚克妇女正在贩卖手工纪念品。可是除了我们，这里没有一个游客。

时间已过正午，我们走进附近的一家餐馆解决午饭。刚才戴头巾的妇女再次出现，看来餐馆也是她家的。

菜单只有一张小卡片，嵌在一块乒乓球拍大小的板子上。阳光透过窗户，照着伤痕累累的木桌。

我终于忍不住问达米尔，既然他在银行工作，怎么能在上班时间跑出来？说实话，这个问题已经困惑了我很久。

达米尔搔搔稀疏的头发，然后解释道，莫斯塔尔的薪资水平很低，即便像他这样的白领，每月也只有寥寥几百欧元。

"晋升之后薪水自然会多一些，还有拿回扣的机会，但我就是无意于此。"

据他自述，尽管已经工作多年，他宁愿待在职场底层。平时既不应酬同事，也不巴结领导。大家都清楚他无意争权夺利，所以只要做好本职工作，没人会介意他是否迟到早退。

"中国有一个词，叫'躺平'，形容的正是你这种生活态度的人。"

我为达米尔详细讲解了"躺平"的含义，以为会引起他的共鸣。没想到他听后反问："你们又不是生活在波黑，为什么要'躺平'？"

"因为……生命只有一次。"

"你们虽然竞争激烈，但也有很多机会。我们这里主要靠的是关系和贿赂。我们的官僚机构庞大，腐败滋生。年轻人往往需要通过行贿来获得心仪的职位。政府的工作最稳定，但没有关系几乎不可能得到。"

"那族裔身份会影响工作的选择吗？"

"当然。虽然我们早就通过了反就业歧视的法律，但现实是，许多地方依旧不愿意雇佣不同族群的人。"

达米尔摇了摇头，继续说道："莫斯塔尔这地方很矛盾。一方面，很多人，尤其是战后出生的年轻人，对分界线已经不再关心，也不在乎别人是哪个族群的。但另一方面，种种分歧依然存在，社会如同一片散沙，任何政治上的决定，最终都会陷入僵局。人们在心底仍然担心未来会发生不测。"

"你觉得发生不测的可能性有多大？"

"很难说。"达米尔看了看我，"但如果有一天，你听说我们出事了，说明我们已经陷入大麻烦了。因为只有发生大麻烦的时候，外界才会关注我们。其余的时候，我们都被轻蔑地忽略掉了。"

窗外是一条白色大路，树上蒙着尘土。山坡的菜地里，橡皮水管哗哗地流水。路边，一个农人正在劈柴，斧头在阳光下一上一下闪着光。

"很多问题都是贫穷造成的。在莫斯塔尔，一个月能挣到五百欧元，就已经算是相当可观的收入了。"达米尔指着那个正在忙碌的农民说，"这些人，如果一个月能挣到两百欧元，就已经谢天谢地了。"

两百欧元，折合成人民币也就一千多元。仅凭这点钱，他们的生活能过得下去吗？

"你看到山坡上的菜地了吧？"达米尔说，"这就是秘诀所在。

他们大部分吃的东西都靠自己种,只有很少的日用品去城里买。"

——

在踏上这趟旅程之前,我从未听说过默主哥耶的朝圣活动。如果没有结识达米尔,我可能不会觉得出现在这里的人有什么特别之处,也不会想问问关于他们的事。

在转变为著名的朝圣地之前,默主哥耶不过是一个默默无闻、贫瘠落后的小镇,居民几乎全是克族人。第二次世界大战期间,这里发生过骇人听闻的种族清洗事件,乌斯塔沙将数百名塞族妇孺残忍地推入深坑,未能立即丧命的人随后惨遭活埋。

1981年6月24日,六名当地孩童声称他们看到一个闪耀着神光的女性形象,怀抱婴孩,向他们招手。他们坚信这是圣母玛利亚显现。其中四名孩子声称圣母每天都会向他们显现,另外两名则表示此后再没看到过圣母。当局将孩童带走接受调查,医学鉴定证实他们的精神状态并无异常。

消息一经传出,默主哥耶及其邻近村庄的居民便聚集于圣母显现之地进行祈祷。巧合的是,这一时间点恰好与铁托去世后,南斯拉夫的政治真空重合。

当时的共产党政府封锁了通往显灵地点的路途,禁止民众前往朝圣。一名方济各会神父成为那六个孩子的代言人,但后来因涉嫌与一名修女有不当关系而被剥夺教籍。另一位神父也遭到逮捕,并被判处三年半的监禁。

达米尔告诉我,当地方济会与克罗地亚民族主义的联系一直饱受争议。方济会始终是大克罗地亚主义的精神支柱,甚至有些成员还直接卷入过二战期间乌斯塔沙的暴行。

尽管梵蒂冈至今未曾正式认可默主哥耶的圣母显灵事件,但该地的朝圣活动异常火爆,云集了包括演艺和体育界在内的各路名流。

达米尔表示,很多人在前往默主哥耶朝圣后改变了人生态度,屡屡传出见到神迹和疾病治愈的消息。如今,默主哥耶已经跻身欧洲朝圣者数量第三的宗教圣地,年均朝圣人数逾百万。

一个简朴的乡村堂区,变成了一块神启之地,这从默主哥耶的市容就可见一斑。这里不但有旅店、餐馆和超市,还建起了水疗中心。

圣雅各伯教堂周围的露天祭坛能够容纳数千信众,每当夏季或宗教大节之时,这里便会汇聚成千上万的朝圣者,场面盛大,仿佛一场规模浩大的露天音乐节。

在圣雅各伯教堂门前,达米尔偶遇了詹姆斯——一个夏天时认识的马耳他青年。他对詹姆斯尚未离去感到惊奇。

詹姆斯穿着简朴的牛仔裤、帽衫和运动鞋,表情中有一种异乎寻常的平静。在巴尔干的这些日子,我还是第一次看到神色如此平和的人。

詹姆斯告诉我们,他在这里已经生活了半年时间,住在一家便宜的旅馆里,日常生活就是往返于教堂和显现山之间——这已经是他第三次造访默主哥耶。

临别前,詹姆斯让我一定要去显现山看看。他说,他每天都会在山顶沉思和诵经数小时,希望有朝一日能够见到圣母。

——

显现山——那个见证了圣母玛利亚初次显灵的地点，位于离默主哥耶不远的山坡上。

驱车前往那里的途中，我看到一队行军的年轻男子，穿着灰黑相间的服装。他们长着巴尔干乡村人的面孔，高鼻梁，深眼窝，看起来像是出操的新兵，但他们的衣着和姿态却令人困惑。

达米尔说，这些都是正在戒毒的年轻人，有些是自发来的，有些是被家人送来的。

我们路过一扇紧闭的黑色大门，周围荒草萋萋。大门上没有任何标志，透过门缝可以窥见院内的茅草屋。

"那些戒毒者就住在里面。"达米尔说，"不仅有克罗地亚人，还有从巴尔干其他地方来的人。在这里戒毒不花钱，但要义务劳动。你看到那些茅草屋了吧？都是戒毒者自己盖的。"

戒毒中心选择设立在这里，想必也与宗教有关。达米尔告诉我，除了义务劳动，这些人每天还要忏悔和祈祷。有时，他们还会赤脚攀登显现山，通过苦修来表达悔改之心。

我们终于来到显现山。一些朝圣者正沿着崎岖的小路攀爬。山上遍布砾石，即便穿鞋也举步维艰，难以想象如何赤脚行走。

我们花了一个小时，爬到山顶。那里有一尊白色的圣母玛利亚雕像，标志着六个孩童第一次目睹神迹的位置。

"根据六个孩子的描述，圣母长着鹅蛋形的面庞，嘴唇纤薄，眼睛是蓝色的。"达米尔边说边指向雕像。

"玛利亚不是犹太人吗？怎么会有蓝色的眼睛？"我问。

"这个……我也不清楚。"

我问达米尔是否相信圣母真的在这里显现过。

"如果信仰到了极致,出现宗教幻觉也是有可能的。"他略显谨慎地回答。

"圣母显灵的时刻,恰逢克罗地亚民族主义情绪高涨之时——这两者之间有联系吗?"

"从一个世俗主义者的角度看,确实可能会这样认为。但你看,三十多年来,成千上万的人来这里朝圣,这或许也说明了神迹背后的现实基础。"

站在山顶上,我们眺望山下的壮丽景色。不远处是莫斯塔尔,望向北方则是波黑腹地的绵绵群山。淡淡的雾霭近乎山色,天际线处的山脉好似一片晕染的水墨——我所在的地方是克族人的天主教世界,而那边则属于波什尼亚克人的伊斯兰教、塞族人的东正教。

我们找了一块石头坐下来。达米尔开始谈起他对未来的一些打算。他说,带我出来这趟给了他些许灵感。他觉得日后可以做点小生意,为住到他家里的沙发客组织短途旅游。沙发虽不收费,但短途旅游会收取一定费用。

不过,对于这个计划,达米尔尚未完全确定。他最大的担忧是,大多数来到莫斯塔尔的游客都是为了看老城和老桥——而这些都在穆斯林区域。

"那边已经是波什尼亚克人的地盘了,我不可能插足进去。"达米尔说,"而且,作为克族人,讲述那些战争废墟也有些别扭。受害者讲述自己的苦难,总会更加动人,也更有说服力。"

我随口提议道:"你可以考虑带他们来默主哥耶。"

"你觉得除了天主教徒,会有人想来这里吗?"

"有的,比如我。"

这个回答显然没能让达米尔感到安慰。他望向远方,沉默不语。

"起步阶段肯定有难度,如果坚持下去,成功的可能性还是很大的。"我试着鼓励达米尔,"也许下次我们再见,你已经是大企业家了!"

达米尔突然转过头,静静地审视我,仿佛在检查案发现场的蛛丝马迹。

"你看,这就是我们之间的差别。"他深吸一口气说,"你从中国来,一开口就是如何成就一番大事业。你在一个和平的环境中长大,你的成长经验告诉你,只要持之以恒,就能取得成功。但我在巴尔干长大,在一个四分五裂的城市,一个分崩离析的国家,我对未来从来没有那么多乐观的幻想。对我来说,每月多赚几百块钱,就已经很满足了。"

现在,轮到我沉默了。

达米尔继续说:"如果这里没有战争,我可能会考虑贷款再买一套房。这样一来,我就可以把目前的房子租出去。但如果战争又来了,我就彻底离开这里。"

"打算去哪里?"

"克罗地亚。毕竟,我是克族人。我有克罗地亚护照。"

"那现在的房子怎么办?"

"到那时房子就无关紧要了,不是吗?"达米尔说,"我不愿意生活在恐惧里。我已经不是那个无忧无虑的孩子了。"

返回莫斯塔尔的路上，我依旧沉湎于达米尔的话。当我们驶入市区，窗外矗立的废墟仿佛也有了更深的意味。

我们沿着分界线，进入克族一侧。我想让达米尔带我去看看那座著名的游击队员公墓。

这座公墓是南斯拉夫团结一致抗击法西斯的历史见证。在南斯拉夫时代，它不仅是民族解放的标志，也是国家合法性的象征，正如中国的革命烈士陵园一样，具有深远的意义。

莫斯塔尔的游击队员公墓由南斯拉夫著名建筑师波格丹·博格达诺维奇设计，于1965年落成。如今，它沦为了一座巨大的废墟。充满乌托邦色彩的残破建筑，如同遗留在人间的外星文明，诉说着世事变迁。

我们沿着一条曲折的小路，步行而上，经过一座年久失修的断桥和一个被遗弃的喷泉。山坡上荒草丛生，散落着粗野主义风格的混凝土砖石，暴露出不加修饰的建筑结构。

和苏联的列宁像一样，这样的游击队员公墓曾经遍布南斯拉夫各处，自1990年代起，逐渐被人遗忘。

我注意到，那些残破的石墙上有新近涂画的纳粹符号，还有诅咒波什尼亚克族的涂鸦。石墙已经老旧，而这些符号和涂鸦却很清晰，是最近几年才被人恶意添加上去的。

时间已近傍晚，寒意逐渐笼罩了多云的天空。山下的灯火浮现在暮色里，车辆的尾灯如同暗语一般，在远处闪烁。

"我想告诉你一个秘密。"达米尔忽然开口。

"什么秘密?"

"不确定你是否已经察觉。"他说,"实际上,我是同性恋。"

"啊?真的吗?"

"这会让你感到不舒服吗?"

"不,一点儿也不。"我回答,"那个……你是什么时候意识到自己的性取向的?"

"大学期间。那时候网络刚刚普及。起初,我完全不能接受自己可能是同性恋。为了证明自己不是,我还尝试和女生约会。但与她们在一起时,我总觉得像是隔着一层玻璃。"

"父母知道你是同性恋吗?"

他摇了摇头:"我不可能告诉他们。"

"在莫斯塔尔,同性恋能够自由生活吗?"

"这里是个传统的地方,对同性恋的接受度不高。我只能在生活中隐藏自己的身份,将注意力转移到其他方面。"

"什么方面?"

"美食,还有葡萄酒。"

此刻,我的心情已经恢复平静。我谨慎地询问,他选择成为沙发主和坚持裸体主义的生活方式,是否与他的性向有关?他是否在这些自由表达中寻求内心深处的释放?

达米尔说,他的确与到家中的男性沙发客有过交往,但他做沙发主并不是为了这个。

"有个德国男人,独自一人来到莫斯塔尔旅行。我开车带他去了克罗地亚海岸。我们在那里住了两晚。那是很多年前的事了。"

"之后呢?"

他摇了摇头。"两年前，我父亲患病了。作为独生子，我必须独自承担照顾和护理的责任。从那时起，我就感受不到任何身体的欲望了。"

"听到这些，我很遗憾。"

他看了看我，没说话，脸上是一种平静而孤寂的神情。过了一会儿，他毅然说道："我们回去吧。"

借着最后的天光，我们向山下走去。

一

世界联合学院是一所招收来自不同国家、种族和宗教背景学生的国际高中，在莫斯塔尔建有分校。我在莫斯塔尔的最后一天，认识了在这所学校担任心理咨询师的叶莲娜。

那天傍晚，我坐在学院门外的长椅上，等着叶莲娜下班。学院是一栋亮黄色建筑，就在分界线的大道上，对面是已经沦为废墟的南斯拉夫银行——内战中臭名昭著的"狙击手大楼"。

一只姜黄色的小猫踱步过来。它是一只身材苗条的巴尔干猫，比国内有人喂养的胖猫来得瘦小可怜。起初，它只是在我身前走来走去，小心地试探反应。后来，它干脆大胆地跃到长椅上，毫无顾忌地靠在我的身边取暖。

叶莲娜从学院里走出来，穿着黑色皮夹克和厚棉布长裙，戴着黑框眼镜，亚麻色的长发随意在脑后扎成马尾。

"交新朋友了？"她笑着问我，然后蹲下身来，轻抚小猫的脑袋。

"刚认识的。"我笑着回答。

我们走上克族一侧的林荫大道。昨夜的冷雨洗劫了街边的法国梧桐，之前还残留在枝头的黄叶，如今浸泡在积水里，在脚下发出嚓嚓的声响。

我们去了一家叶莲娜常去的咖啡馆。她点了阿萨姆红茶，我点了姜汁汽水。

叶莲娜一边将小杯牛奶兑进红茶，用茶勺小心搅拌，一边讲起她目前工作的学校。她说，这所国际高中十分特别，学生几乎全部来自曾发生过种族冲突的地区——既有波黑本地学生，也有卢旺达等地的非洲学生，甚至还有亚洲学生。

"你肯定想不到，金正男的儿子也在这里上过学。"叶莲娜说。

我们就这个话题聊了一会儿，然后我问叶莲娜，学生平时会找她倾诉什么样的心理问题？

"对这些孩子而言，最大的困扰还是情感的迷茫。"叶莲娜说，"当然，更深层次的问题则是关于'归属'和'融入'——这恐怕也是我们每个人都会遇到的问题。"

我点点头，等着她继续说下去。

"我经常提醒学生，要搞清楚'归属'与'融入'之间的微妙区别。我们常常努力追求归属感，不惜一切代价去融入某个集体，但最终的结果往往只是为了融入而融入。这种不自觉的同化才是很多心理问题的源头。"

叶莲娜告诉我，她自己也经历过"归属"与"融入"的拉锯战。她出生在贝尔格莱德，父亲是塞尔维亚人，母亲是保加利亚人。她的成长轨迹跨越了多个国家、多种文化。

"所以家在哪里呢？"我问。

"对我而言，家并不是一个固定的地点，而是一种深刻的情感体验。"叶莲娜缓缓说道，"我并不特别重视国籍的概念。有时候，持有什么样的护照并不真正定义一个人，真正定义一个人的是他们的内心世界。这也是我对人的内心世界那么着迷的原因——心理学、非暴力沟通、格式塔疗法、心理合成疗法……我有点跑题了，这些对你来说会不会太枯燥？"

"完全不会。"我说，"我对心理学也有浓厚的兴趣。作家经常探究的就是世道和人心。"我抿了一口姜汁汽水，感受着它带来的清凉。

"听起来很有趣！"叶莲娜笑着将双手放在桌面上，指尖轻轻相触，然后抬起头来，"如果你不介意，我愿意分享我父母的故事给你听——这个故事可能正契合你刚才说的。"

"那真是太好了！"

那是1981年的夏天，叶莲娜说，那时她还没出生。她未来的父亲和几位好友利用南斯拉夫护照的免签便利，动身前往保加利亚的海滨度假。在前往度假地的火车上，他遇见了一个保加利亚女大学生。她正坐火车前往黑海附近的农场，准备完成她的暑期义务劳动。

叶莲娜的父亲被这位女孩吸引，整个旅途中都在尽力与她交谈。塞尔维亚语和保加利亚语都属于斯拉夫语系，但还是存在明显差别，好在他们都学过俄语，就用俄语交流。火车到站时，叶莲娜的父亲鼓起勇气，邀请那位女孩周末在瓦尔纳的海滩会面。瓦尔纳是一座黑海边的度假城市，离女孩要去的农场不远。

女孩答应了，尽管她知道请假很难。为了赴约，她让朋友给农场书记发了一封紧急电报，声称家中有人重病，急需她回去。

到了约会那天，女孩准时坐在一张长椅上，身着天蓝色连衣裙，长发编成两条粗辫。时间一分一秒地流逝，叶莲娜的父亲迟迟没有出现。她的心情变得沉重，责备自己太过天真。对方也许只是随口一说，自己却信以为真。而且，她甚至没有留下他的联系方式。

就在她愈发沮丧之际，叶莲娜的父亲出现了。他笑着说，他已经在她面前站了半天，可她却视而不见。

"为了让自己显得更迷人，我母亲摘下了眼镜，结果什么都看不清。"叶莲娜笑着说。

他们沿着沙滩漫步，聊着各种各样的话题。叶莲娜的父亲突然对女孩说："如果我们将来结婚，我希望我们能生个女儿。我甚至连她的名字都想好了——叶莲娜。"

在咖啡馆的灯光下，叶莲娜的眼睛透过镜片闪着光，犹如天边闪现一丝森林大火的痕迹："我相信，我的生命就是从那个瞬间诞生的。"

假期结束后，叶莲娜的父亲返回贝尔格莱德。此后的很长一段时间，他们没再见面，一直保持书信联系。到了1985年，女孩搬到贝尔格莱德，两人结婚，迎来他们的女儿。如当初所愿，他们将女儿命名为叶莲娜。

1991年夏天，叶莲娜的父亲决定驾车前往的里雅斯特，将意大利的二手车倒卖进南斯拉夫。开到克罗地亚边境时，汽车突然抛锚。无奈之下，叶莲娜的父亲只好在路边搭车。此时，克罗地亚与塞尔维亚的战火刚刚点燃，叶莲娜的父亲失去了音信。数日后，警方才打来电话，说他在一起车祸中罹难。

由于战火，家人无法亲自前往克罗地亚的事故现场。遗体在异地火化，只有骨灰被寄回贝尔格莱德。警方出具了车祸鉴定书，但叶莲娜的祖母始终无法相信儿子死于车祸。

"她坚持认为,我父亲是被当地的克族武装杀害的。"叶莲娜说,"这么多年过去了,她始终坚信这一点。"

此后近十年,塞尔维亚一直身处战火与制裁中。到了1994年,叶莲娜随母亲搬回保加利亚。她在那里上学,成年,而父亲渐渐变成一个遥远的记忆。

"我父亲离世时只有三十三岁,我现在已超过了他的年纪。在我的潜意识中,我更愿意相信他是车祸丧生,而不是死于民族仇恨。虽然这样的想法无法改变死亡的事实。"

大学时期,叶莲娜作为交换生在荷兰学习一年,还在德国做过一年志愿者。她的专业是教育学和心理学,毕业后在斯洛伐克的一所寄宿制高中工作。直到半年前,她来到莫斯塔尔的世界联合学院,打算在这里工作一段时间。

"是这所学校的宗旨吸引了我——"叶莲娜说,"如果将来自不同国家、种族和宗教的年轻人汇聚在一起,让他们共同生活、学习,或许可以为消除国家或地区间的冲突、增进各国人民之间的友好做出贡献。"

我与叶莲娜分享了我在莫斯塔尔的见闻,问她对生活持悲观态度还是乐观态度。

叶莲娜轻咬着嘴唇,沉思了片刻:"我了解生活的残酷与不公,也深知战争与灾难可能随时来临——对这些我从未抱有幻想,因为我自己就亲历过这一切。然而,我想说,在我的人生旅途中,我也遇到了无数慷慨伸出援手的人们。历经这一切之后,我依然坚信,生活是充满价值的。我容易被感动,眼中常含泪水,但泪水并非只代表悲伤。或许,从这个意义上说,我比许多人都要乐观。"

我告诉叶莲娜,这是我来巴尔干以后,听到的最安慰人心的话。

她微微一笑,补充道:"但我也很欣赏那些敢于悲观的人。我并不介意自己表现出脆弱。"

我们一起走出咖啡馆,在路边挥手告别。我站在街头,望着身穿黑色皮夹克的叶莲娜消失在莫斯塔尔的夜色中。

可能的话,真想跟她从容地多聊一会儿,但她还有她自己的生活,正如我也要继续我的旅程——我们每个人都有需要独自面对的世界,无论是怀着悲观的忧虑,还是乐观的希望。

我沿着街道漫步,胸中涌动着旅途中常有的淡淡惆怅。街边的梧桐树巍峨而挺拔,宛如夜色中沉默的守望者。在这样的夜晚,稍微小酌一杯似乎再适合不过。然而,我已经决定清醒地面对这个夜晚。

我跨过分界线,穿过点缀着废墟的街道,迈步走向那座见证过无数历史的老桥,想在离开这座城市之前,再次凝视它的轮廓。

第七章
萨拉热窝：围城记忆

下雪了。整个波斯尼亚都在下雪。

翌日清晨，在莫斯塔尔开往萨拉热窝的火车上，雪花像迷途的飞蛾扑打着车窗。睡眼惺忪的乘客们，提着大大小小的行李，仿佛一群逃难之人。天还没亮，我在座位上沉沉睡去。当我从梦中醒来，窗外依旧飘着雪花，迎着车厢的灯光，斜斜地坠落。有那么一刹那，我不知道自己是否仍在梦中。那种感觉就像一首记忆中的诗歌所写："在人生的旅途中，总有一场大雪悄然落入梦中。"

窗外，大地似一片高低起伏的沙盘，散布着点点农田和村庄。支离破碎的土地，无法形成一个完整的农业体系，似乎预示着它们破碎的命运。淡淡的晨曦中，山间的农舍飘着浅蓝色的炊烟，鸡犬在雪地上留下一行行脚印。远处的别拉什尼察山脉披着银装，山巅如同神明的居所，在朝阳的映照下，闪烁着圣洁的光芒。身旁的旅客告诉我，越过那座雪山，便能抵达萨拉热窝——我的心也随之荡漾起一种朝圣者的庄重。

历史学家们说，长期处于帝国断层线上的萨拉热窝在整个20世纪经历的动荡，远超过其他任何一座同等规模的城市。它目睹了第一次世界大战的导火索——弗朗茨·斐迪南大公遇刺；见证了法西斯主义与共产主义的兴衰；更是熬过了1990年代那场持续了一千四百二十五天的围城战——那是现代战争史上持续时间最长的围困，比列宁格勒保卫战长了一倍，也是历史上第一次实时向全球直播的战争之一。

如果将时钟再往回拨半个世纪，萨拉热窝还将经历从奥斯曼帝国到奥匈帝国的权力交替，经历巴尔干半岛的第一轮现代化浪潮。这些历史事件，如同烙印一般，深深刻印在这座城市的肌理之中。

在萨拉热窝火车站，我下了火车，走进一家咖啡馆，点了一杯波斯尼亚咖啡。和宗教一样，欧洲的咖啡文化也有一条隐秘的分界线，而它刚好落在巴尔干地区：在斯洛文尼亚和克罗地亚，我在咖啡馆喝到的全是意式风格的蒸馏咖啡；而从波黑开始，咖啡变成了在滚烫的沙子上缓缓煮沸的土耳其带渣咖啡。相比意式蒸馏咖啡，这种咖啡的口感更为强劲，通常需要搭配一块软糖和一杯清水。

我慢慢喝完咖啡，想起在土耳其街头所见的占卜术——用咖啡渣窥视未来。于是，我握住咖啡杯的把手，将其倒置在托盘上，缓缓转动，让咖啡渣在杯中铺展开来。耐心等待杯子冷却后，我再将它翻转过来，观察杯底和杯壁上形成的图案。

杯底出现的是一只眼睛状的图形，杯壁上的则像是一条弯弯曲曲的血管。按照习俗，杯底的图案象征着未来的某个时刻，而杯壁所示为眼下临近的预兆。所以，这一切预示着什么？

我留下两枚硬币，离开咖啡馆，走出火车站，步入萨拉热窝冬日清冽的空气中，打了一辆车，横穿整座城市，前往位于老城山坡上的公寓。

窗外的风景像翻书动画一般呈现。接下来的日子里，我总会着迷于萨拉热窝的混杂：清真寺紧挨着犹太教堂，天主教堂与东正教堂比邻而立，奥斯曼时期的窄巷自然而然地过渡到奥匈帝国时代的大道。这一切就像是古老版画中的图景，时常让我感到视觉上的震撼，也让我觉得萨拉热窝的文化依然完整——我所看到的景象与一个世纪前的旅行者看到的并无不同。

萨拉热窝与伊斯坦布尔、维也纳、雅典等城市的距离几乎相等，地理位置使其成为多元文化的交汇点。欧洲大陆上曾有许多类似的城市，但大多数都在20世纪民族主义的洪流中消失殆尽。谁能想到，承受苦难最多的萨拉热窝意外地幸存下来？

食物也是如此。

萨拉热窝最著名的传统菜肴叫作"波斯尼亚炖锅"，它将肉类与多种蔬菜一同炖煮。如果此前我对巴尔干的多元文化还没有切身之感，那么一吃到这道菜就应该有些概念了——烹饪与文化是相关联的。好的波斯尼亚炖锅能将不同食材巧妙融合，每种风味都能发挥独特之处，又不失和谐统一。这恰恰映射了多元文化的真谛：在差异共存中寻求平衡的艺术。

每当想到萨拉热窝，我脑海中都会浮现出黄昏时分穿过鸽子广场的场景。瑟比利喷泉旁人潮涌动，周围是琳琅满目的咖啡馆和餐厅。宣礼塔上空回荡着召唤信众的声音，成群的鸽子纷纷惊起，又扑朔着翅膀，落回人群之间。

在电影《瓦尔特保卫萨拉热窝》中，撤退的游击队员跑过铜匠街，店铺里的老铜匠们不约而同地开始敲击，让此起彼伏的叮当声迷惑追来的德国士兵。如今，敲击声仍在回荡，只是贩卖的商品除了咖啡壶、烛台、托盘之外，还多了用围城时期的子弹壳制成的工艺品。

在萨拉热窝，一段段历史总会在不经意间出现。

——

一天午后，我穿过铜匠街，来到米里雅茨河畔，河上的拉丁桥是另一处历史现场。

1914年6月28日，正是在这座桥上，十九岁的塞尔维亚民族主义者加夫里洛·普林西普扣动手中的勃朗宁半自动手枪，刺杀了奥匈帝国的继承人弗朗茨·斐迪南大公和他的妻子苏菲。这本是一场发起于巴尔干的战争，但随着英、法、德、俄、奥匈帝国和奥斯曼帝国共同介入，最终引爆了一场具有毁灭性的世界大战。

战争如同涟漪不断扩散：导火索在巴尔干，升级在西欧，但最大的灾难又降临到巴尔干头上。战争的惨痛代价是显而易见的：超过三千五百万人死伤，仅塞尔维亚一国就丧失了五分之一人口。

在巴尔干，历史总是充满巧合。1389年，同样是6月28日，塞尔维亚人在科索沃平原遭遇了奥斯曼帝国的铁骑，这场败仗导致了国家沦陷长达五个世纪。这一天对塞尔维亚人的意义，就如同"南京大屠杀"在中国人民心中的分量一般，是民族悲痛与屈辱的象征。

在塞尔维亚民族主义者看来，普林西普的刺杀行为是对过去屈辱的悲壮复仇。因为在1908年，正当奥斯曼帝国力量衰退之际，奥匈帝国公然吞并了波黑，这激起了包括普林西普在内的许多塞尔维亚民族主义者的愤怒与不平。复仇，成为萦绕在普林西普心头的一切。

站在拉丁桥上，我惊讶于它的小巧。正值米里雅茨河的枯水时节，淙淙细流冲刷着河床上的卵石。我回想起在维也纳陆军历史博物馆看到的展品——那辆弗朗茨·斐迪南大公坐过的敞篷汽车。它也像卡通漫画中出现的汽车一样。

那天早上，普林西普和其他五个"青年波斯尼亚"的成员分布在大公预定行进路线两侧。其中一人向大公的汽车投掷炸弹，炸伤了一名随行军官。爆炸的轰鸣使街头陷入一片混乱，大公却奇迹般地安然无恙。

大失所望的普林西普走进一家咖啡。与此同时，斐迪南大公在市政厅里怒火中烧。不过，当他瞥见演讲稿上沾染的随从人员的血迹时，他的怒气出人意料地平息了下来。演讲结束后，他立即起草了一份给皇帝的电报，告知他暗杀未遂，无须担心。

斐迪南大公临时决定去医院探望伤员，手下却忘记通知司机改变行程。正当汽车依旧按原计划驶过拉丁桥时，一名摄影师捕捉到了这一历史时刻。就在不远处，普林西普潜伏在镜头之外，他原本以为炸弹爆炸之后行程会有所改变。因此，当他见到大公的汽车向他驶来时，简直不敢相信自己的运气。在汽车停下的刹那，普林西普跳上踏板，他扣动扳机，第一颗子弹穿过车门，击中了大公夫人；第二颗子弹则击中了大公。

他刚想举枪自杀，手中的左轮手枪就被人打掉，他也没来得及吞下随身携带的氰化物粉。最终，未满二十岁的普林西普被判处二十年苦役。奥地利当局并未将他留在萨拉热窝，而是将他转移到了波希米亚的特莱森塔监狱——这里在二战期间又变成了纳粹的集中营。

在特莱森塔，等待普林西普的是一场缓慢的酷刑。地下牢房里污水横流，臭气熏天，没有取暖设备，寒冷刺骨得如同冰窖。他在被捕的那天就已经被打断肋骨和胳膊，却没有得到恰当的医治。伤口在恶劣的环境下开始溃烂、化脓。他曾三次自杀，都未能如愿。最终，败血症迫使医生为他截肢。他不用再戴手铐，但依然套着沉重的脚镣。

1918年春天，普林西普因感染肺结核病逝。濒临解体的奥匈帝国政府试图隐藏普林西普的埋葬地点，防止其成为未来的纪念地。然而，负责挖掘墓穴的士兵中有一名斯拉夫人，他秘密记下了墓地的确切位置，并在战争结束后将这一信息转交给了塞尔维亚人。随着波黑并入塞尔维亚主导的南斯拉夫王国，普林西普成为南斯拉夫的民族英雄。

普林西普的遗体被重新安葬回萨拉热窝，与其他几名"青年波斯尼亚"成员共同长眠于城市北部东正教的米迦勒大天使墓地。为了纪念他，曾见证他行刺的拉丁桥被重新命名为"普林西普桥"，桥上甚至嵌入了两个脚印，标示出他开枪的准确位置。桥旁的一块黑色大理石牌匾刻着铭文："1914年6月28日，圣维特日，加夫里洛·普林西普在这一历史性的地点揭开了自由的序幕。"

———

普林西普的故事还没有结束。那从拉丁桥上射出的民族主义怒火,最终以更猛烈的方式烧回它的发源地。1992年,继斯洛文尼亚和克罗地亚之后,波黑宣布独立,塞族军队随即包围了萨拉热窝。这场围城战持续了一千四百二十五天,导致超过一万两千名市民丧生,大片城区变成了废墟。

我走下拉丁桥,拦下一辆出租车,前往普林西普的墓地。由于内战期间的大量伤亡,萨拉热窝遍布墓地。经过几番解释,波什尼亚克族司机才明白了我要去的地方。他告诉我,普林西普墓地所在的科舍沃地区是一片高地,在围困期间直接面对塞族军队的炮火,损毁尤为惨重。附近还有一家医院,更是在冲突中屡遭炮击。

我们穿过拉丁桥所在的老城区,向北驶入科舍沃。南斯拉夫时代的住宅楼旁处处残雪,给人一种破败之感。下车后,我步入那片墓园。黄昏降临时,周围的一切显得格外宁静。几只乌鸦在墓碑之间跳跃,远方山色朦胧。

1939年,东正教会在墓地旁建造了一座小教堂。门楣之上,用西里尔字母刻着普林西普等人的名字,还镌刻着黑山诗人彼得二世·彼得罗维奇-涅戈什的诗句:"永生者有福,他们未曾徒然降生于世。"除此之外,这里没有鲜花,也没有任何纪念标志。

内战结束后,曾经的南斯拉夫也随之解体。波黑的三个主要民族签署了《代顿和平协议》,将波黑分为波黑联邦和塞族共和国两大政治实体。作为首都的萨拉热窝亦开始了漫长而艰难的重建。为了融入更广阔的欧洲大家庭,萨拉热窝首先要做的就是重新审视并处理与"刺杀斐迪南大公"事件相关的历史遗产。

在南斯拉夫时代被誉为民族英雄的普林西普,如今被降格为一名普通刺客。曾以他命名的"普林西普桥"恢复回"拉丁桥"的原名，人行道上铭记他的脚印也被抹掉。拉丁桥旁的博物馆再次将奥匈帝国统治期间带来的各项进步作为陈列和展示的主题之一。

历史是现实的镜子——普林西普的命运成为这句话的注脚。

然而，在许多塞族人的心目中，普林西普的形象仍然崇高。获得过戛纳、柏林、威尼斯三大电影节奖项全满贯的导演库斯图里卡，在萨拉热窝出生、长大。他后来皈依东正教，加入塞尔维亚籍，并成为近年来纪念普林西普活动的积极倡导者。

在波黑和塞尔维亚边界附近的小城维舍格勒，库斯图里卡建立了一个以诺贝尔文学奖得主伊沃·安德里奇命名的样板小镇"安德里奇城"。2014 年，纪念第一次世界大战爆发百年的纪念日上，库斯图里卡在此组织了一场纪念普林西普的活动，吸引了包括塞尔维亚政界人士在内的众多参与者。

在库斯图里卡看来，普林西普吹响了民族解放的号角，使波黑摆脱了欧洲殖民地的枷锁。而那些一方面谴责普林西普的行为，另一方面又对萨达姆·侯赛因和穆阿迈尔·卡扎菲的死亡表示赞同的西方人，无非是立场矛盾的伪善者。

在波黑，甚至是整个巴尔干地区，对历史的诠释仍然在不同民族间引发深刻的分歧。站在普林西普墓前，我看到一抹挥之不去的阴云，依旧笼罩在萨拉热窝上空。

———

作家伊沃·安德里奇，1892 年出生，曾是"青年波斯尼亚"组织的成员，也是普林西普的挚友。普林西普也是一位诗人，深受安德里奇的影响。在历史的沉浮中，总能嗅到一丝黑色幽默的味道："诗人"普林西普掀开了第一次世界大战的序幕，而"画家"希特勒开启了第二次世界大战的篇章。

得知刺杀消息后，安德里奇激动不已，尽管他那时身在斯普利特，并未直接参与。后来，他被奥匈帝国宪兵逮捕并流放到波黑西北部。在南斯拉夫王国成立后，安德里奇开始了他的外交生涯，直到第二次世界大战爆发，他才退隐到贝尔格莱德，独自一人默默耕耘文学事业。

正是在那段战火纷飞的日子里，他创作了包括《德里纳河上的桥》在内的"波斯尼亚三部曲"，确立了他在文学史上的崇高地位。铁托统治下的南斯拉夫建立之后，他被选为南斯拉夫作家协会主席，并在1961年荣获了诺贝尔文学奖。

安德里奇虽生于信奉天主教的家庭，却自认为是信奉东正教的塞尔维亚人。这一复杂的身份认同，在南斯拉夫解体之后，成为克罗地亚和波黑文学界与他划清界限，乃至抵制他的原因。克罗地亚曾一度把安德里奇的作品列为禁书，而在维舍格勒的安德里奇雕像也遭到了波什尼亚克民族主义者的破坏。

库斯图里卡在著作《我身在历史何处》中，将安德里奇视为理解伊斯兰教、天主教和东正教复杂关系的桥梁。库斯图里卡引用了安德里奇的一段话："穆斯林望着伊斯坦布尔，塞尔维亚人望着莫斯科，而克罗地亚人望着梵蒂冈。他们的爱寄托在远方，而他们的恨却横亘在眼前。爱那么远，恨却那么近。"

萨拉热窝，这个爱与恨的交汇点，长期以来被誉为"欧洲的耶路撒冷"。在南斯拉夫时代，波黑独树一帜，是唯一一个多民族共存而无主导族群的共和国。萨拉热窝就像一个微型宇宙，映射出整个波黑乃至南斯拉夫的多样性。

1984年，第十四届冬季奥运会在萨拉热窝举办。铁托选择了在冬季运动发展尚浅的波黑举办这一盛事，正是希望通过萨拉热窝这一窗口，向世界展示南斯拉夫的团结与和谐。

在那个剑拔弩张的冷战年代，奥运会已不免成为国际阵营之间的斗争工具。西方为了抗议苏联1979年入侵阿富汗，抵制了1980年莫斯科夏季奥运会；苏联则以相同的理由，对1983年美国入侵格林纳达做出回应，拒绝参加1984年的洛杉矶夏季奥运会。

铁托领导下的南斯拉夫，采取不结盟的立场，立于东西阵营之间。萨拉热窝冬奥会因此成为一个罕见的场合，由两大阵营携手参与，其象征意义甚至超越了体育本身。

特雷贝维奇山位于萨拉热窝城区以南，早在1959年就有一条全长两千一百米的缆车。从萨拉热窝市中心搭乘缆车，只需十二分钟，就能抵达这片空气清新的自然之地。

为了举办冬奥会，萨拉热窝在特雷贝维奇山上修建了一条高山雪橇赛道，是当年最现代化的赛道之一。十二天的比赛里，来自四十九个国家和地区的选手激烈角逐，朱雷·弗兰科还为南斯拉夫赢得了冬奥会的首枚奖牌。

继刺杀斐迪南大公事件之后，萨拉热窝再次成为全球目光的焦点。然而，谁也未曾预见，短短八年后，这座城市将步入长达四年之久的围城苦难。

我乘缆车登上特雷贝维奇山，再步行前往昔日的高山雪橇赛场。地图上勾勒的山脊，恰是波黑联邦与塞族共和国的分界线。

围城期间，特雷贝维奇山率先被塞族军队攻陷，后来转变为围攻萨拉热窝的炮手和狙击手的堡垒。那时，缆车的始发站与终点站都毁于炮火，而车站的保安拉莫·比伯，成为战争爆发后殒命的第一人。

特雷贝维奇山上一度遍布地雷和壕沟。当我乘坐缆车时，依然可以看到一条壕沟，如长长的刀疤，匍匐在山体上。高山雪橇赛场早已荒废，混凝土赛道随着山势蜿蜒，犹如被遗忘的游乐场中的巨型滑梯。赛道上绘满涂鸦，其中一幅将奥运五环变成五个连环的铁丝网，墙上到处可见凹痕和较为大片的破损。

曾经象征着南斯拉夫团结和统一的场所，现在却成了那个时代的最后见证。几日前，一场大雪覆盖了山巅，树木在雪中矗立，像是一支支光秃秃的毛笔。我透过树梢和枯枝，眺望萨拉热窝——那座城市沉浸在一片冬日的阴霾中。

———

波黑战争是南斯拉夫族群冲突深化与复杂化的缩影。1991年末，克罗地亚战火正酣，波黑却出人意料地保持平静。生活在这片土地上的人们却心知肚明，悲剧已经不可避免。美国作家罗伯特·D.卡普兰记录了当时在波黑流传的一个讽刺笑话："为何波斯尼亚尚未开战？因为它将跳过序幕，直接进入决战。"

1992年3月3日，波黑经由全民公投宣布独立，而构成国民近三分之一的塞族人集体抵制了这一决定。公投的最终日，一队塞族人在萨拉热窝市中心参加一场婚礼。他们挥舞着巨大的塞尔维亚国旗，展示出拒绝承认波黑独立，试图加入大塞尔维亚的意图。

一名属于犯罪集团的波什尼亚克男子，选择用暴力回应挑衅。他对着参加婚礼的人群扣动扳机，死者正好是新郎的父亲。这一枪，宛若一战历史的回响，宣告了战争的来临。

塞族共和国的领导人名叫拉多万·卡拉季奇。战后，他被前南斯拉夫国际刑事法庭裁定犯有种族灭绝、战争罪和反人类罪。他生于黑山，但在萨拉热窝工作和生活。1989 年，他创建了波黑的塞族民主党。当克罗地亚和波黑相继独立时，他领导该党阻止塞族地区与南斯拉夫的分离。

卡拉季奇是一名业余诗人和精神科医生，深谙语言的煽动力以及如何制造心理恐惧。在他的号令下，塞族军队紧紧包围了萨拉热窝并展开炮击。他们试图以民族分治的方式重塑波黑领土，而围攻萨拉热窝是这一宏图的关键一环。

塞族人的初衷是希望像柏林墙那样，将萨拉热窝一分为二，迫使政府屈服。当这一目标落空后，围城便转为一场政治博弈的棋局，而萨拉热窝成了他们手中的一枚重要棋子。

塞族军队控制了萨拉热窝城外的变电站和水库，一举切断了城市的生命线。萨拉热窝没有电，没有水，没有天然气。城市的南北两侧，狙击手和炮兵潜伏在山间，将整座城市置于射程之内。

那些日子，恐惧与死亡如影随形。白天，狙击手会随意射击街上的行人；夜幕降临，迫击炮的轰鸣与闪光则成了令人毛骨悚然的声光表演。

萨拉热窝位于山谷，地势将山上的炮声放大，整个城市仿佛变成了一面巨大的战鼓。街道一片漆黑，只有曳光弹留下的残光与不

时燃起的火光,让人不禁想起电影《瓦尔特保卫萨拉热窝》中那句描绘战场的经典台词:

> 空气在颤抖,仿佛天空在燃烧。

时至今日,漫步在萨拉热窝街头,依旧能见到炮火留下的伤痕。在那条被称作"狙击手大道"的街道上,建筑物的墙面上密布着弹孔,让人想到莫斯塔尔分界线附近的景象。

在马尔卡莱市场旁的人行道上,还能看到迫击炮爆炸后留下的、泼墨飞溅状的弹坑。战争结束后,一群当地艺术家用红色树脂填充了这些弹坑,当地人称之为"萨拉热窝玫瑰"。

萨拉热窝的守军对围攻的塞族人拥有人数上的优势,但在战争初期,他们缺少武器,甚至没有一支有组织的军队。在这样的背景下,萨拉热窝的犯罪团伙意外地承担起了领导的角色。

在这些黑帮中,尤素福·普拉济纳,人称"尤卡",是其中的佼佼者。他虽多次入狱,却在一夜之间成了城市的"英雄"。萨拉热窝的市民很快意识到,让这样的人物掌控城市,代价将是沉重的。

在那漫长的围困岁月里,参与围困的各方,宛如剧场中的演员,在台前幕后扮演着各自的角色。

塞族的军事领导层在台前打出民族主义旗号,围困萨拉热窝;而在幕后,他们却通过秘密的商业交易从围困中谋取利益。同样,萨拉热窝的守军在抵抗塞族军事入侵的同时,也在暗地里与之进行灰色交易,参与盗窃与抢劫。像"尤卡"这样的黑道人物,则更加肆无忌惮。他们在城内设置防线和关卡,操纵黑市的物价,将围城的苦难转化为自己的利益。

即便是联合国维和人员,也在围城中扮演了复杂的多重角色。他们一方面坚守在萨拉热窝机场,确保人道主义援助物资能够安全抵达,为这座受困的城市提供生命线;另一方面,他们也无形中封锁了进出萨拉热窝的唯一通道,使得机场变成了走私者的隐秘路径——一条使黑市商品流入城中的暗道。

———

或许正是这些错综复杂的因素,共同造成了对萨拉热窝长达一千四百二十五天的围困。这场围困不仅被证明是可持续的,对于那些关键的参与者来说,它甚至带来了某种利益。

对于塞族围攻者而言,围城使得萨拉热窝陷入绝境,这转化为了一种有力的政治筹码,也成功地分散了国际社会对巴尔干其他地区更为严重暴行的关注。对萨拉热窝的领导层来说,长期的围困使他们能够紧握权力,巩固政治地位,同时赢得国际社会的同情与支持。

在联合国和西方国家看来,围困既展示了他们提供的人道主义援助,又避免了冲突的进一步扩大和难民的大量涌入。对于媒体记者而言,围城中的萨拉热窝如同一座剧院,提供了观察战争的最佳位置。萨拉热窝不同于偏远且难以进入的莫斯塔尔,成了最易进入的军事热点地区。至于那些在围困中寻求利润的黑市商贩,持久的围城创造了一个利润丰厚的市场,成为他们"学习市场经济的最佳课程"。

围城期间,萨拉热窝黑市横行,一千克砂糖可以卖到一百德国马克，相当于人民币四百二十一元。由于物资短缺，萨拉热窝的每个街区都有黑市，出售走私物品。规模最大的黑市是位于市中心的马尔卡莱市场，里面人头攒动，商品的数量、品质、种类以及价格每天都在急剧变化——这一切都取决于当天的围城状况。

在这里，德国马克是通用货币，但大部分交易都是以物易物。水果和蔬菜只有一些大葱、荨麻、卷心菜、西葫芦、腐烂的小苹果和青梅。秋季时可以找到一些南瓜、人道主义援助的土豆和坚果——但所有商品的数量都少得可怜，往往不超过二十公斤。

许多居民在黑市上购买人道主义口粮中没有的物品，如咖啡、香烟和个人卫生用品。人们经常发现一些援助物资出现在市场上，尽管包装上印有联合国难民署的标记，却从未发放到居民手中。更有些货物明显是从联合国在萨拉热窝机场的基地中偷运出来的，比如偶尔可以发现一罐鹅肝酱或是一瓶博若莱葡萄酒。

在战争笼罩的萨拉热窝，香烟成了一种宝贵的替代货币，它可以暂时抑制饥饿，更能够缓解人们紧绷的神经。香烟既通过走私供应，也通过萨拉热窝烟草厂生产。

由于香烟具有货币功能，萨拉热窝烟草厂实际上扮演了政府造币厂的角色。在整个战争期间，烟草厂一直运转，尽管仅维持着战前约两成的产能。当卷烟纸和包装纸告罄后，厂方只好用一千吨书籍的纸张代替。

我读到一本名为《萨拉热窝生存指南》的小册子。作者是几位身陷萨拉热窝的年轻人。他们以米其林指南的形式，以黑色幽默的笔触，记录了那段日子的真切景象：男人若拥有一件防弹背心，便能赢得额外的尊重，而女孩们则凭借领取人道物资的经验，能通过包装上的标号辨识救援包的品质。

缺水断电的日常,迫使人们将时间和精力花在取水与搜集木柴上。

> 第一个夏天,我们搜集了所有能燃烧的板凳、树木和木制品。到了秋天,我们开始砍伐公园、庭院和墓地里的树木——白桦、杨树、白蜡树、梧桐、李子树、苹果树、樱桃树、梨树,乃至低矮的灌木丛。公园的长凳、被轰炸公寓的门框、楼梯的扶手、废弃的商店货架、餐厅的木凳,甚至是墓碑上的十字架,都被搬走用来取暖。被毁的房屋和兵营被迅速拆除,但木柴仍旧短缺……

在纷飞的战火中,爱情火花仍旧悄然绽放。恋人之间最贴心的礼物变成了一瓶清水、一支蜡烛、一块肥皂、一小瓶洗发水、几瓣大蒜或洋葱,而一把柴、一桶煤、一本缺乏幽默感或诗意的厚重图书,同样能够传递爱的温度。

> 你能给我几本弗拉基米尔·列宁的书吗?去年冬天已经证明,他的书烧得很好。

联合国控制的机场,是大多数国际人道援助进入的门户。不过,有目击者称,波斯尼亚军队和黑帮分子连续十五天射击物资车队,迫使它们停驶,从而抬高黑市价格。

有一名塞族军官被称为"萨拉热窝之王",因为他能操纵黑市的价格。他的手段简单粗暴:向萨拉热窝机场的飞机开火,迫使人道主义空运暂停。

甚至一些维和部队的士兵也利用职权从事人口偷运，以每人一千至两千德国马克的价格，将他们安置在飞往安全地区的人道主义航班上。这种方式虽然可以快速逃离萨拉热窝，但风险在于，乘客们往往不知道他们最终会在哪个国家的机场降落。

就在离机场不远的围困线外，由于走私需求庞大，贫困的小镇变成了一个物流中心，囤积着大量等待走私的货物。每当夜幕降临，数以百计的人，在狙击手的火力威胁下，穿越停机坪。他们携带着装在罐中的去壳鸡蛋、食用油、糖、咖啡、各种个人卫生用品以及武器，将它们运送进萨拉热窝。军队或黑帮成员甚至会雇佣一队保镖，作为抵御狙击手的人肉盾牌。

战火中的萨拉热窝，仿佛成了一个被透明玻璃罩笼罩的舞台。在这个舞台上，各色人物的利益与算计交错编织，形成了某种脆弱的动态平衡，而城市的普通居民却承受着沉重的围困之痛。

人们渐渐明白，只有打破这种平衡，萨拉热窝的锁链才能被打开。最终，一条长达八百米的隧道，在机场的地底秘密开凿，将萨拉热窝与外界重新连接起来。随着武器源源不断地涌入，敌对双方的实力对比也开始悄然改变。

这条被称为"希望隧道"的秘密通道，如今已经成为萨拉热窝的著名地标和历史见证。虽然它的最初目的仅是武器的输送，但每一次运输中，总有食物和生活必需品被带入这座城市。《萨拉热窝生存指南》中这样记录："隧道的出现引发了经济活动的巨大变化……有了隧道，不少人发家致富，而市场上的物价也随之下降。"

在围城的漫长岁月中，萨拉热窝始终受到全球媒体的关注——

这与莫斯塔尔的寂静无声形成了鲜明对比。记者们在萨拉热窝享有特别的待遇，能够自由进出城市。他们下榻在战争期间唯一正常运营的假日酒店，出门可以乘坐装甲车，并利用最先进的通讯设备向外界发送消息。

《萨拉热窝生存指南》在介绍住宿时这样描述假日酒店："酒水与茶点供应充足"；"菜单上的平均价格为五十德国马克"；夜幕降临后，"酒店就像卡萨布兰卡"。

除了大量外国记者，萨拉热窝还吸引了众多的艺术家和知识分子，这使得萨拉热窝拥有了任何战区都无法比拟的时髦氛围。

著名的歌唱家帕瓦罗蒂在这里举办了一场人道主义音乐会；U2乐队以此地为灵感创作了《萨拉热窝姑娘》；美国作家苏珊·桑塔格在围城期间来到萨拉热窝，执导了话剧《等待戈多》。

在文章中，桑塔格将萨拉热窝与西班牙内战相提并论，称两者都是"标志性事件"，"概括了一个时代的主要对立力量"。《等待戈多》的首演消息登上了《华盛顿邮报》的头版，只是观众席上的外国记者似乎比本地人还多。

——

三十余年的光阴悄然流逝，这场现代战争史上持续时间最长的围城，带给萨拉热窝人的创伤久久未能愈合。我在萨拉热窝遇到的很多经历过围城的人，不愿意再去谈论当年的细节。博物馆里的展品虽然勾勒出历史的主线，却也在有意无意间淡化了那些矛盾纠结的支线。与此同时，在很多塞族人心目中，那个被控以种族灭绝、战争罪和反人类罪的卡拉季奇，依然是民族英雄。

在短篇小说《1920的来信》中，伊沃·安德里奇描绘了一位游子刚刚归来，重踏故土萨拉热窝的情景：夜深人静时，他聆听着天主教堂、东正教堂和清真寺的钟声依次敲响，悠悠传来。他知道在这城市里，还有一座犹太教堂，尽管它此刻默然无声。这钟声唤起了他对家乡的复杂情感：爱与恨，归属与疏离。在这宁静的夜晚，他对自己的归来充满了矛盾和纠结，内心波澜不宁。

在萨拉热窝，有一个地方可以将这四大宗教建筑尽收眼底。一天傍晚，我步行前往那里。

我沿着石阶向山上走，经过漫山遍野的墓地。白色的墓碑上刻着伊斯兰教的星月标志，下面安眠着围城期间的逝者。最后，我抵达了黄堡——一座建于奥斯曼帝国时期的瞭望台，能够俯瞰整个萨拉热窝。

冬日的暮色中，山下的城市如画卷般展开：群山环抱着一条狭长的谷地，宛若被巨爪一路开垦而成，米里雅茨河在谷底蜿蜒流淌。历史悠久的拉丁桥、庄严的市政厅、清真寺宣礼塔和教堂尖顶，全都清晰可辨。远方，新城区的那座明黄色建筑就是记者们驻足的假日酒店——这一切全都静静地铺陈在眼前，被轻柔的雾霭包裹，仿佛沉浸在一个遥远而深邃的梦境中。

站在这里，我忽然想到，电影《瓦尔特保卫萨拉热窝》中那位冷酷的党卫军上校冯·迪特里希，正是在我所在的位置，说出了那句经典的台词："看，这座城市。它，就是瓦尔特！"

那一刻，我仿佛能穿透银幕，感受到那位纳粹军官的无力与绝望。因为他知道，纳粹的铁蹄不可能征服眼前这座城市。

1992年7月,《瓦尔特保卫萨拉热窝》的导演克尔瓦瓦茨在萨拉热窝围城中去世。战火初燃时,扮演瓦尔特的塞尔维亚演员巴塔曾提议将这位波什尼亚克族导演转移到塞尔维亚,但克尔瓦瓦茨拒绝了。他留在萨拉热窝,最终在围城中死于心脏病。

在生命的最后时刻,克尔瓦瓦茨亲眼见证了萨拉热窝人民冒着生命危险走上街头,高呼"我们是瓦尔特"的口号,抗议战争与暴行。

和电影中一样,萨拉热窝伤痕累累,但没有屈服。

第八章
斯雷布雷尼察：漫长的阴影

阿德南是我在萨拉热窝认识的朋友，身材魁梧，长着一张拳击手的面孔，右上颚缺了一颗牙齿，笑起来时就会露出一个黑洞。1992年，萨拉热窝围城开始时，他才两岁，父亲丢下母子上了前线，母亲带着阿德南和他四岁的哥哥熬过了那漫长且艰苦的一千四百二十五个日夜。

围城并未在阿德南心里留下太多阴影。毕竟，他对那段日子几乎没有多少记忆。不过，物资那么短缺，还要拉扯两个嗷嗷待哺的孩子，我实在难以想象阿德南的母亲是怎么熬过来的。

成年后，阿德南曾在饭桌上向母亲询问过那段日子的情况，但她总是轻描淡写，不愿多言。

"我只是经历了每个萨拉热窝人都经历过的事情。"母亲这样回答。

作为在萨拉热窝长大的波什尼亚克族男孩，阿德南通过学校的历史课了解那段历史，但他并不满足于此。他热衷阅读一切有关萨拉热窝的书籍，在书页间悉心探索这座城市的往昔。

关于波黑的现状，他不仅熟悉穆斯林一方的观点，也了解塞族一方的看法。这让他有了更为平衡的认识，也意识到政治上的死结并非那么容易解开。

阿德南对萨拉热窝怀有深深的感情，有时面对现实的窘境，他会产生一种强烈的挫败感。不过，每当走在萨拉热窝的大街小巷里，感受着这里的历史和文化，涌上心头的自豪感又会把挫败感像饼干一样压碎。

战后的复苏缓慢而艰难。《代顿和平协议》将萨拉热窝变成了一座几乎全是波斯尼亚穆斯林的城市。塞族人口集体迁移至萨拉热窝以东的小镇帕莱，亦称为"东萨拉热窝"。国际社会向波黑派驻了拥有广泛权力的驻波黑高级代表。各种国际机构、援助机构和 NGO 组织，相继在萨拉热窝设立办公室。

对萨拉热窝本地人来说，这些国际机构和组织的雇员构成了一个遥不可及的社会阶层，他们的收入也远超本地标准。在更广泛的政治层面，谁能获得高级代表的青睐，谁就能拥有话语权，因为这位欧洲官员具备制定和废除法律的权力。

在阿德南眼中，波黑当前的状态与殖民地时代的"委任统治"有着惊人的相似。在这样的环境中长大，让他清楚地意识到，外国人在这个国家所享有的特权。

大学时代，阿德南的专业是政府管理。毕业后，他希望能进入稳定的公务员系统工作。但在波黑，倘若没有足够的人脉，进入这一体系几乎是不可能的。阿德南的父母都是普通市民，叔叔虽然曾在政府部门任职，但那已是南斯拉夫时代的往事。阿德南明白，时代已经变了，他只能依靠自己的力量谋生。在一个官方失业率极高的国家，这无疑是一项艰巨的任务。

还在上大学时，阿德南就像个"社牛"一样，整日在老城各处游荡，走进咖啡馆和餐厅，主动与外国人攀谈。他热情地提出为人家做导游，也乐得向游客们展示他的历史知识。外国游客对阿德南青睐有加，不仅因为他持论公平，兼顾各方观点，也因为他对游客的心理洞察入微。在叙述历史时，他总保持着客观立场，远离任何民族主义偏见，却总能恰到好处地激发起游客对波什尼亚克族的理解与同情。他深知，施舍同情同样是游客的一种心理需求。

以本地标准而言，阿德南收获了可观的小费，还顺带练就了一口带点波斯尼亚口音的流利英语。到了2014年，他找了一位合伙人，在老城开起一家旅行社。按照他自己的说法，成了一名商人。

凭借着热情与闯劲，旅行社的业务一度蒸蒸日上，巅峰时期招揽了十多名雇员。但未曾预料，新冠疫情的肆虐让国际旅行陷入停滞。本以为几个月就能度过的疫情，竟然持续了三年之久。在这期间，阿德南迎来了新的家庭成员——他的妻子怀孕并生下了一个大胖小子。与此同时，雇员一个接一个地离职转行，最后只剩下阿德南和他的合伙人坚守阵地。

初为人父的阿德南焦头烂额。在最艰难的那段时间，他只能依靠送外卖来赚取奶粉钱。阿德南形容，那段日子可是比围城还惨痛的经历，令他对"绝望"这个词有了更切身的体会。

萨拉热窝的冬天是旅游淡季，旅行社的生意依旧不见起色。因此，我不费吹灰之力便说服了阿德南陪我前往斯雷布雷尼察。我需要一名翻译和司机，而阿德南不仅英语流畅，还拥有一辆二手的大众Polo车。

斯雷布雷尼察位于波黑东部，紧邻塞尔维亚边境，是塞族共和国境内的一块波什尼亚克族飞地。1995 年 7 月，波黑战争已近尾声，这里发生了一起震惊世界的种族屠杀事件。

波黑塞族军队在拉特科·姆拉迪奇将军的指挥下，占领了联合国划定的"安全区"，在短短数日内屠杀了近八千名波什尼亚克族男性。这场惨绝人寰的屠杀，后来被国际刑事法庭定性为种族灭绝，成为自第二次世界大战以来，欧洲最严重的种族屠杀事件。

如今，斯雷布雷尼察已经淡出人们的视野。我想去那里看看近三十年后的情况，走访大屠杀的幸存者。我原本打算乘长途汽车前往。不过，大屠杀之后，斯雷布雷尼察的常住人口骤减，到了冬季，连长途汽车也停运了。

——

一大早，阿德南就开着他的红色 Polo 汽车来老城接我。他的头发凌乱，神情疲惫，看上去颇为憔悴。我问他怎么回事，他告诉我，儿子昨夜哭闹不止，搞得他彻夜未眠。

他的妻子本有一份工作，现在不得不回家专职带孩子，这让家庭的经济负担突然压到了阿德南一人肩上。他感叹了一番过去自由自在的好时光，问我有没有孩子，孩子多大了。我开玩笑说，孩子还在白垩纪。他听后笑起来，露出右上颚的黑洞。

我们即将踏上前往斯雷布雷尼察的旅程，往返需要一整天的时间。我知道有必要不时跟阿德南开两句玩笑，让他保持清醒。

我们驱车向东，进入山区。阿德南告诉我，这片山脉是迪纳拉阿尔卑斯山脉的一部分，它横跨斯洛文尼亚、克罗地亚，蜿蜒至此，然后转向塞尔维亚，最终延伸至科索沃。我想起自己之前乘车翻越迪纳拉阿尔卑斯山，前往里耶卡的情景。这么说来，经历了如此漫长的旅程，我其实还没有离开这座大山的势力范围。

透过车窗，我望见山顶披着茫茫白雪，雪中的冷杉林像被淹没的刀片，在晨曦中闪耀。几匹枣红色的马踏着轻盈的步子，巡游在一片雾气弥漫的雪原上，宛如一幅剪影画。

阿德南告诉我，那些是野马。波黑战争期间，马场的主人被迫离开，这些马的先辈们开始了自由的生活，如今可能已经是第三代了。

"人类离去后，动物反而可以过得更自在。"阿德南感叹，"我在网上看到，切尔诺贝利现在已经被森林重新覆盖，熊、鹿之类的动物都回到了那里。"

"这儿有熊和鹿吗？"我问。

"当然有！斯雷布雷尼察过去以狩猎闻名，全是熊那样的大家伙！"阿德南说，"南斯拉夫时代，很多欧洲人会去那里打猎，之后享受矿泉疗养。斯雷布雷尼察也以矿泉水疗闻名。"

"现在的情况呢？"

"等我们到了，你自然会知道。"

离开萨拉热窝不久，我们便驶入了塞族共和国境内。虽然这里不设检查站，但一路上的房屋普遍悬挂着塞族共和国的旗帜——红、蓝、白三色，泛斯拉夫的颜色，与塞尔维亚的国旗如出一辙。

我们驶过一座带有中文标志的矿山。阿德南告诉我，这是一家中国投资的矿厂。不远处便是一个小镇，居民几乎都是塞族人，许多人都在矿场工作。经过小镇时，阿德南将车停在路边，我们下车舒展筋骨。天空昏暗，厚厚的灰霾笼罩着连绵的山峦。

"找个地方喝杯咖啡，提提神怎么样？"我提议。

我们步入路边的一家咖啡馆，找了张桌子坐下。旁边，几名塞族矿工默默地喝着咖啡。电视正在播放塞尔维亚新闻，科索沃地区似乎再次出现了紧张局势，一群塞族示威者正在镜头前激动地表达抗议。

"局势看起来不妙。"阿德南边看电视边说。

"比这里的情况还糟？"我问。

"是的，更糟。"阿德南笑了。

"我接下来打算去科索沃。"

"真的吗？"

"我会先去塞尔维亚，再去科索沃。"

"如果是我，我会谨慎一些。"阿德南认真地看着我说。

"波什尼亚克人怎么看科索沃的情况？"我问。

"多数人同情阿尔巴尼亚人——我们都是穆斯林，大家对塞族人都不太有好感。但我们也不希望看到科索沃的局势失控。你知道的，巴尔干的国家是相互牵连的，一旦科索沃的局势失控，波黑这边的矛盾也可能会被激化。"

"到时可能发生什么？"

"可能会一片混乱。"阿德南回答。

我小口喝完波斯尼亚咖啡，然后拿起水杯，喝了一口，这才注意到杯子上印着普京的肖像。

"普京在这里很受欢迎吗？"我问阿德南。

"从历史上看，俄罗斯始终是塞尔维亚最坚定的盟友。"阿德南解释说，"很多塞族人崇拜普京，因为他的民族主义立场以及对待西方的强硬态度——这正是很多塞族人心中渴望却无力得到的。"说到这里,阿德南压低声音,"但并非所有塞族人都崇拜普京,这种崇拜在某些特定的群体里更加突出。"

"你的意思是,这家咖啡馆的老板有可能是塞族民族主义者?"我小声问。

阿德南朝我眨了眨眼,仿佛在说:"此地不宜久留。"

我们留下几个波黑马克,匆匆离开了咖啡馆。一回到车上,阿德南就迅速发动引擎,仿佛担心有什么不测发生。红色Polo车扬长而去,转眼就将这座矿业小镇甩在了身后。

——

经过三十多公里的乡村风光,我们到达了德里纳河边的一个不起眼的村落。路边矗立着一座孤零零的新建房子,乍看之下平凡无奇。不过,阿德南还是将车停下来,向我介绍说,房子的女主人叫法塔·奥尔洛维奇,在波黑家喻户晓。

法塔出生于1942年,那时这里仍属于由法西斯组织乌斯塔沙掌控的克罗地亚独立国。随着第二次世界大战的结束和克罗地亚独立国的覆灭,铁托建立了社会主义南斯拉夫,法塔也成了南斯拉夫的公民。

这片土地与塞尔维亚隔河相望,塞族人口占据多数。但历史上,这里也有一些波什尼亚克族城镇,通常是奥斯曼帝国时期的战略要塞。阿德南比喻说:"你可以把这里想象成一片塞族人的汪洋,而在这片汪洋中,点缀着几座波什尼亚克族的小岛。"

不过，即便在波什尼亚克人主导的城镇，也有塞族人比邻而居，这恰恰反映了整个巴尔干半岛混居多元的特性。阿德南说，波黑战争期间，塞族共和国军队试图终结这种多元状态，企图把这片土地变成纯粹的塞族聚居地。

南斯拉夫时代，法塔在这里安家立业，生育了四女三男，还拥有四栋房子和四座马厩。波黑战争爆发，她和德里纳河谷的许多波什尼亚克人一样，被塞族军队逐出家园。带着七个孩子的法塔，最终在瑞典寻得庇护。她的丈夫和其他二十多名男性亲属，在斯雷布雷尼察大屠杀中惨遭杀戮。

2000年，战争结束五年后，法塔独自回到家乡。她发现昔日的房舍和马厩已经荡然无存，一座塞尔维亚东正教堂耸立在她的庭院里，成为附近塞族居民的礼拜场所。

法塔将东正教会告上法庭，坚持要求拆除教堂。在一个族群矛盾和宗教信仰高度对立的国家，她的斗争可谓艰辛重重。法塔的诉讼成为一场持续二十一年之久的马拉松式战役。在这期间，她遭遇过断水断电、人身恐吓，甚至是死亡威胁，但她始终拒绝让步。

阿德南告诉我，所有波什尼亚克人都支持法塔，因为这座教堂已经成为波什尼亚克族颠沛流离的见证——法塔正是在为了族群的历史和身份而斗争。

2021年，法院终于裁定拆除教堂。法塔的律师建议她继续对二十一年来遭受的种种伤害和恐吓提起诉讼，但法塔选择了释怀。她已经是一位年过八旬的老人，独居在这里，子女已经作为难民在瑞典安家。法塔深知，一旦她本人离世，这片土地的未来或将再次成为未知数。

法塔的房子距离斯雷布雷尼察仅有咫尺之遥。不久,我们便路过一座谷仓——这里曾是首批集体处决的发生地。谷仓原是一户波什尼亚克族的产业,悲剧过后,这个家庭已是家破人亡。现在,谷仓被某个塞族人改作停车场——这一幕让阿德南难掩愤怒。

"他们肯定清楚这里发生过骇人的暴行,但他们完全不在乎。"阿德南说。

我注意到,越是靠近斯雷布雷尼察,波什尼亚克族的家庭就越多——他们的房子不会悬挂塞族共和国的国旗。很明显,和法塔一样,一些波什尼亚克族选择回到这里,继续他们的生活。

"这是他们的家园、他们的土地,这一点毋庸置疑。但在发生过种族屠杀的地方继续生活,他们不会感到害怕吗?"我问阿德南。

"怎么可能不害怕?"阿德南回答,"但人就是这样。如果你认同自己是这个小社群的一部分,你就不会轻易放弃。处境越艰难,你越会坚持做自己。"

大屠杀纪念馆位于一座废弃的电池厂内。战争期间,这里曾是联合国维和部队驻地。1993年4月,联合国宣布斯雷布雷尼察为"安全区"。在此之前,已经有成千上万名波什尼亚克难民逃至此地,希望得到庇护。

1995年7月11日,塞族军队在拉特科·姆拉迪奇将军的指挥下占领了斯雷布雷尼察。那时,约有四万五千名绝望的波什尼亚克难民挤在这座小镇上。在联合国基地内,另有五千人避难,外面还聚集着数以千计的难民。然而，四百名荷兰维和部队的士兵已经无法控制局势。

波什尼亚克女性被迫与男性亲人分开，登上离开的车队，其间许多人遭受了强奸。在接下来的几天里，近八千名波什尼亚克族男子在不同地点遭到处决，他们的遗体被匆忙地埋在乱葬坑里。

大屠杀纪念馆内设有一个名为"斯雷布雷尼察种族灭绝——国际社会的失败"的大型展览，通过照片、实物和幸存者的视频证词，讲述那段血腥的历史。

一个裹着羽绒服的女孩先为我播放了一部三十分钟的纪录片。她是个年轻的波什尼亚克姑娘，爷爷在那场屠杀中丧生，因此母亲最初强烈反对她来这里工作。

女孩告诉我，她和母亲已经搬离斯雷布雷尼察，目前居住在我路上经过的矿业小镇。因为那是附近唯一一座稍具规模的城镇，有商场、餐厅和医院等便利设施。她有一些塞族的女性朋友，她们从来不会触及与民族有关的话题。她的朋友们并不知道她在大屠杀纪念馆工作。她只是告诉她们，自己在一家非营利组织上班。

女孩刚刚大学毕业，在这里工作了几个月。她告诉我，她喜欢这里，因为能在同事中间找到一种归属感。

"是什么样的归属感？"我问。

"我们都是生活在塞族共和国的波什尼亚克族。"她说，"我们都有亲人在大屠杀中丧生。"

女孩微笑着离开，让我一个人继续观看纪录片。阿德南似乎不愿承受影片内容的沉重，说他去外面抽烟等我。房间里没有暖气，冷得如同冰窖，而纪录片的内容就像在冰窖里又放了一大桶冰块，使周围的寒意更甚。

对于当年的波什尼亚克难民而言，仅仅是在这里活下来，已经是一个巨大的挑战。许多人历尽千辛万苦逃到此地，不少人在逃亡途中就惨遭不幸。那些抵达这里的人，还以为自己是幸运的，却未曾料到联合国的"安全区"最终也无法保证他们的安全。

看完纪录片，我开始仔细地观看展览。展厅内除了我，空无一人。每个房间都没有暖气，清鼻涕像融化的冰川源源不断。幸存者的证言在屏幕上循环播放，他们的声音——时而还掺杂着哭泣声——在空旷的房间中回荡。

在一个展室里，我看到一双双男性死者的鞋子，它们凌乱地摆在那里，仿佛人体的残骸。有肮脏的工作靴，有鞋底几乎磨平的皮鞋，有绘有卡通图案的运动鞋。有些鞋子依偎在一起，仿佛在寻求温暖。有的鞋子看上去格外小巧，可能属于刚刚成年的孩子。

阿德南像幽灵一样悄无声息地出现了。原来，这个房间里有阳光，他刚才一直待在这里。他向我介绍说，纪念馆的馆长阿兹尔·奥斯曼诺维奇同样是一名大屠杀的幸存者。他当年只有十四岁，所以活了下来，而比他大一岁的哥哥惨遭杀害。

"对波什尼亚克族而言，十五岁代表成年。"阿德南说，"因此，在斯雷布雷尼察，十五岁成了一道生死的分界线——十五岁及以上的波什尼亚克族男性几乎无人生还。"

———

纳瑟尔·奥里奇曾是塞尔维亚总统米洛舍维奇的警卫，后来成为斯雷布雷尼察地区波什尼亚克武装力量的指挥官。然而，在大屠杀纪念馆里，关于这位争议人物的信息几乎无迹可寻。

战争初期，奥里奇试图控制斯雷布雷尼察周围的乡村地带，建立与其他波什尼亚克族控制区的联系，从而打破塞族武装的围困。尽管这些努力并未完全成功，但他们的确在塞族统治的核心地带创造了一个庞大的波什尼亚克族飞地。

1992年夏秋之际，奥里奇对斯雷布雷尼察周围的塞族村落发起了一系列攻击。这些行动在塞族社区引发了巨大的恐慌，许多留守的塞族家庭成为攻击目标。

奥里奇的军队不仅杀害平民，还洗劫他们的粮仓和财产。据统计，至少有三十座塞族村庄和七十个乡村聚落被烧毁，约一千名塞族人遇害。这些行径加剧了双方的敌意，也引发了更为广泛的族群对立。

奥里奇的行为揭示了波黑战争的复杂性，也暴露出双方都曾卷入对平民的暴行。战后，奥里奇因涉嫌战争罪而受到国际刑事法庭的起诉。他在2008年被判无罪，但他的形象仍然存在争议：在波什尼亚克族人心中，他是民族英雄；而在塞族人看来，他是战争犯的代表。

随着塞族军队的推进，斯雷布雷尼察的处境愈发岌岌可危。回顾这段历史时不难预见，一旦塞族军队占领这块飞地，大规模的报复行为几乎是不可避免的。

1992年冬天，斯雷布雷尼察被塞族军队完全封锁，所有通往城镇的道路被切断，这里变成了真正的孤岛。随之而来的是严重的食物短缺，居民们不得不依赖玉米饲料、燕麦和蒲公英沙拉勉强维生。

夜晚，城镇笼罩在一片黑暗之中，仅有河上搭建的简陋水车提供微弱的电力。面对饥荒，斯雷布雷尼察的居民陷入了绝望，有时，他们甚至提出用一个塞族俘虏交换两袋五十公斤面粉。

到了1993年4月，联合国出面斡旋，宣布斯雷布雷尼察为"安全区"，得到联合国的保护。然而，两个族群之间此前的仇杀，已将民族主义的怒火彻底点燃。

1994年2月，荷兰维和部队接替加拿大，被派遣到斯雷布雷尼察，维护安全区的和平。荷兰士兵装备简陋，人数不足，行动受到联合国的严格限制。当塞族军队逼近时，荷兰人的局限性变得显而易见。最终，他们在塞族军队的强大压力下可耻地选择撤退，将安全区拱手交给了愤怒的塞族人。

———

在这座昔日维和部队的旧址中，依稀可见往日的风貌：荒废的工厂遗址，遗弃的机械设备，一扇锁紧的门后是维和部队的食堂，墙上悬挂的菜单上写着"250克T骨牛排，售价7.5德国马克"。

在厂房光秃秃的墙壁前，陈列着曾在这里避难的人们留下的遗物和生平故事，所有故事都以同样的结局收场。

墙壁上，荷兰士兵的涂鸦依旧清晰可见，其中一些甚至带有种族歧视色彩。我又一次想起了波黑艺术家塞拉·卡梅里奇的作品《波斯尼亚女孩》。在踏上巴尔干的旅程之前，我曾在奥地利的格拉茨美术馆见过这幅作品——它的灵感就取自于这些涂鸦。

那是一张海报，黑白照片中的女艺术家穿着白色背心，面容严肃，目光坚定，直视镜头。海报的背景是一句荷兰士兵留下的涂鸦："没有牙齿？长着胡须？闻起来像粪便？波斯尼亚女孩！"

这些冷漠的文字不仅暴露了当时维和部队中普遍存在的性别及种族偏见，也揭示出那些本应保护民众的维和士兵对受害者的轻蔑和冷漠。

站在曾经的维和部队营地内，周围弥漫着旧机油和灰尘的气息，我突然明白了展览标题"国际社会的失败"的深层含义。这不仅是对一场历史悲剧的回顾，更是对国际社会在干预和结束暴行方面的反省。这场历史悲剧，或许本可以——而且应当——被避免。

我在厂房门口找到正在跺脚抽烟的阿德南，这才意识到自己的脚趾已经完全冻麻木了。我向阿德南要了一支烟，他从烟盒里取出一支递给我。烟盒上以克罗地亚语、塞尔维亚语和波斯尼亚语三种文字印着"吸烟有害健康"。但除了克罗地亚语使用拉丁字母外，它们在拼写上没有任何不同。

厂房对面，是一片巨大的墓园，埋葬着从乱葬岗中挖掘出来的死难者。一排排尖细的白色墓碑，宛如刚刚抽芽的嫩树，一直延伸至远方山坡的森林边缘。可以想象，这块土地过去曾被森林覆盖，为了给逝者寻得安息之所，才被清理出来。

我在墓碑间徜徉，看到一位上了年纪的波什尼亚克妇女，正蹲在她丈夫的墓碑前。她戴着头巾，面容平和，神态中并未显出哀伤。她在用抹布细心地擦拭碑面，动作娴熟，仿佛只是在做着日常家务。

附近矗立着一块刻有八千三百七十二名遇难者姓名和生辰的巨石。随着更多的骨骼碎片、破旧衣物和 DNA 样本的鉴定，那些墓碑的数量还在增加。

阿德南告诉我，在塞族共和国的领土上建造这样一处纪念大屠杀受害者的场所，本就是一件充满挑战的事。因为塞族领导人和不少塞族民众对于大屠杀的性质有着截然不同的看法，甚至有人否认大屠杀的存在。塞族人同样视自己为暴行的受害者。这种立场从战争时期延续至今，从未改变。

我不忍心去问阿德南，他是否认为波什尼亚克族也对塞族犯下过战争罪行——归根结底，这恐怕只是数量与规模的差异。和眼前漫山遍野的墓碑一样，数字无法完全呈现个体经历的苦难，也表达不了每一个家庭丧失亲人后遭受的创伤。

——

我们回到车里，打开暖气，让冻僵的身子暖和起来。过了一会儿，我问阿德南，他是否认识经历大屠杀后仍然留在这里的波什尼亚克家庭。我对他说，如果可能的话，我想去拜访一个这样的家庭。

阿德南想了想，从口袋里掏出手机。他说，公司以前有一个来自斯雷布雷尼察的女员工。大屠杀发生时，她年纪尚小。战后，她和母亲一起搬到了萨拉热窝。她可能会知道一些仍旧住在这里的波什尼亚克家庭。

阿德南拨通了电话，手机蓝牙自动连接了车载音箱。我听不懂波斯尼亚语，但从他们的语气变化中，还是能捕捉到一些信息的流动：问候、想法、调侃、夸赞，甚至还有些小小的暧昧。

通话结束后，阿德南带着几分得意说："搞定了，她会联系那家人。一会儿，我们可以去他们家吃午饭。"

"太好了，没想到她这么热心。"我说。

"她以前是公司里最好的员工。"阿德南说。

"你们的关系不错？"

"我们是好朋友……"阿德南顿了一下，然后微微抬头，眼神投向窗外，"唉……其实我们差点结婚！"

离午饭尚有一段时间，我们驾车去斯雷布雷尼察镇转了一圈。从地理位置上看，斯雷布雷尼察位于南斯拉夫的心脏地带，从这里开车前往贝尔格莱德大约只需要两个半小时。

在奥斯曼帝国时期，小镇就以温泉疗养闻名，到了南斯拉夫时代，疗养业依旧兴盛。1990年时，小镇约有六千人口，其中波什尼亚克族占64%，塞族占28%。镇上有林荫大道、带露台的咖啡馆、电影院、医院，还有著名的古贝尔酒店，以提供治疗风湿和关节炎的矿物温泉著称。

如今，一切已成过往。温泉酒店不复存在，街上冷冷清清，只有几家店铺还在维持营业。天空阴沉，云层厚重，更是给人一种时光停滞之感。

小镇依山而建，四周山峦环抱，森林密布。我看到一座东正教堂和一座奥斯曼风格的清真寺，全都大门紧闭。一些店铺的招牌已经褪色，窗玻璃上也布满裂纹。不少居民已经迁离这里，留下的房屋中杂草丛生。

我们开着车，在小镇的街上漫无目的地游荡。我突然意识到这里连一家酒吧都没有。

"怎么会有酒吧呢？"阿德南沉声说道，"当年参与屠杀的士兵很多是当地的塞族警察，他们换上军服就成了刽子手。战争结束后，这些基层人员并未受到追究，有的甚至还住在这里。"

阿德南看了我一眼，继续说道："你要是在酒吧里碰到这些人怎么办？你能和杀害自己亲人的凶手同坐一桌喝酒？"

——

我们离开小镇，穿过一段萧瑟的冬日风景，随后拐入一条尘土飞扬的小路。轮胎下，碎石如麦子脱粒一般咯吱作响。我们经过一片树丛，惊起几只灰色的山雀，最后来到了一座围有木栅栏的院落。

院中立着一栋两层的农舍，白色的外墙，橘色的屋顶。房子后面是一片未经修剪的树丛，光秃秃的细枝像铁丝一样。房侧边的门廊上放着一些柴火和取暖用的旧炉子。门口摆着一双印有卡通人物的粉色儿童靴子。

听到汽车开进院子的声音，女主人出来欢迎我们。她叫梅丽萨，穿着黑色运动衫和浅色牛仔裤，暗红色的头发短而整齐。她四岁的女儿也跟着出来，拇指含在嘴里，用天真的大眼睛望着我们。那双粉色的小靴子，想必就属于这个小天使。

屋内井井有条，地面铺着波斯尼亚风格的地毯，白墙上挂着几幅手工剪纸画。梅丽萨的母亲正在厨房和面。她戴着眼镜，穿着传统长裙和棉背心，头发扎成发髻。厨房没有开灯，光线透过窗户打进来，照在橱台上，仿佛她在努力将这些光线也揉入面团之中。

我们坐在客厅的沙发上。梅丽萨为我们端来了果汁和热茶，随后关掉了播放动画片的电视。房间的氛围突然变得严肃，但日常生活中的点点滴滴——梅丽萨母亲在厨房里做饭的声响、因为关掉电视而赌气的小女孩、冒着袅袅热气的茶杯——依旧鲜活。

我们一边喝茶一边聊起来。通过阿德南的翻译，梅丽萨告诉我，她的父亲在大屠杀中丧生。与家人分开之后，她和母亲被安置在专为波什尼亚克族设置的难民营里。在波黑地区，这样的难民营总共有二十三个，至今仍有不少遗孀和她们的孩子在那里生活。

2000 年，梅丽萨随母亲返回家乡。家里的房子已成瓦砾，她们只得在院子里搭帐篷生活。在随后的几年里，她们向非政府组织申请援助，终于一砖一瓦地重新盖起房子。

我问梅丽萨，她们为什么会选择回来，而不是在其他地方重新开始生活。

她以一种平静的口吻回答："因为在外面，无论我们走到哪里，身上都带着'难民'的标签，永远是被别人怜悯的对象。只有在这里不同——这里是我们的家园，这里还埋葬着我们的亲人。"

大屠杀发生那年，梅丽萨四岁，对父亲只有依稀的记忆。战争结束后，当她被要求从几张遗骸照片中辨认父亲时，她发现自己难以做出选择。梅丽萨的母亲生于 1961 年，与丈夫同岁。对她而言，丈夫的离世是更大的伤痛。

我注意到电视柜上有一个银色相框，里面是由两张肖像照拼贴而成的夫妻合影：一边是梅丽萨的父亲，身着迷彩服，年轻的模样定格在了时光之中；另一边是梅丽萨的母亲，照片是近年拍摄的，岁月已在她的脸上静静地留下沧桑。

两张照片并置在一起，像结婚证书上的夫妻照，他的青春与她的沧桑，形成鲜明的对比，仿佛有某种力量跨越时空，将两个原本属于不同时代的人放到了一起。

我心中思忖，三十年后看着丈夫的照片，这样的时空错位，对梅丽萨的母亲而言，会有一种异样感吗？而对梅丽萨来说，她是否会对这个看上去与她同龄的父亲感到陌生？

这时，梅丽萨的母亲从厨房里走出来，为我们端来了午餐：刚烤好的面包、奶油南瓜汤、烤鸡和土豆。她们已经吃过午饭，这些全是为我们准备的。

阿德南掰下一块面包，蘸着南瓜汤吃起来。我也拿起调羹，小心翼翼地舀起一勺汤。梅丽萨的母亲走到客厅一侧的沙发旁坐下，把歪倒在沙发上的外孙女拉到身边，替她整理衣服，然后温柔地抚摸她栗色的长发。

我来这里原本是为了解大屠杀的细节，但此刻，我发现自己难以开口。身处她们坚韧重建并悉心守护的生活里，提及那场悲剧的细节显得如此残酷，仿佛重新揭开正在结痂的伤口。尤其是在有孩子在场的时候，我更不知该如何提问。我想起在科托尔时遇到的美国女人说过的话："你不会希望下一代了解那些残酷的事情，特别是那些曾经伤害过你的事情。"

我和阿德南喝完汤，梅丽萨就撤走了汤盘。我又拿起刀和叉，准备对付盘中的烤鸡和土豆。鸡肉烤得外皮焦香，土豆上面还撒了白芝麻。我边吃边让阿德南询问一下她们近年的生活。

我的问题经过翻译后似乎有些走样。梅丽萨说："我们有一小块土地，可以种植蔬菜。我们还在附近的山上种植莓果。"

梅丽萨的母亲补充说，德里纳河谷的这一侧山势平缓，适合水果生长。在南斯拉夫时代，每到秋天水果成熟的时节，这里的人——无论是波什尼亚克族还是塞族——都会跨过德里纳河，去塞尔维亚那边贩卖水果。说这些话时,她的脸上浮现出一丝恬淡,就像成年人在缅怀逝去的童年岁月。

"现在还会过去卖水果吗?"我问。

"不会了。"

"那水果怎么处理呢?"

"有一部分我们会在斯雷布雷尼察周边卖掉,"梅丽萨的母亲说,"剩下的就用来做果酱和蜜饯。"

我问梅丽萨,这里目前的族群关系怎样。

梅丽萨说,这个村子里只有一户塞族家庭,大家能够平安无事地相处。在她们刚回来的那些年,斯雷布雷尼察仍然能够感受到族群关系的紧张。不同族群的人在路上遇到,都会把目光悄悄移开。

后来,梅丽萨上了一所穆斯林高中,在那里遇到了她未来的丈夫。他也是波什尼亚克族,父亲和哥哥在大屠杀中丧生。相同的遭遇,让梅丽萨和他更容易理解彼此。

梅丽萨的丈夫目前在镇上的一家商店工作,而梅丽萨除了日常的农活和家务也有自己的梦想。她喜欢做糕点,希望有朝一日能在镇上开一家属于自己的蛋糕店。这些年来,她已经攒够了租赁店面和购买设备的资金。当她满怀希望地去申请营业执照时,负责审批的当地官员却暗示她需要贿赂才能办理。

"你有一小片土地,有可以遮风挡雨的房子,你耕种、收获,可以自给自足地活下来。但当你试图迈出一步,想再多做点什么,让生活变得更好的时候,你就会开始遇到各种麻烦。"

梅丽萨的话让阿德南深有感触——他抛下我,开始与梅丽萨分享自己的经历。

午餐后，梅丽萨端上了波斯尼亚咖啡和无花果蜜饯。她的母亲提到，她还有一个八岁大的外孙女，快要放学回家了。

"你需要去学校接她吗？"

她笑着摇头："不用，她可以自己走回家。"

"学校离这里远吗？"

"就在大屠杀纪念馆到这里的路上。"

我的脑海中浮现出来时走过的那条路，想象着一个小女孩背着书包，独自走在路上的样子。那条路上曾经挤满了渴望获救的难民，很多人最终甚至没有得到和亲人说声再见的机会。

"许多波什尼亚克妇女失去了她们的家人，开始了漫长的生存斗争，只能依赖政府和国际援助。"联合国难民署的一份报告写道，"三十年后，斯雷布雷尼察最大的悲剧不再是那些结束了痛苦的死者，而是那些失去亲人、注定要独自生活的家庭。那些注定要在没有父亲、没有丈夫、没有兄弟、没有儿子、没有表兄弟、没有邻居的情况下生活的人们。"

我们又坐了一会儿，觉得不能再耽误她们的时间，便起身告辞。在门厅穿外套时，梅丽萨的母亲走到我们身边，用袋子装了几瓶自制的覆盆子果酱，让我们带走。就连小女孩也给我们准备了礼物——两张她亲手画的彩色蜡笔画。

我和每个人握手道别。她们送我们到院子，看着我们上车。我打开车窗，朝她们挥手。她们也缓缓向我挥手，脸上露出微笑——那一刻是如此温馨而美好。

当汽车驶出院子，开上那条尘土飞扬的小路时，我才意识到自己的眼角已经湿润。

―

回程的路上,我想到了英国作家约翰·伯格创造的"landswept"一词,用来形容一个地区经历了剧烈的冲突和变故之后的状态。

这个词由"land"(土地、大地)和"swept"(横扫、扫荡)两个词合成。它不是标准的英文单词,而是一个为了特定描述而创造出来的新词。通过这个词,伯格想要传达的意思是,土地经历了一场大风暴或是严酷的冲突,其上的建筑、树木、生活痕迹等都被彻底摧毁,一切都被"横扫"。只剩下赤裸的大地,默默地承载着伤痕,成为沉默的见证者。

这时,阿德南接到妻子的电话,说家里的蜂蜜没了,让他顺路带几瓶回家。

"你不介意我们去一个卖蜂蜜的地方吧?"阿德南问。

"完全不介意。"我说。

"女人总是这样——她们总觉得你在工作的时候,还可以'顺便'做点什么。"

我打趣道:"女人也是'顺便'才和男人结婚的,她们自己能够活得很好。"

"你真这么认为?"阿德南扭头看了看我,"我可是家里那个付账单的人。"

一小时后,我们经过路边的一栋大房子,屋顶的铁皮烟囱吐着羽毛般的青烟。院门敞开着,房后是一小片树丛掩映的空地,整齐地排列着蜂箱。几只倔强的蜜蜂在寒风中飞舞,不知是在外面巡视,还是被关在了箱外。院子的角落里堆满木柴,几只鸡在院子里走来走去。另一侧是一座羊圈，里边挤着十几只绵羊。听到汽车的引擎声，一只黄狗从窝里跑出来，狗链扯得紧紧的。

房门打开了，一个身材高大的波什尼亚克老头抬起手，跟我们打招呼。门廊的衣钩上挂着几件防水外套，下面是两双沾满泥巴的靴子。

老头叫苏莱曼，看上去身体硬朗。他伸出一只结满老茧的大手，和我们握了握。屋内的铁皮炉子烧得正旺，水汽在窗玻璃上凝结。阿德南与苏莱曼早已相识，每次路过这里，他都会进来买上几瓶蜂蜜。阿德南告诉我，如果说波黑有谁没有受到战争的影响，那无疑就是苏莱曼了。

苏莱曼的脸上挂着满足的微笑，在阿德南的怂恿下，开始向我娓娓道来他的故事。我能够感觉到，这些令人得意的往事，他一有机会就会拿出来分享。

1992年，早在内战打响之前，苏莱曼便已察觉到不祥的预兆，于是举家离开，搬到了全是波什尼亚克族聚居的城镇。一家人因此躲过了大屠杀，在整个内战期间未受丝毫伤害。到了1996年，随着《代顿和平协议》的签订，苏莱曼又移居萨拉热窝，那里的战后重建为他带来很多赚钱的机会。他在萨拉热窝做了四年木匠，每天能挣一百马克。阿德南补充说明，即使放到现在，一百马克也是一笔可观的收入。

苏莱曼哈哈大笑，显得很高兴。他颇为骄傲地告诉我，他今年七十八岁，有五个儿子和二十个孙子。其中一个儿子在德国当建筑工，每月都会给他寄钱。

尽管衣食无忧，他依然每天忙于农活——查看蜂箱，照料家禽和牲畜。他告诉我,他凡事都自己动手,连房间里的家具都是自己打的。他让老伴给我们倒上鲜榨苹果汁,自己则从果篮里拿起一只苹果,仿佛为了展示他的好牙口,咔嚓咬了一大口。

———

阿德南买了几瓶蜂蜜,放进后备厢,我们这才继续上路。

天色将晚,乌云密布,山野渐渐沉入暮色。车内的暖风好像轻晃的摇篮,让人昏昏欲睡。我勉强支撑了一会儿,终于放弃抵抗,任由自己陷入昏沉的睡眠。等我再睁开眼时,窗外已经彻底黑透。我们行驶在山路上,但没有路灯,只有汽车大灯虚弱地照亮前方几米的地方。

我想到这一天如此漫长,经历了这么多事情,阿德南恐怕也已经疲惫不堪。他昨夜就没睡好,今天又一早出发。我还能在车上打盹休息,他却始终坐在方向盘后面。想到这里,我同情地看了看阿德南。仪表盘的光亮照着他的侧脸,长长的睫毛,深陷的眼窝。

看到我醒了,阿德南掏出一支烟,点上,将车窗打开一道缝,我也将自己那侧的车窗打开,好让空气对流。荒野的冰冷气息,瞬间涌了进来,让我一下子变得清醒。

我问阿德南,是什么支撑着他这么拼命地工作。他说,是他的儿子。每次看到儿子,他都觉得自己再辛苦也是值得的。

"我还想再要两个孩子,"他说,"穆斯林喜欢大家庭。"

"不担心未来吗?"

"当然会担心。但归根结底,我也只能过好自己的生活,不是吗?"

阿德南停顿片刻，又接着说道："你看，那些月入五百欧的人关心民族主义，月入一千欧的人想着买新车，月入两千欧的人悠闲地谈论天气。问题的根源在于经济，只要经济稳定，一切都不成问题。回想铁托时代，波黑并没有那么严重的民族矛盾。"

他把烟头扔出窗外，关上车窗，继续说道："问题就在于，现在波黑的经济举步维艰。《代顿和平协议》终结了战争，但也制造出一个腐败、庞大、低效的体制。你能想象吗？我们整个波黑只有三百多万人口，却有一百多个部长。普通人就像梅丽萨说的，勉强维持生计，一旦试图追求更好的生活，就会遭遇重重阻碍。那些民族主义政客，无论塞族、克族还是波什尼亚克族，都将责任推卸给其他民族，这样既能转移矛盾，又能稳定自己的基本盘。"

"整个世界都在发生同样的事情。"我说，"美国、欧洲……"

"是的，"阿德南点点头，"这些并不是波黑独有的。"

这时，笼罩大地的乌云终于疲惫了，支撑不住了，碎成纷纷扬扬的雪花。灰色的雪花落在挡风玻璃上，又被雨刷拨散。在车灯之下，就像成千上万的飞虫，灰茫茫一片。

前方的道路上突然出现一只动物，阿德南一脚踩下刹车。我们惊恐地睁大眼睛，那竟是一只狼。它看着我们，车灯照着它杏仁状的眼睛。有那么一瞬间，狼呆立不动，似乎也被吓坏了。接着，它突然缓过神来，疾步向着荒原跑去。

我们终于开上特雷贝维奇山，萨拉热窝像童话一般出现在山谷里。星星点点的灯火，映着纷飞的雪花，整座城市已是一片白色。这么多的悲欢离合发生在这座城市里，但无论如何，它依旧是很多人的家，这世界上唯一的家。即便是我，在经历了如此漫长的一天后，也觉得能回到这里太好了。

阿德南说，1984年2月，冬奥会开幕前夕，萨拉热窝遭遇了罕见的降雪不足的情况。当时的人工降雪技术尚未成熟，很多市民担心冬奥会可能因此受到影响。但就在开幕式的前一夜，一场大雪悄然而至。次日清晨，当人们从睡梦中醒来，惊喜地发现整座城市已经银装素裹。

"冬奥会是我们最后的美好记忆。"阿德南静静地说，"你去问任何一个上了年纪的萨拉热窝人，他们都会这么回答。那时我们过得很好，没有战争，南斯拉夫还是一个统一的国家，全世界的人都来到我们这里……"他的声音渐渐小了，最后终于沉默不语。

窗外大雪纷飞。

我很想安慰一下阿德南，但又不知如何开口。

特雷比涅的奥斯曼石拱桥

雨中的莫斯塔尔，青色的内雷特瓦河

莫斯塔尔市区建筑物上的弹坑

莫斯塔尔一座近乎废墟的住宅内,还有一户居民

E BOLA' GRADE, VIŠE T
A ŠTO BIH TE POPRAVLJAO?

莫斯塔尔郊外塞族村庄的墓地

萨拉热窝，斐迪南大公遇刺的拉丁桥

萨拉热窝冬奥会场地遗迹

雪后的萨拉热窝

萨拉热窝的鸽子广场

萨拉热窝随处可见的墓地，与城市融为一体

驻守拉丁桥的猫

第九章
贝尔格莱德 I：蓝色火车

踏上巴尔干的旅途后，塞尔维亚就成为一个挥之不去的名字。在 1990 年代发生的四场南斯拉夫战争中，塞尔维亚被西方舆论普遍视为"施暴者"。海牙国际法庭公布的战争嫌犯人数也从一个侧面佐证了这一点：十八名克罗地亚族，五名波什尼亚克族，而塞族却有六十二人之多。

在这六十二名塞族人中，既包括塞尔维亚前总统米洛舍维奇（2006 年死于狱中），也有波黑塞族共和国前总统卡拉季奇和塞族武装部队将军姆拉迪奇（两人被判处终身监禁）。他们是萨拉热窝围城和斯雷布雷尼察大屠杀的始作俑者，但在不少塞尔维亚人眼中，至今仍被视为民族英雄。

所以，该如何理解这段历史？

当我们试图用文字描述一段复杂的历史时，往往只能将其简化——攻击者与被攻击者、受害者与施暴者——身份往往被迅速划定，并固化成不容置疑的事实。然而，巴尔干的历史却让我愈发感到，纯粹的黑白分明往往只存在于三流的好莱坞电影中。

历史是由不同甚至经常相互冲突的叙事构成的网络。要真正理解过去，意味着要审视历史的多样性和复杂性，而非仅仅将其看作黑白分明的简单故事。历史的真相往往隐藏在不同色彩线条的交错中，由一系列灰色地带共同塑造。因此，在前往塞尔维亚之前——特别是在经历了波黑之后——我感到自己必须放下对这个国家的成见，尽量以一个旁观者的立场，观察和感受这个国家的现实。

去塞尔维亚的那天早晨，我叫了一辆出租车把我送到位于塞族共和国一侧的汽车站。天刚破晓，我就出发了，听说去贝尔格莱德的巴士几乎要开一整天。

天色阴暗，下着冷雨，波什尼亚克族司机一路狂奔，最后小心翼翼地将我放在一个路口前，指了指对面的汽车站。他不想开到汽车站里，因为从地图上看，这个路口就是波黑联邦与塞族共和国的分界线。

我在波黑联邦一侧的早餐店买了菠菜奶酪馅烤饼和酸奶，冒雨穿过路口，走进位于塞族共和国境内的汽车站。开往贝尔格莱德的汽车出乎意料地破旧，座椅上沾满陈年的污渍——我此后在塞尔维亚境内搭乘的巴士也都是这般破旧。

巴士冒雨驶出车站，不再经过波黑联邦的领土，而是沿着分界线一路向东。经过帕莱时，又有几个塞族人上来，窗外的小镇在雨中显得无比凄凉。《代顿和平协议》签订后，许多原本居住在萨拉热窝的塞族人从市中心搬到了帕莱。如今，这里被称为"东萨拉热窝"。对这些塞族人而言，真正的萨拉热窝已经不复存在。

阿德南对我说过，在战后的很长一段时间里，塞族司机不敢出现在萨拉热窝，而波什尼亚克族司机不敢出现在帕莱。任何想去对面的人，都必须在分界线换乘车辆。我发现，这个问题最终被巴尔干式的智慧解决了：塞族共和国的车牌开始使用字母T、K、J、O、A——这几个字母在西里尔字母和拉丁字母中恰好是一样的——这样就没人知道车辆究竟是属于塞族还是波什尼亚克族了。

我听着拉赫玛尼诺夫的交响诗《死之岛》，看着雨点打在车窗上，划出条条泪痕。《死之岛》受到瑞士象征主义画家阿诺尔德·勃克林同名画作的启发，描绘了一片神秘的岛屿，周围环绕着平静的水面。岛上有岩石和古老的柱子，象征着永恒的寂静和死亡。在音乐中，这幅图像转化为了一种悲哀而美丽的旋律，与雨中的巴尔干大地有一种惊人的契合。

巴士始终行驶在山路上，直到跨过德里纳河，进入塞尔维亚境内才变为平坦的黑土地。公元395年，罗马帝国分裂，当时的东西罗马就以德里纳河为界。今天的波黑地区归属西罗马，而塞尔维亚地区归属东罗马——这一划分的影响，在某种程度上一直持续到了现代。

———

萨瓦河与多瑙河交汇处的贝尔格莱德是一座拥有两百万人口的城市，但在冬日里显得十分萧瑟。我下榻在市中心的莫斯科酒店，透过房间高大的窗户，可以俯瞰光秃秃的行道树和墙皮剥落的街道。

酒店建于1908年，在第二次世界大战期间成为盖世太保的办公场所，随后的大半个世纪里又见证了南斯拉夫的辉煌与衰落。如今，它更像是一个历经沧桑后心平气和的老者，冷眼旁观着门外来往的行人：穿着黑色皮夹克的男人，穿着老式貂皮大衣的女人，推着婴儿车的新手父亲，还有穿着运动服遛狗的年轻女孩。

每个人都彬彬有礼，很有教养，穿着朴素但十分整洁，也并不寒酸。在贝尔格莱德的街头，我基本没看到有人放声大笑，或是发生争吵。每个人都显得沉默寂静，给人一种略显忧愁的感觉，但在表面之下，似乎又隐藏着一股被压抑的情绪，里面既有对现状的无奈和调侃，也有未曾熄灭的骄傲和自尊。

1990年代初期以来，塞尔维亚遭遇过漫长的国际制裁，包括武器禁运、经济封锁以及旅行和外交上的种种限制。这些制裁是为了惩罚塞尔维亚在南斯拉夫冲突中的行为，特别是在波黑的民族清洗行动。制裁给塞尔维亚造成了灾难性的打击，不仅引发了前所未有的恶性通胀，也使大量受过高等教育的年轻人被迫离开。

1999年，塞尔维亚的科索沃地区发生冲突。西方国家再次指责塞尔维亚对科索沃的阿尔巴尼亚族实行镇压。随后，在未获安理会授权的情况下，以美国为首的北约对塞尔维亚发动了长达七十八天的空袭，塞尔维亚被迫屈服。

战争留下的创伤至今犹在。昔日的国防部大楼就位于贝尔格莱德市中心，如今仍是一片废墟。从钢筋的扭曲程度、墙体的坍塌方式中，我第一次明白了精确制导的巡航导弹是如何从天而降，穿透一座建筑的。

废墟被刻意保留下来，大概是为了让塞尔维亚人铭记那段屈辱而动荡的岁月。重压之下，米洛舍维奇政权倒台，塞尔维亚不得不开始处理前十年战争的后果。许多人因战争罪受审，米洛舍维奇本人也被送到海牙国际法庭。国际制裁对塞尔维亚的经济造成了长期影响,国有企业的私有化转型、腐败指控和高失业率——这一切都让塞尔维亚步履蹒跚。

面对分崩离析的南斯拉夫,塞尔维亚开始艰难地建立新的身份认同,打击却接踵而至:2006年,黑山通过公投宣布独立,与塞尔维亚分道扬镳;2008年,科索沃单方面宣布独立,获得了西方国家的普遍承认。时至今日,塞尔维亚依旧坚持科索沃是自己的领土,也无力改变现状。它希望加入欧盟,但如果无法解决与科索沃的纷争,这一进程将遥遥无期。

走在贝尔格莱德街头,我时常想起奥地利作家彼得·汉德克的那句话:"在旅途中,我没有把塞尔维亚看成是一个偏执狂国家——更多的是一个孤儿的巨大房间。"

也许有人会说,贝尔格莱德的魅力就在于那些南斯拉夫时代的建筑和冷战时期的氛围。最初的两日,我花时间在贝尔格莱德的各处游荡,发现城市的很大一部分地区,尤其是新贝尔格莱德和萨瓦河沿岸,几乎像是一个粗野主义建筑风格的时间胶囊——摇摇欲坠的混凝土大楼、人去屋空的商店、褪色剥落的墙体随处可见——让人不禁怀疑自己走在一个浩劫过后的城市里。

贝尔格莱德或许需要一些城市更新,从而忘掉南斯拉夫解体的创痛。我后来发现,它的确正处在变革的前夜。新闻上说,那些破败不堪的街区,不久之后将会被拆除,变成一片片尘土飞扬的工地。也许,再过五年,贝尔格莱德会焕然一新,但究竟会变成何种模样,实在让人难以预料。

萨瓦河南岸的萨瓦马拉区曾是贝尔格莱德最具波希米亚风格的

区域，如今这里被称为"贝尔格莱德滨水区"。这是一个由阿联酋资助的改造项目，占地近两百万平方米，计划耗资三十五亿欧元。它将建造一系列的住宅、办公和零售建筑群，同时设有公园、长廊、酒店、餐厅、咖啡馆和购物中心。项目的标志性建筑是贝尔格莱德塔——这座168米高的摩天大楼将包含瑞吉酒店和公寓。

贝尔格莱德滨水区的景象勾起了我的回忆，甚至有一种似曾相识之感——它就像中国房地产高潮时期，那些刚刚建设完成的新城。基础设施已经建好，但商业尚未入驻，既没有餐厅和咖啡馆，也没有商店和超市，就连路边的行道树也是刚刚种下的，还未长成大树。前卫公寓楼前静静地停放着几辆豪车，街道上很容易发现施工留下的痕迹。

和中国的新城一样，贝尔格莱德滨水区也造成了一些牺牲：拥有百年历史的火车站已经停运；分离派风格的布里斯托尔酒店也随之闭门；曾经繁华一时的河上夜总会和与之相伴的夜生活已成往事。这些变化不仅标志着一个时代的终结，也预示着文化记忆的转型。我发现贝尔格莱德滨水区所引发的批评和争议也与中国当年的新城惊人相似——环境破坏、缺乏透明度以及拆迁补偿之争。

———

我在变革前夜来到贝尔格莱德，南斯拉夫时代的印迹依旧很容易看见。我参观了铁托陵园和南斯拉夫历史博物馆，欣赏了铁托从世界各国领导人那里收到的礼物。我去了共和广场旁边的国家博物馆，在南斯拉夫雕塑大师伊万·梅斯特罗维奇的作品前驻足良久。不过，我在贝尔格莱德最想探访的，还是铁托元帅的豪华专列"蓝色火车"。

我一直对火车情有独钟，无论是东方快车，还是领导人专列，都想一探究竟。铁托的"蓝色火车"建造于1956年，以独特的深蓝色外观与奢华的内饰闻名。

它的行驶里程超过六十万公里，是铁托接待国际政要和王室的重要场所。英国女王伊丽莎白二世曾踏上这趟列车，而尼赫鲁、戴高乐等众多历史人物亦是它的贵客。

随着南斯拉夫的解体，"蓝色火车"逐渐淡出了人们的视野。它最后一次执行任务是在1980年铁托的国葬之时——载着铁托的遗体从卢布尔雅那经萨格勒布前往贝尔格莱德安葬——之后便不再担任国家元首的专列。

我在网上几乎找不到参观"蓝色火车"的信息——它并不是什么知名的景点。我唯一确定的是，它就静静地停在贝尔格莱德郊外的某个驻车场里。

无奈之下，我只好给塞尔维亚铁路公司的官方邮箱发了一封邮件，询问如何参观"蓝色火车"。我本以为这样的邮件必定石沉大海，没想到当天下午就收到了回复。

一位未具名的工作人员回复我，参观"蓝色火车"的时间为上午八点至下午一点，票价为三百第纳尔——不到人民币二十块钱。这位工作人员还告诉我，参观"蓝色火车"必须先在贝尔格莱德中央火车站或新贝尔格莱德火车站购票，之后才能前往郊外的驻车场。

按照地图显示，贝尔格莱德中央火车站就位于市中心，可以步行前往。可当我走到那里时，却根本不见火车站的踪影。

在贝尔格莱德，城市更新像是一场季节性流感，正在四下蔓延。眼前是一片围挡起来的工地，地面上的建筑物已经拆除，但还没有建起任何新的东西。在这片荒凉土地上，怎么会藏着一个活生生的火车站？

天色阴沉，寒风裹着雨丝，接着变为冰晶一样的雪花。我在路边拦住几个急匆匆的路人，他们告诉我，这里的确是贝尔格莱德中央火车站，但他们也不清楚火车站现在何处。

火车站不可能凭空消失吧？抱着这样不屈的信念，我像地质考古学家一样四处勘探，最后终于找到了法老的陵墓。完全出乎我的意料，火车站不在地表，而是需要通过一个看似荒废、没有标志的地洞，钻到地下。

中央火车站或许有很多缺点，但至少有一项美德——极简。在施工期间，火车站已被简化成一个孤单的售票窗口和两个站台。

售票窗口里坐着一位红发大妈，完全听不懂我在说什么。最后，她叫来一个留着小胡子的年轻男子。他耐心地听我说完，又看了一遍我手机上的邮件，表现得好像从没听说过"蓝色火车"这回事。他从制服里掏出一部古早的诺基亚手机，拨了个号码，一番交涉后，这才确认了我的预订。

红发大妈从保险柜里拿出一沓票据，垫上复写纸，龙飞凤舞地填上票面，然后哈了口气，"哐"地盖上红色印章。一时间，我觉得自己刚才钻进的可能是时光隧道的入口——这里的售票员、复写纸、诺基亚手机和红色印章，全都存在于另一个时空维度里。

我交了钱，接过票，仔细看了看——谁能想到，回到过去也需要一道手续呢！

一

我钻出地面，上了一辆公交车，向贝尔格莱德南郊驶去。下车后，我冒雪沿着铁道线往前走，两侧是冬日凄凉的山丘。驻车场是一个有顶棚的车库，看上去近乎荒废。负责看守这里的只有工作人员伊万和他的两条狗。

伊万从一间平房里走出来，拿着钥匙，脸上的肌肉和肩膀呈松弛状，看上去身体不佳。

"你是第一个来这里的中国人。"他说。

我们走向车库，两条狗也殷勤地跑在前面，摇晃着尾巴。走进车库门时，伊万用手一指："铁托的火车。"

"蓝色火车"就停在车库的阴影里，像一把雪藏的宝剑，依旧耀眼闪亮。伊万登上扶梯，打开车厢门，侧身让我进去。

火车内部堪比一座移动的宫殿，内饰由质地上乘的木材制成，铺着精美的地毯。车内配备了会客室、卧室、书房、餐厅和酒吧，可以满足旅途中的各项需求。

餐车内，整洁的桌布上摆着瓷质餐具和茶杯，墙上挂着铁托与各国政要的合影。书房里，大型木质镶嵌画描绘出壮阔的航海场景，地毯和椅子复古而优雅。桌上的台灯洒下柔和的光线，照亮堆叠的书籍，还有铁托最爱的雪茄。

在铁托的书桌前，伊万示意我坐下，把相机交给他。我坐在铁托曾经沉思国事的椅子上，顿时觉得自己也变得思虑重重。伊万不太熟悉相机的操作，有些笨拙地摆弄着镜头。

"来这里参观的人多吗？"我问。

"大部分是本地人，"伊万说，"外国游客凤毛麟角。"

我问他是如何看待铁托的。这并不是一个好回答的问题，但作为看守铁托遗产的工作人员，伊万会不会有话可说？

伊万操着不太熟练的英语说："铁托对克罗地亚人和斯洛文尼亚人好，但对我们塞族人不好。"

在与塞族人的接触中，我常听到类似的说法：铁托的父亲是克罗地亚人，母亲是斯洛文尼亚人，因此铁托总是压制塞族人，时刻防范大塞尔维亚主义。这虽然只是老生常谈，但伊万还是担心可能会引起我的误解——他很清楚外国人往往带着偏见看待塞尔维亚，将巴尔干的民族争端全部归咎于他们。

"这只是我的个人看法，"伊万补充道，"并不是每个塞族人都这么认为。"

接着，他问我："中国人怎么看待铁托？"

这个问题同样十分复杂：在铁托时代，中国与南斯拉夫的关系经历过多次起伏。起初，由于共享社会主义意识形态，两国关系友好。当南斯拉夫在冷战中保持中立，追求自己独立的社会主义形式"铁托主义"后，中国开始对铁托提出批评，认为他偏离了马克思列宁主义的正轨，走向了修正主义。直到1976年，中国的外交政策才逐渐转变。1977年，铁托访问中国，两国关系得以缓和。正是在那次访问后不久，《瓦尔特保卫萨拉热窝》等一批南斯拉夫电影进入中国，迅速赢得中国观众的喜爱，成为一代人的集体记忆。

要解释清楚这些十分困难，因此我就以尽量简单的方式回答了。"中国人认为铁托是一位伟大的领袖，带领南斯拉夫走向独立——在这一点上，他与毛泽东相似。铁托去世后，南斯拉夫解体，巴尔干地区爆发冲突，许多中国人对此感到非常遗憾。"

伊万点了点头。"如果铁托还在，也许南斯拉夫就不会分裂。"

"那样的话，你觉得今天的塞尔维亚会是什么样子？"

"或许会像中国那样。"伊万说，"经济更发达，国际地位更高。"

"但是你们的民族问题迟早会爆发，不是吗？"我说。

"如果我们有机会以不同的方式去解决，或许能够避免战争。"伊万认真地说。

"你认为这是有可能的？"

"如果是铁托，而不是米洛舍维奇或图季曼，可能性是有的。"伊万微笑着说，然后把相机还给了我，"现在谈这些，已经太晚了。"

——

如果铁托死而复生，他会如何看待当下的塞尔维亚？

南斯拉夫解体后，曾获柏林电影节金熊奖的塞尔维亚导演热利米尔·日利尼克围绕这一设想，创作了一部带有黑色幽默色彩的电影——《铁托第二次到塞尔维亚》。影片中，一位演员扮演铁托，穿上铁托元帅的军装，戴上标志性的太阳镜，走上贝尔格莱德街头。

这部电影既是一部剧情片，也带有纪录片的真实感，没有经过任何排练。它真实地记录了一个支离破碎国家的状况：人们对历史充满疑问，对现状感到迷惘，对未来彷徨无措。

影片中，复活后的铁托坐在他的梅赛德斯后座上，向他的老司机提问："那么，说说我们美丽的国家发生了什么吧？"司机叹了口气回答："四分五裂了，总统先生。他们解散了联邦，摘除了所有的红星，战争随即爆发了。"

当铁托出现在商业街，立即吸引了众多围观的市民。铁托不解地说："看起来这里无所事事的人很多。你们没有人需要去工作吗？难道都放假了吗？"

起初，人们对这位历史人物的出现开起了玩笑，但他们的真实情感很快就倾泻而出。

一位塞尔维亚妇女走过来，指着铁托说："你去世那天我哭了，我后悔流下了眼泪。但现在，如果你真的回来了，我想我会再次投你的票。"一个男人也表达了他的敬意："你是克罗地亚人，我是塞尔维亚人，但我尊敬你！"

"叛徒！"有人怒吼。

"但我留下了很多可靠的人，不是吗？"铁托低声嗫嚅道。

影片中，铁托自己也对这个陌生的世界感到迷惑，他熟知的南斯拉夫已经物是人非：统一货币不复存在，以他命名的街道和城镇都有了新名字，他的纪念碑不翼而飞。

途经一家书摊时，铁托好奇地问："我们为什么要使用德国马克？"

一个男子挤到前面说："我们曾经习惯了有一个铁托，但现在我们有很多铁托。你也许偷了一点儿，但至少还保持着风度。现在的这些人什么都偷！"

有人对铁托说，当他回去的时候，应该把现任领导人一起带走，确保他们不再回来。

一个年轻人试图向铁托解释波黑的局势："这一切都是为了控制几座山头。"对此，铁托追问："这些山最初属于谁？塞族人还是穆斯林？"

接下来，警察出现了，整个摄制组因扰乱治安而被逮捕。幸运的是，派出所的警官很有幽默感。他立正敬礼说："总统先生，很荣幸再次见到您。这一切都是误会，我们会立即处理。"几分钟后，铁托元帅又回到了贝尔格莱德街头。

导演热利米尔·日利尼克用这部电影挑战了观众对历史的态度：人们往往会盲目地跟随权力，无论是铁托，还是米洛舍维奇或图季曼。一旦这些人失去权力后，人们又开始诋毁他们。日利尼克警示道，如果历史不能被理性地审视，就会引发身份认同的分裂和社会冲突。

在影片的结尾，铁托遇到一个独自坐在烈士陵园里的老人。铁托昔日战友们的半身像已被移除。

"这是谁干的？"铁托问。

"那些厌恶秩序、不尊重历史、毫无责任感的人。"老人低着头回答。他是一位躲避波黑战争的难民。

"战争会在什么时候结束？"铁托问。

"永远不会结束，我的朋友。"老人悲哀地回答。

———

几个月后，我已经离开巴尔干，回到中国。这时，我才拾起一本以前买过却未曾细读的书——《血缘与归属：探寻新民族主义之旅》，作者是加拿大学者叶礼庭。

本科毕业后，叶礼庭来到牛津大学进修，其间深受社会政治理论家以赛亚·伯林的影响。某种程度上，《血缘与归属》这本书也承接了伯林对民族主义的思考。

这本书写于 1990 年代，正是冷战结束后世界政治格局急剧变化的时期。叶礼庭在书中记录了他对多个热点地区的访问，试图探索民族主义在现代政治中的角色，以及这些运动如何影响国家的命运和人民的生活。

当时，南斯拉夫的解体和随之而来的冲突正是国际焦点。叶礼庭深入克罗地亚和塞尔维亚，亲身观察了民族主义如何在这些社会中发挥作用，以及这些情绪如何被政治精英操纵。

令我印象深刻的章节，来自叶礼庭对米诺万·吉拉斯的访问。吉拉斯既是铁托的革命战友，也是南斯拉夫首位持不同政见者。他与铁托在 1953 年决裂，为此入狱九年。他在监狱里学会了英语，并通过一本词典将弥尔顿的《失乐园》翻译成了塞尔维亚-克罗地亚语。

当叶礼庭在贝尔格莱德的公寓见到吉拉斯时，他已经年过八旬，驼背而虚弱。叶礼庭本以为吉拉斯会攻击铁托当年的民族政策，没想到吉拉斯猛烈地摇头。他认为，铁托处理民族主义的策略本身无可非议。铁托赋予各共和国恰到好处的自治权，既满足了民族主义的渴望，又未对南斯拉夫的统一构成威胁。

然而，铁托未能建立起允许民主运作的机构和国家认同感。就在共产党内部出现分歧的那一刻，南斯拉夫的解体亦随之拉开序幕。

铁托所施行的对民族主义的压制，是建立在个人崇拜与集权统治之上的，因此在他逝世后无法持久——这已是当前许多历史学家的共识。

在叶礼庭的追问下，吉拉斯阐述了巴尔干地区民族主义的复杂面相，认为其实质是一种欧洲进口的意识形态。这种思想将多个民族长期以来的和谐共存撕裂为对立的种族集团。

吉拉斯进一步解释，民族主义并非自然而然的民间情感，而是一种被植入的"异质病毒"，由城市中的知识分子煽动起那些未受教育大众所带来的产物。

他强调，随着共产主义信仰的瓦解，民族主义为塞尔维亚人提供了一种寻找身份认同和内聚力的新途径，而当幸存的塞尔维亚政治精英开始利用民族主义来争夺权力时，原本的种族差异就被扭曲为深仇大恨。

吉拉斯批评西方对塞族人的"妖魔化"，认为这是西方对塞族人不必要的诋毁，在1991年的克罗地亚战争和1992年的波黑战争中，西方的立场无形中助长了民族主义，推高了克族和波什尼亚克族的受害者地位。

他指出，在塞族围攻萨拉热窝、占领克罗地亚四分之一领土以及波什尼亚克族遭受集中营惨剧的背景下，国际对塞尔维亚的制裁是难以避免的。然而，这种制裁反而让克族和波什尼亚克族深信，他们对塞族的报复是正义的，甚至不必担心遭受国际社会的惩罚。这样的信念，只会进一步推动塞尔维亚民众走向米洛舍维奇及其民族主义政策，加剧该地区的暴力和仇恨的循环。

他进一步说明，"塞尔维亚问题"并非米洛舍维奇的个人发明，而是南斯拉夫崩溃的必然产物：当多民族国家解体，每个族群都可能突然发现自己变成了风雨飘摇的少数派，塞族人因此产生了合理的恐惧。

吉拉斯最终得出结论——战争是塞族的扩张愿望、克罗地亚的独立抱负，以及在克罗地亚境内塞族人的种族狂热，共同交织而成的旋涡。

———

我没有忘记，在萨格勒布时，阿丽达建议我体验一下贝尔格莱德的夜生活。她说贝尔格莱德的夜生活是整个巴尔干地区最棒的。来到贝尔格莱德后，我就开始寻觅这样的场所，还有能带我进去的人。

我认识了约瓦娜，一个 1998 年出生、有犹太血统的贝尔格莱德女孩。她正在读市场营销方向的研究生，同时还做着两份兼职。其中一份是给一家以色列公司做客户接待，因此她对这些场所颇为熟悉。

约瓦娜告诉我，贝尔格莱德最有名的一家夜店叫"The BANK"。我发现，仅仅是提到这个名字，她就两眼放光。

"我们几点去合适？"我问约瓦娜。

"午夜前都太早，那里的高潮在凌晨四点左右。"约瓦娜说，"所以我们十二点半到那里就行。"

于是，作为一个作息规律的作家，我只好在晚上八点上床就寝，定好了半夜十二点的闹钟。

我们约在夜店门口碰头。那天正好是中国的除夕夜。夜店位于萨瓦河畔一栋南斯拉夫时代的厂房里，门口守着几个人高马大的保安。寒夜中，他们依旧穿着紧身 T 恤，露出硬邦邦的肌肉。约瓦娜化了浓妆，进门后脱掉大衣，里面是一套闪光的黑色连衣裙。

果然，我们还是来早了，夜店里只有寥寥数桌。音响播放着电子舞曲。刚开始时，那种震撼的低音让我有些不适。约瓦娜倒是没什么问题。实际上，她有一种如鱼得水的感觉，整个人开始焕发光芒。

"你在中国常去夜店吗？"约瓦娜大声问我。

"很少。"我也大声回答。

夜店经理拿着酒单过来，与约瓦娜行贴面礼。显然，约瓦娜经常带客户来这里消费，算是常客。约瓦娜说，如果我们不想站在吧台，那就至少需要点一瓶烈酒和一瓶香槟，夜店会赠送我们一个果盘和半打软饮。我说没问题。于是，我们点了一瓶1.5升的灰鹅伏特加和一瓶汝纳特香槟。

我们在一个位置很好的沙发坐下，这时我才有机会环顾四周。蓝紫色的氛围灯营造出一种时尚而冷冽的气氛，天花板上的镜球投射出斑斓的光芒。旁边是一群打扮入时的年轻女孩，穿着透视装，化着卡戴珊式的浓妆，此刻正手持香槟杯自拍。约瓦娜说，这些女孩都是夜店请来的气氛组。

服务员端上香槟，"砰"的一声打开。另一名服务员也"砰"的一声向空中发射纸屑炮。五颜六色的纸屑，如漫天大雪，从天而降，周围人的目光全都望向我们。

我喝着香槟，让自己尽量享受当下。人越来越多，气氛也渐趋火热。约瓦娜突然一声惊呼，我问她怎么了。她凑过来告诉我，她认出了另外一桌的那个男人——他在塞尔维亚非常有名，是电子商务方面的教父级人物。

顺着约瓦娜的眼神，我望向教父。只见他身着一件剪裁考究的白衬衫，领口微微敞开，露出随意却不失品味的胸毛，下搭一条干练的牛仔裤，脚踩一双白色运动鞋。在时而昏暗、时而炫目的灯光下，他手拿一罐红牛，摇晃着身体。他根本没点酒，但照样坐在沙发座上。

"他叫什么？"

"彼得洛维奇。"约瓦娜兴奋地说，"天哪，我要去跟他合影！"

"能不能顺便请他过来？我也想认识一下他。"

"我该怎么介绍你呢？"

"就说我是中国来的记者。"

过了一会儿，彼得洛维奇先生拿着红牛走了过来，随他一起的还有一位五官立体、晒了不少美黑灯的女伴。

"很荣幸见到你，彼得洛维奇先生。"我说，"朋友告诉我，你在塞尔维亚家喻户晓。"

"哈哈，我的中国朋友！"彼得洛维奇先生说，"中国在电子商务方面最有名的人是谁？"

我想了想说："阿里巴巴的杰克·马。"

"那我就是塞尔维亚的杰克·马！"彼得洛维奇先生哈哈大笑，一点儿都不谦虚。

我刚才已经有些犯困，此时却被好奇心重新点燃。我们又聊了一会儿，然后我对彼得洛维奇先生说："这里太吵，我们明天约个时间再谈？"

彼得洛维奇先生欣然应允，掏出手机，与我交换了联系方式。

我请他坐下来喝酒。

"非常感谢，我现在很少喝酒。"

"今晚例外。"

"谢谢，那我就喝吧。"

我招呼服务员拿来酒杯，为彼得洛维奇先生和他的女伴倒上伏特加。约瓦娜已经和彼得洛维奇先生开心地聊起来，而那位皮肤黝黑的女伴坐到了我旁边。

我问她叫什么名字。

"米妮。"

"波斯尼亚人？"

"你怎么知道？"

"我刚从萨拉热窝过来。"

"喜欢那里吗？"

"当然。你是做什么的？"

"时尚博主。"

"怪不得这么光彩照人。"

她微微一笑。

"你在贝尔格莱德做什么？"我问。

"我要和彼得洛维奇先生成立一家公司，培训这里的企业使用TikTok。"

我们在轰鸣的音乐声中又聊了一会儿。原来，米妮十六岁那年就成了Instagram网红，创建了自己的公司，并在十七岁时将其出售。当TikTok出现时，她立刻意识到，这才是她想要专注的领域。她每天花几个小时在TikTok上，研究爆款视频背后的秘密，并把总结出的经验汇编成一个几乎每个企业都能使用的手册。

"巴尔干的大多数企业根本不了解TikTok。我不怪它们，互联网上没人专门教过如何使用TikTok——"米妮说，"直到现在。"

我给米妮倒了一杯伏特加，祝她一切顺利。她拿起子弹杯，以夜店为背景，拍摄视频，最后将镜头转向自己，噘起嘴唇，熟练地摆出各种造型。

时间已过凌晨四点，夜店里已经挤满了人。舞池中央，人们随着音乐节拍舞动，每个人似乎都沉浸其中。几个穿着黑色皮衣的女孩手持冲锋枪和装满美元道具的麻袋走过来，裸露的皮肤在灯光下闪闪发光。在尖叫声中，她们步上舞台高处，以夸张的姿势将美元撒向人群。与此同时，"砰"的一声，仿佛有人开了一瓶香槟，五彩斑斓的纸屑倾泻而下，如同瞬间绽放的烟花。

人们在纸屑和钞票雨中欢呼跳跃，气氛接近燃点。已有醉意的彼得洛维奇先生也被这股纸醉金迷的气氛感染，站起身来，闭着眼睛，挥舞着双手。

音乐、灯光、尖叫声交织在一起，却让我感到莫名地清醒。我给自己倒了三杯伏特加，一一干掉，这才感到酒精流入血管，冲向大脑。我叫来服务员，用信用卡付了账，与众人告别后，从壮汉保安那里取出大衣穿上。

夜店门外停着一排揽活的黑车，街上一片潮湿的白雾。一支吉卜赛乐队突然出现，将我围在中间，大声欢呼。他们拉起手风琴，敲起手鼓，又唱又跳，无论我怎么走，就是出不了他们的包围圈。我从大衣口袋里掏出几张钞票，扔给其中一个吉卜赛人，才得以脱身。

我坐进一辆黑车。窗外升起团团白雾，像千万只枕头，在街头翻滚。

第十章
贝尔格莱德Ⅱ：肖像与观察

大年初一的早上醒来，我的脑袋就像有个胖大哥坐在上面。我拧开小瓶矿泉水，倒入烧水壶，泡了一杯咖啡。从大衣口袋里，还摸出一盒不知怎么出现的云斯顿香烟。

我坐在书桌前，一边喝咖啡，一边用笔记本电脑播放威尔海姆·肯普夫弹奏的《哥德堡变奏曲》，然后抽了一支烟。我相信，莫斯科酒店历经两次世界大战的洗礼和南斯拉夫时代的动荡，烟雾报警器已经饱经沧桑。尼古丁堪称一种高效成分，两支烟已经足够支撑我走进浴室了。

淋浴出来，《哥德堡变奏曲》已经接近尾声，我又换了安德拉斯·席夫弹奏的《平均律》。在这个眩晕的早晨，我需要巴赫精湛的对位法，让自己尽快恢复平衡。

我的手机已经自动关机。等我插上充电线，才开始收到信用卡消费的提示。最近一笔消费显示的时间是凌晨五点二十六分——这是一个巨大的数字。我打开汇率软件，才搞清楚自己到底花了多少钱。

虽然所费不赀，但能遇到塞尔维亚的杰克·马倒也不虚此行。想到这里，我挣扎着给彼得洛维奇先生发了一个短消息，问他昨夜玩得是否开心，有没有宿醉。

彼得洛维奇先生很快就回复了："我没事，棒极了！"

于是，我们敲定下午三点，在他家附近的咖啡馆见面。

我原本应该做些功课，多了解一些彼得洛维奇先生的生平大事，可实在感到有心无力。身体有一种挥之不去的倦怠感，太阳穴中仿佛有一万只透明的水母在不停抽动。

午后，我下到大堂吧，要了一份金枪鱼三明治和一杯伏伊伏丁那产区的自然酒。吃喝完毕后，我又回到房间，躺在床上，听约翰·胡梅尔的《降E大调小号协奏曲》。两点半钟，我叫了一辆网约车，前往位于萨瓦河对岸的那家咖啡馆。

我到的时候，彼得洛维奇先生已经坐在咖啡馆里，像一个湾区科技公司的老板，一身休闲打扮：牛仔裤、黑色高领衫、灰色运动鞋。

昨夜灯光昏暗，我没有仔细打量他的五官，现在才注意到，他那微微卷曲的短黑发下，长着威严的宽额头。脸上蓄着整齐的络腮胡，凸显出嘴唇的纤薄与小巧。他的眉毛浓密，眼睛细长，而这些正是拜占庭时期宫廷画作中着重刻画的面部特色。

我有些不知所措，不确定该如何开始对话。原本以为这只是一场普通的闲聊，但从彼得洛维奇先生的话中可知，他以为这是一场正式的采访，他想直奔主题，谈论他目前的工作。

问题在于，我对他的个人背景知之甚少，对塞尔维亚的电商行业更是一窍不通。因此，彼得洛维奇先生的这番开场白实在是对牛弹琴。

他似乎终于察觉到了我的问题。他应该感到失望，但没有表现得太过明显。他认为我要撰写的只是一篇简要的人物报道。他再次强调，他在塞尔维亚的地位相当于杰克·马——我觉得他希望我在报道中引述这句话。随后，他改变策略，开始向我介绍一些基本情况。

1977年，彼得洛维奇先生出生于贝尔格莱德的一个普通家庭。父亲是一名中学教师，母亲是一名美发师。他毕业于贝尔格莱德电气工程学院，主修核物理和生物医学工程。

毕业那年，正值科索沃战争的动荡时期。塞尔维亚遭受到北约的空袭和制裁，经济一片凋敝。面对严峻的就业形势，彼得洛维奇先生没有找到合适的工作。他蜗居在父母家里，开始自学网页设计与开发，亦如当年的杰克·马。

母亲希望他找一份稳定的工作，但他选择了一条不同寻常的道路。他认识到互联网这种颠覆性的技术将改变一切，于是建立了自己的博客网站，成为塞尔维亚互联网领域的先行者之一。受到美国互联网社群专业人士分享知识的启发，他开始在博客上分享他学到的互联网知识，用塞尔维亚语进行重新包装，以通俗易懂的文字，辅以大量实例，使这些知识更加贴近普通读者。

某天，彼得洛维奇先生打开网站后台，看到惊人的访问量。他第一次意识到，自己撰写的内容对当时的受众来说具有革命性的震撼力。他的影响力后来也得到了认可。在当时举办的互联网评选中，他被读者票选为塞尔维亚最有影响力的科技博主。

彼得洛维奇先生在数字营销领域的职业生涯已经跨越了二十年。他起初经营自己的代理机构，随后又开展了一系列业务或成为合作伙伴。所有这些业务都建立在数字营销的基础之上。

"到目前为止，我负责营销管理的公司已经赚取了五亿欧元。"彼得洛维奇先生加重语气，希望我在报道中引述这个数字。

越来越多的粉丝开始私信彼得洛维奇先生，请教他如何在数字时代乘风破浪。

彼得洛维奇先生告诉我，他曾经亲自指导一名餐厅服务员。经过他的指点，这名服务员如今已经成功转型为一名企业家。

这件事也给彼得洛维奇先生带来新的商业灵感。他与合作伙伴共同创立了一个教授数字营销的在线平台。上面不仅囊括了他所有的数字营销课程——一百二十小时的视频干货，购买一次可看六个月——还可以加入他一对一指导学员的社群。彼得洛维奇先生表示，这个平台已经成为巴尔干地区最成功的数字营销学校，吸引了超过一万名学员。

"是我把病毒式营销的想法引入了塞尔维亚！"彼得洛维奇先生说，"我还创造了一些最成功的病毒营销案例！"

说到这里，彼得洛维奇先生哈哈大笑，笑声浑厚，富有魔性。每一个"哈"字都短促有力，听起来就像是奇幻电影中白袍巫师的笑声。我不由得感叹，彼得洛维奇先生真是一个数字时代的传奇人物！

——

我问彼得洛维奇先生，从早年的网络博主，到如今的电商教父，他是如何始终屹立潮头，保持进取，不被时代淘汰的？

彼得洛维奇先生喜欢这个问题。他的嘴角微微上扬。

"我想先问你一个问题。"他说，"梵高被誉为史上最伟大的画家之一，但在他的有生之年，却从未成功卖出过一幅作品。你有没有思考过，这是为什么？"

我摇摇头，等待下文。

"稍有艺术史常识的人都知道这背后的答案。"彼得洛维奇先生看了看我，"让梵高名垂青史的，是一个叫乔安娜的女性——他的弟媳。她整理出版了梵高所有的书信。这本书非常成功，让人们对梵高的人生有了更为深刻的了解。从那时起，梵高的画作价值才开始急剧上升，受到越来越多人的推崇和爱戴。"

彼得洛维奇先生停下来，喝了一口咖啡。

"究竟是什么改变了这一切？因为人们发现了一个动人的故事，于是与那些艺术品建立起了情感联系。这个故事成了梵高作品的灵魂，使得梵高的每一幅画作不再只是一幅简单的画作。"

彼得洛维奇先生清了清嗓子。

"这个例子告诉我们，一个引人入胜的故事，正是区分大品牌和普通品牌的关键。如果故事够好，产品也不错，那一切都会水到渠成。记者们会争相免费给你写报道，因为他们也在寻找好故事，而好故事会自然而然地传开。但如果没有故事，或者故事平淡无奇，那就得掏腰包请人家来写。这样也能有点效果，不过效果多半也就那么回事了。"

彼得洛维奇先生再次端起咖啡杯，优雅地喝了一口，脸上露出一丝自得的笑容。他说的确有几分道理——我此刻坐在咖啡馆里，忍受着宿醉的煎熬，不正是因为想得到一个关于彼得洛维奇先生的好故事吗？不过，他的这番话与我的问题有什么关系？

彼得洛维奇先生似乎看出了我的心思："我再举个例子，最后再回答你刚才的问题。"

他抬手叫来服务员，给我们的杯子里续上水。等服务员离去后，他才继续打开话匣子。

"如果你关注过眉妆行业，可能听说过'阿纳斯塔西娅·比佛利山庄'这个牌子。这个品牌的背后有一个了不起的故事。在塞尔维亚，这个故事可能没人知道，但在美国，可以说是家喻户晓。

"品牌的创始人叫阿纳斯塔西娅·索阿雷，罗马尼亚人，出生在黑海边的康斯坦察。1980年代，她二十岁出头的时候，在家乡开了一家美容院。她当时就意识到，在罗马尼亚这种压抑创意的社会主义国家，她不可能有什么大的作为。她决定要去一个更自由的地方。

"她带着年幼的女儿，历经千辛万苦来到美国，在洛杉矶找了一份美容师的工作。她很快发现，这边的女性似乎不太关心自己的眉毛。

"阿纳斯塔西娅常去图书馆阅读艺术史方面的书籍。她注意到，像达·芬奇这样的文艺复兴大师，在画人物肖像的时候，对眉毛特别在意。她开始跟客户们聊起这些事情。慢慢地，在好莱坞的圈子里，人们开始传言，说有个叫阿纳斯塔西娅的罗马尼亚女人，能给你弄出一个超美的眉形。

"阿纳斯塔西娅把一个古老的理念重新带回了化妆品界。那些细细的眉毛真的不好看，还让人显老。你知道黑白电影里的玛琳·黛德丽吧？"彼得洛维奇先生问我，"她在银幕上看着像四五十岁，实际上她那会儿才二十岁出头，都是因为那时候流行那种细眉。"

"阿纳斯塔西娅终于开起了她自己的美容沙龙。她迎来的头几批客户居然是辛迪·克劳馥和娜奥米·坎贝尔这样的超级明星。接着，阿纳斯塔西娅又推出了以自己名字命名的化妆品。突然间，眉形和眉毛打理成了美妆界的热议话题。"

彼得洛维奇先生看了看我："你不觉得阿纳斯塔西娅的故事非常鼓舞人心吗？就算你认为化妆品这行非常浅薄，但一个好故事总是值得你停下来，脱帽致敬。就像梵高的画让人联想到他的生平，当你拿着一个印有'阿纳斯塔西娅·比佛利山庄'的盒子时，你会想到达·芬奇的技法，想到阿纳斯塔西娅的故事——那个从东欧社会主义国家逃到自由世界，最终改变了人们审美观念的女性！"

彼得洛维奇先生的眼中闪闪发光，仿佛把对面的我当成了学徒。

"所以，结论是什么？结论就是，顶级品牌都有一个好故事，而这正是它们的价值所在。"彼得洛维奇先生用手指敲了敲桌面，"那你呢，我的朋友？你有没有一个能打动人心的故事？如果还没有，那你就得动动脑筋啦！如果有，那你就应该用当下最流行的方式去讲述这个故事！"

我点了点头，惶恐于自己没有什么好故事，只好将双手放在桌面，注视着彼得洛维奇先生。

"你问我为什么互联网上有这么多的年轻人，而我却依旧是教父。答案就在这里——"彼得洛维奇先生微微一笑，"我明白了品牌的本质就是赋予产品一个好故事。曾经我们通过报纸和电视来传播这些故事，现在我们有了 Instagram 和 TikTok——虽然传播的平台一直在变，但传播的本质，那可一点儿都没变！"

——

彼得洛维奇先生拿起手机，轻巧地滑了几下。

"现在，我正专注研究 TikTok 短视频。我认为，这是数字营销和电子商务的未来。更准确地说，未来属于个人品牌，而短视频对构建个人品牌来说至关重要。这就是我正在做的事情——我创办了一家 TikTok 商学院，目前学生已经超过一千人了。有好多人在我这儿学了技巧之后，在 TikTok 上把自己的生意做大了。"

我问彼得洛维奇先生是什么样的生意。他翻转手机屏幕，开始给我展示一些案例。

"你知道这附近有一个中国市场吗？在那里，花一欧元你就能买到各种好玩的小东西。大多数人以为那儿只卖衣服，其实还有很多有趣的小玩意儿呢！看这个，一个柠檬切片器的小视频，就是我指导学员制作的。一个本来只值一欧元的小切片器，通过这种有创意的视频，能卖到五欧元！还有这个贴纸打印机，通过短视频的呈现方式，能卖到六欧元！"

彼得洛维奇先生又向我展示了几个趣味小视频——老实说，我没想到电商教父在做这种东西。

彼得洛维奇先生解释说，塞尔维亚的经济状况不好，大家都得找些副业来补贴家用，因此用短视频推销产品有着巨大的市场。

"甚至就连克罗地亚也邀请我做过演讲，照片印在巨大的海报上。"彼得洛维奇先生看了看我，继而着重指出，"在充斥着民族主义情绪的巴尔干，一个塞尔维亚人能登上克罗地亚的海报，那可是一件相当罕见的事情。"

此外，彼得洛维奇先生还准备开一门课，教授年轻人如何成为"电子游牧者"。

"很多年轻人都厌倦了塞尔维亚微薄的薪资。他们发现，在网上给外国客户干活儿更有吸引力。"彼得洛维奇先生说,"想想看,拿着外国工资在这里生活,那简直就是神仙日子!外国公司付的钱可能是这里同行业的五倍。而且钱打得飞快,从来没有拖欠这回事。你不用朝九晚五地工作,没有老板压榨你,你有更多时间陪家人,或者随时去任何地方旅行!"

彼得洛维奇先生表示,他目前手头的几个项目,正在同时推进。

"这样会不会有点太辛苦?"我问。

"舒适是人生的陷阱啊!"彼得洛维奇先生发出振聋发聩的声音,"我虽然已经财富自由,但如果停止探索新事物,生活还有什么意义?"

我重重地点点头——不能再耽误彼得洛维奇先生的时间了,我也早已头昏脑涨。我找了个借口,说采访的材料应该够了,然后迅速结账,和彼得洛维奇先生握手道别。

夜幕已经降临,车灯闪闪烁烁。马路对面,南斯拉夫时代的楼群如同一座座巨型蜂巢。

我站在路口等车,回头看到彼得洛维奇先生也走出了咖啡馆。他的双手插在大衣口袋里,悠闲地吹着口哨,像一个快乐的大男孩,转过街角,消失在贝尔格莱德的夜色中。

———

始于2021年的乌克兰危机及随后的国际制裁,催生了一场人口大迁徙。超过一百万的俄罗斯人离开了自己的国家,其中大多数是受过良好教育的年轻人。

在巴尔干的旅途中，我经常遇到这些俄罗斯人。他们中有反对普京政权的人，有逃避兵役的人，也有因西方制裁导致事业受挫或失业的人。

在贝尔格莱德，俄罗斯人的身影随处可见。我从当地英文报纸上获悉，在这个人口接近两百万的城市中，估计有三十万俄罗斯人。俄国餐馆和酒吧如雨后春笋般接连开业，来自圣彼得堡和莫斯科的先锋艺术团体在这里登台演出，还有俄罗斯艺术家在时尚画廊展出自己的作品。俄罗斯人的大量涌入，甚至带动了贝尔格莱德的房地产市场。报纸上说，房租价格已经因为需求强劲而翻了一倍。

这让我想到第一次世界大战刚刚结束时的情景，上百万反对布尔什维克的俄国人离散至世界各地。其中，也有很多人逃到塞尔维亚，在贝尔格莱德安家落户。

与今天相似，他们多数是受过教育的精英阶层，为当时的南斯拉夫带来了建筑、科学和文学方面的知识。沉寂已久的贝尔格莱德，因而迎来了一段文化的繁荣期。贝尔格莱德人引以为傲的传统夜生活，至少也有一部分是来自当年俄国移民的馈赠。

我想了解当前在贝尔格莱德定居的俄罗斯年轻人的状况，于是通过网络辗转联系上了阿尔特姆。为了拿到塞尔维亚的长期居留，阿尔特姆申请了贝尔格莱德一所大学的电影专业。

我们约在共和广场的米哈伊洛·奥布雷诺维奇三世雕像下见面。阿尔特姆戴着鸭舌帽，看起来非常年轻，也就二十岁出头。他来自莫斯科一个商人家庭，因此有足够的经济实力在国外长期生活。

阿尔特姆带我去了一家人头攒动的爱尔兰酒吧。酒吧的老板是俄罗斯人。我这才想起自己乘火车穿越西伯利亚时，沿途的每个城市都看到过这家酒吧。

"没错,是同一个老板。"阿尔特姆说,"你看,这里全是俄罗斯人。大多数是学生,或者是IT行业的人。下周,我还有十五个朋友过来。"

我们坐下来,点了啤酒。我问他为什么选择塞尔维亚,而不是其他国家。

阿尔特姆说,他的决定是在匆忙中做出的。他首先排除了中亚国家,比如哈萨克斯坦,因为那里的发展水平不高。他也排除了土耳其,因为那里的生活成本太高,而且他也不喜欢伊斯兰文化。由于欧洲对俄罗斯人关闭了大门,与欧洲地理上相邻的塞尔维亚便成了不二之选。实际上,在来这里之前,他对塞尔维亚知之甚少。他甚至上网查过塞尔维亚是否仍处于战乱之中,是否是一个禁酒国家。

"我听说还有很多俄罗斯年轻人逃往格鲁吉亚。他们在第比利斯成立了反战组织,为乌克兰募捐。"我提起我在《经济学人》上看到的一篇文章。

"那群人太恶心了,和格鲁吉亚人一样恶心。"阿尔特姆说,"你知道吗?格鲁吉亚人要求他们签署谴责战争的声明,之后才允许他们开设当地的银行账户。"

"这么说,你和他们不是一路人?"

"我为什么要和他们是一路人?"

和许多在塞尔维亚的俄罗斯人一样,在拿到长期居留之前,阿尔特姆需要在三十天内离境一次,为护照加盖新的入境章。这对他来说并不复杂,因为这里的俄罗斯人已经通过"电报"(Telegram)建立了群组,他们会相约包车,共同前往边境。阿尔特姆说,上一次去波黑时，他只走了十分钟就返回了塞尔维亚。边防警卫幽默地对他说："欢迎回来，同志。"

"塞尔维亚人不错，除了有点土。"阿尔特姆说，"他们崇拜俄罗斯，街上有很多支持普京的涂鸦。"

他拿出手机，给我看了一段雇佣兵组织"瓦格纳"发布的塞尔维亚语征兵广告。

"我们很快就会有塞族兄弟加入了。"阿尔特姆说，"我们会彻底消灭乌克兰纳粹，再用原子弹炸平波兰、立陶宛——整个欧洲都是我们的。"

显然，酒精让这家伙变得膨胀，也更加口无遮拦。

"既然如此，你为什么跑到这里？你应该去参军才对。像个真正的男人一样上前线，消灭你口中的纳粹分子。"

阿尔特姆抬头看着我。

"听着，我并没有在谈论对错。"我接着说道，"我相信俄罗斯有充分的理由发动战争。我想表达的是，一个男人应该为他的理念付出行动，而不是一边嚷着炸平欧洲，一边躲到安全的地方。"

"我操，兄弟，你不是认真的吧？我才不在乎这场操蛋的战争。我才不会为了任何人去送命。"

"是啊，我看出来了。你非常聪明。只有那些傻小子才会上前线，聪明的莫斯科人是不会去的。"

阿尔特姆的脸上露出一丝不悦。棕色的眼睛盯着杯中的啤酒。一度，我以为他要拂袖而去，或是对我破口大骂。然而，他最终只是讪讪一笑。

"来，我们干杯！"他说，"台湾属于中国，科索沃属于塞尔维亚，克里米亚属于俄罗斯！"

我没来得及告诉他，这三件事的经纬完全不同，因为又有四个俄罗斯年轻人走过来。他们都是阿尔特姆的朋友，全都刚到塞尔维亚不久，正为长期居留签证想办法——要么申请一所当地学校，要么找到一份当地工作。

与我见到的乌克兰难民不同，战火虽未殃及这些俄罗斯人的家乡，但他们同样只能远走高飞，在异乡漂泊。他们的生活处在一种悬浮状态——没有一个人知道自己未来一年能否回到俄罗斯，或是身在何处。

———

在塞尔维亚，据统计超过六成的民众将乌克兰危机归咎于北约和西方国家。他们认为，北约不过是在重复 1999 年科索沃战争中对塞尔维亚的打击，试图以同样的手段迫使俄罗斯屈服。

这种观点在贝尔格莱德随处可以听见。无论是出租车司机的闲谈，还是酒吧老板的议论，都透露出对西方国家的不满——俄罗斯将为塞尔维亚的屈辱复仇，这是其中隐含的情绪。

某种程度上，我可以理解这种情感。我同样明白街头那些"科索沃属于塞尔维亚"的标语所表达的情绪。不过，作为一个旅行者，这些标语只是徒然地让我意识到科索沃早已事实独立的现实。

我与彼得洛维奇先生也谈到了科索沃问题。在他看来，塞尔维亚应当果断地摆脱科索沃这一历史负担，甚至可以考虑最终承认科索沃独立，以此消除加入欧盟的最大障碍。

不过，彼得洛维奇先生的看法恐怕只代表了少数商业精英。当我回到普通市民的生活圈时，立刻就能感受到一种迥异的氛围，也意识到他的看法缺乏更广泛的民意基础。

我常去流连的街区叫丘布拉，以狭窄的街巷和众多小酒馆闻名。与时尚的斯卡达利亚商业区不同，丘布拉一直是工薪阶层的聚集地。市政长久以来的忽视，增加了这里的陈旧感，不过这也正是此地的魅力所在。漫步于这个街区，我时常感到自己进入了一个更真实的贝尔格莱德：墙上画满涂鸦，路上会有狗屎，墙角堆着昨夜的空酒瓶。

一天傍晚，我走进一家此前光顾过的小酒馆，要了一杯本地红葡萄酒。站在吧台后面的女孩叫安卡，扎着马尾，戴着眼镜，是一个打零工的大学生。还有两个客人坐在吧台边，一个是穿着红色帽衫的年轻人，另一个是鼻子通红的中年大叔。这里不常有外国人出现，所以我们很快聊了起来。

穿红色帽衫的年轻人是个程序员，为斯柯达汽车这样的跨国公司做远程测试。红鼻子大叔以前是乐团的小提琴手，现在打着两份零工。

我们闲聊了一会儿，然后就聊到了"科索沃属于塞尔维亚"的标语。我问他们，为什么科索沃对塞尔维亚这么重要。

像很多这个年纪的中年男人一样，红鼻子大叔乐意谈谈这个问题。在安卡和程序员的翻译下，他开始为我普及塞尔维亚版本的科索沃历史。对于这段历史，每个塞尔维亚人都耳熟能详。

中世纪时，科索沃是塞尔维亚王国的核心地带。1389年6月28日，塞尔维亚王国与奥斯曼帝国在科索沃平原爆发了一场战争。塞尔维亚的领袖是拉扎尔王子，奥斯曼军队则由苏丹穆拉德一世率领。

双方在科索沃平原激烈交战，塞尔维亚军队虽然英勇抵抗，但因为人数劣势和战术上的不利，最终未能抵挡住奥斯曼军队的攻势。拉扎尔王子战死，科索沃落入奥斯曼帝国之手，塞尔维亚王国的辉煌也从此落幕。

谈到科索沃战役时，红鼻子大叔难掩心中的激愤与悲痛。我突然领悟到，塞尔维亚人提及拉扎尔王子时的情绪，与中国人提到岳飞抗金时的感受颇为类似。不同之处在于，女真人早已不复存在，失去的土地最终也回归了中国，而科索沃虽在1912年第一次巴尔干战争结束时被重新划归塞尔维亚，但如今已事实独立。

在塞尔维亚的历史和文化中，科索沃被视为民族身份的发源地和摇篮。科索沃战役发生的6月28日，又被称为"圣维特日"。每年的这一天，塞尔维亚人都会举行各种纪念活动。这个日子的意义非常重大，在塞尔维亚民族叙事中占有重要位置。1914年，正是在6月28日这一天，普林西普刺杀了奥匈帝国的继承人弗朗茨·斐迪南大公。红鼻子大叔提醒我，普林西普选择这个日子绝非偶然。

2000年，米洛舍维奇倒台后，反对派领袖佐兰·金吉奇出任塞尔维亚总理。他与美国进行幕后交易，在2001年6月28日这一充满象征意义的日子，不顾宪法法院的反对，逮捕了米洛舍维奇，并把这位前总统移交至海牙国际法庭。此举激起了民族主义者的极大愤怒。两年后，佐兰·金吉奇在塞尔维亚政府大楼前遭遇刺杀身亡。

我们一边喝酒，一边谈论这个话题，直到酒馆老板带着女儿进来。那位身着红色帽衫的程序员说他得告辞了。原来，他还有另外一项任务——给老板的女儿辅导数学——作为他每天享受免费畅饮的交换条件。

红鼻子大叔干掉杯中啤酒,也起身准备去上夜班。当他得知我是一名作家后,突然动情地说:"我知道无论是作家还是音乐家,谋生都很艰难。但不管遇到什么困难,你一定要坚持自己的梦想。"

我注意到他的眼角闪着泪光,于是点点头,告诉他,我一定全力以赴。

———

安卡戴着大耳环,每根手指上都有一枚戒指,散发出一种不羁的波西米亚气质。她收走红鼻子大叔的酒杯,用抹布擦拭吧台,随口问我这些天在贝尔格莱德过得怎么样。

我告诉她一切顺利,顺便提到与电商教父彼得洛维奇先生的会面。

"你怎么会认识他的?"安卡一脸惊讶。

我心中暗忖,看来彼得洛维奇先生果然名声在外!我简单地讲了在The BANK夜店的经历,问她有没有去过那里。没想到,安卡对那种地方嗤之以鼻。

"那地方的价格毫无人性。"她说,"你应该去卡法纳,那才是地道的贝尔格莱德人会去的地方。"

安卡告诉我,卡法纳是一种独具巴尔干风情的小酒馆,提供酒精饮品和咖啡,常配以小吃或传统菜肴,有的卡法纳还会有现场音乐表演。这些最初作为男性社交场所的小酒馆,历史可以追溯至奥斯曼帝国时期,经历过南斯拉夫时代的洗礼,最终演变成了如今广受欢迎的形态。

"我们的口袋里没钱,但有大把的时间。所以我们会泡在卡法纳里，谈论一切。"安卡说，实际上，我们所在的这家小酒馆，也是一家卡法纳，尽管它并不提供正餐。

我又喝了一杯酒。这时，安卡也到了下班时间。老板走过来，准备接替安卡手中的工作。我抓住机会，问安卡是否愿意一起去一家提供传统菜肴的卡法纳。

"行啊，有什么好怕的？"安卡爽快地答应了，将鬓角的头发别在耳后，镜片后的眼睛带着笑意，"我带你去我最爱的那家卡法纳吧。"

我们要去的地方，位于卡莱梅格丹城堡附近，街巷两边都是灯火摇曳的卡法纳小酒馆。它们大都占据着老房子的一楼，而那些老房子显然都是上世纪初建造的。

"这里是许多塞尔维亚作家和艺术家的钟爱之地。"安卡说，"你听过伊沃·安德里奇吗？"

"他是诺贝尔文学奖得主。"我回答。

"他住的地方离这里不远。第二次世界大战时，贝尔格莱德被纳粹轰炸。他每天躲在公寓里，写《德里纳河上的桥》。"

我们走进一家安卡熟悉的卡法纳。昏黄的灯光照亮厚重的木头桌子和红白格桌布。这是一家充满怀旧气息，甚至可以说带有意识形态色彩的卡法纳。墙上挂着斯捷潘·菲利波维奇和铁托等人的画像，还有锤子、镰刀、五角星等南斯拉夫时代的标志。

菜单上都是最传统的巴尔干菜肴，我就让安卡选了几道。

"需要来点什么饮料吗？"服务员询问。

"有葡萄酒单吗？"我问。

"嘿，在这里喝葡萄酒未免不太对劲儿吧？"安卡说，"要喝他们自己酿的李子白兰地！"

服务生面带微笑地看着我们。

"来两壶李子白兰地！"安卡自行决定。

突然之间，我觉得自己喜欢上了这里——小酒馆很怀旧很温暖，而安卡很豪爽。

"小时候，爷爷会在家里自酿李子白兰地，偶尔会偷偷给我尝一点儿。"安卡说，"后来，我就爱上了这种烈酒。"

我这才问起她的家乡，问她是不是贝尔格莱德人。安卡说，她来自塞尔维亚西南部的一个名叫谢尼察的小镇，那里只有一万多居民，由于地处山区，冬季冷得像西伯利亚一样。

在塞尔维亚语里，"安卡"蕴含着"优雅"与"害羞"的双重含义。可是安卡说，她的性格与这两个词南辕北辙。她从小就爱说话，总是像小大人一样滔滔不绝。她喜欢模仿别人，拿别人的说话方式开玩笑。所以，她自小就坚信自己未来只有两种职业选择：要么当律师，要么当演员。

高中毕业后，安卡来到贝尔格莱德，最初在大学攻读法律专业。她熬过了前两年，终于在大三那年对法律丧失了兴趣。她给父亲打电话，告诉他自己想休学一年，考虑自己真正的志向。

"父亲以为我疯了，他无法理解我的想法。"安卡说，"我并不怪他。那时连我自己都不确定自己究竟想要什么。但有一点我很清楚，那就是我对法律确实没有一点儿兴趣。"

一怒之下，父亲切断了安卡的生活费，有很长一段时间没再理她。安卡休了学，但还住在学校宿舍里，那是最省钱的办法。

平时，她打着三四份零工，晚上就去卡法纳喝酒。一天，她正一个人喝酒，突然发现有个男人一直在盯着她。他走过来时，安卡直言不讳地说："滚开，我对男人没兴趣，我只想赚钱和工作。"

"我可以给你一份工作。"男人笑着说。

原来，男人是这家小酒馆的老板。他看中了安卡，认为她很适合担任吧台服务员。

"就是你刚才去的那家小酒馆。"安卡说，"我现在还在那里打工，一周三天，从下午两点到晚上八点。"

安卡四处打工，挣到的钱仍然不够用。有一天，她发现自己浑身上下只剩下两千第纳尔——不到人民币一百五十块钱。

"我的态度是，好吧，去他妈的。"

于是，安卡拿着这笔钱去了一家玩老虎机的地方。或许是因为新手的运气，她竟然赢了不少钱，足够支撑两个月的生活。

那年圣诞节，安卡没有接到父亲的电话，也没有回家。她一个人待在宿舍里，有时间静下心来，思考自己的未来。

圣诞节过后，父亲打来电话，问她是不是还活着。安卡告诉他，自己活得很好。她做了决定，想学表演和制片，未来去剧院工作。

在过去的一年里，安卡换了专业，同时在一家剧院做义工。她参与了从舞台布景、给演员化装到扮演一些小角色的各项工作。

安卡滑开手机，给我看她客串过的一些角色。在一张定妆照里，她染了绿色的朋克爆炸头，戴着鼻环，摘掉了眼镜，目光中充满挑衅。

"这个角色好像很适合你。"我说。

"我也这么觉得。"安卡回答。

安卡一直希望毕业后留在剧院。但就在上周，剧院经理告诉她，由于资金紧张，他们无法给她提供固定的职位。

"我的态度是，好吧，去他妈的。"

现在，距离安卡毕业还有半年时间。她打算离开塞尔维亚，到国外流浪一段时间，体验不同的生活。

"打算去哪里？"

"随便哪里都行，只要能离开塞尔维亚。"安卡说，"这里的一切都让我厌倦了。唯一让我犹豫的是，我会想念爷爷。一想到爷爷会离开人世，我就感到难过。"

我想说，离别是人生的常态，人类还没有发现比死亡更高的幸福，但没有说出口。因为我注意到，安卡的眼眶里正在涌出泪珠。那些泪珠一旦涌出来，便一发不可遏止，沿着她的脸庞，滑落在桌布上，发出"啪嗒啪嗒"的声响。

我重新为安卡斟满了酒杯，接着从书包里摸索出一张还算干净的纸巾，递到她的手中。

"你觉得我很奇怪吧？"安卡说，"没关系，我不介意。"

"没有，"我说，"我觉得表露真实感受很好。"

晚餐结束后，我们离开卡法纳，漫步在街上。安卡穿着一件磨破的旧呢子大衣，衣肩上的缝线已经有些松脱。我们在车站告别，我看着她登上公交车，看着那辆车像一条奇怪的鲸鱼，穿过潮湿的夜雾。

回莫斯科酒店的路上，我想着安卡的话，想着在人生旅途的前方必定等待着她的那片辽阔的世界——虽然一切都充满悬念和未知，但已经向她发出了无声的邀请。

想着这些，我的心情也变得愉悦起来。

离开贝尔格莱德的早晨,我特意走进一家花店,买了一束白色的康乃馨,来到中国驻南斯拉夫联盟大使馆旧址。如今,这里是中国文化中心大厦——一座具有现代风格的白色大楼。

纪念碑前的地面铺着石板,周围栽有整齐的小树。黑色的碑面上刻着文字:"缅怀英烈,珍爱和平","谨以此纪念在北约轰炸中华人民共和国驻南斯拉夫联盟共和国大使馆中牺牲的邵云环、许杏虎和朱颖烈士"。

1999年5月7日,北约轰炸了中国驻南联盟大使馆,造成三名中国记者牺牲,数十人受伤。北约声称这是一起"悲剧性的错误",因为他们使用了过时的地图,误将中国大使馆当作了军事目标。

当时,北约正在通过"外科手术式"的军事打击,迫使塞尔维亚在科索沃战争中屈服。我此前看到的国防部大楼,也是在那时候被北约的导弹击中,沦为了一片废墟。

北约的行动并未得到联合国安理会的批准,因而引起了广泛的争议。中国大使馆被炸后,中国各大城市举行了抗议和悼念活动。北约和美国政府随后对事件表示歉意,并对遇难者家属进行了赔偿。

这次轰炸事件严重影响了中国与北约以及美国的关系,并导致国际政治局势紧张。长期以来,关于轰炸是否真的是意外的疑问一直存在,一些评论家和分析师对北约提供的解释表示怀疑。

某种程度上,正是这段历史促成了这趟巴尔干之行。1999年,轰炸事件发生时,我还是一名初中生,参与了学校组织的抗议游行。我记得自己随着人群高喊口号,一种被点燃的情绪,飘浮在空中,空气几乎凝滞,有股铁锈的腥味。

那时,我并不清楚何为民族主义,何为爱国情感,以及两者之间又有着怎样的关联。我只记得那种深刻的体验动摇着我的心旌,也构成了我对世界局势的最初记忆。当时,我曾暗下决心,将来一定要去贝尔格莱德,去事发现场看看。

此刻,我站在这里,冬日的寒风吹在脸上,脑海中浮现出那个遥远的夏日。1999年的夏日,已如我生命中的很多事物一样,成为历史的一部分,但它的回音却在久久地荡漾。

我将花束放在纪念碑旁,肃立片刻,与往事告别。之后,我叫了一辆出租车,前往长途汽车站,继续我的旅程。

第十一章
科索沃Ⅰ：雪落荒原

"票！"在贝尔格莱德长途汽车站，一个像是工作人员的家伙拦住我。

我把车票递给他。

"不，我要的是站台票。"

"站台也要票？"

他用一种平和但不带感情的眼神扫了我一眼，随即无力地挥了挥手，指向售票窗口。于是，我又去那里花钱买了一张所谓的"站台票"。

这是我头一次遇到进站乘车还要购买站台票的情况。看来车站在财务上有些拮据，需要依靠额外的费用来维持运转。不过，一个汽车站究竟是如何维持日常运作的？

车站的长椅上，坐着一个满脸胡茬的老人。他从塑料袋里拿出面包，慢慢地掰成小块，撒在自己的脚边。一群饥饿的鸽子咕咕地围过来，争夺那些面包屑。老人一边喂鸽子，一边露出满足的笑容。

过了一会儿，老人站起身，将塑料袋扔进垃圾桶，上了我坐的大巴，然后坐到了司机的座位上。他发动汽车，疲惫地转动方向盘，我们就这样离开了贝尔格莱德，奔向南部边陲新帕扎尔。

大巴驶出市区，沿着萨瓦河东岸行驶，随即进入了凄凉的城市边缘地带，主要由低矮的建筑组成，屋顶都是灰色的铁皮瓦楞。眼前的环境透露出的不是敌意，而是一种让人心生寒意的冷漠。之后，我们离开萨瓦河的冲积平原，再度进入山区，恍若又回到波黑的群山之间。

午后，我们到达新帕扎尔——与科索沃接壤的边境城市。从帕扎尔的名字（意为"巴扎"）即可看出，这是一座波什尼亚克族的城市。土耳其旅行家埃夫利亚·切莱比在《旅行之书》中写到，17世纪时，新帕扎尔是奥斯曼帝国的重镇，是前往杜布罗夫尼克、萨拉热窝、布达佩斯、萨洛尼卡、君士坦丁堡等地的交通枢纽。

昔日的繁华早已消逝，新帕扎尔变成了一座落魄的巴尔干边城。在过去的五百年中，这里的经济与科索沃及北马其顿紧密相连。然而，随着南斯拉夫的解体以及科索沃战争，这些地区的经济联系突然被强行划定的边界切断。即便按照巴尔干的标准，官方失业率也达到了极其严重的水平。

我要去买第二天前往科索沃的车票，可是车站里没有售票处，遇到的人也听不懂我在说什么。我拖着行李，走出车站。街上十分混乱，一路上都有人好奇地盯着我——有一种二十年前走在滇藏交界处小县城的感觉。

路边停着几辆破旧的出租车。我与穿着旧皮衣的司机一番询问，最后总算在对面的巷子里，找到一家代卖车票的旅行社。

屋里烧着炉子,飘着淡淡的香水味。办公桌后面,坐着一个惊人貌美的波什尼亚克族少妇,戴着头巾,化着浓淡适宜的妆容。我一时间感到惊讶:在这么窘迫的地方,怎么会有这样端庄的女性?

我付了钱,买了一张前往科索沃北部城市米特罗维察的车票。她小心翼翼地撕下一张纸,用手写下目的地和时间。

街上的积雪刚刚融化,一片泥泞的黑色。刚放学的学生如开闸的洪水,涌向学校附近的小商店。

我经过一排肉店、茶馆、餐厅和杂货铺,跨过一条急速奔流的小河,找到当晚投宿的旅馆。等我烧水泡茶,稍事休息后再度回到街上,暮色已经悄然降临。我看到,足有上万只乌鸦在头顶盘旋,随后如纷纷洒落的灰烬,停歇在小城各处的树梢与屋顶上。

我随便找了一家餐馆,简单地解决了晚餐,饭后又走进附近的一家小酒馆。瘦弱的女老板坐在昏暗的灯光下,独自抽着烟,电视里正在播放一部老电影。桌布很干净,但布满破洞。冰柜里只有本地产的瓶装啤酒。我点了一瓶,发现价格仅比超市高出六角——酒馆微薄的利润可见一斑。

新帕扎尔似乎没有夜生活可言。喝完两瓶啤酒,街上已是一片漆黑,天狼星在冷风中闪烁。

回到旅馆,我躺在床上,翻阅荷兰作家黑特·马柯的《欧洲之梦:21世纪的旅程》。这是一本我刚到欧洲时,在巴黎的莎士比亚书店购得的书。

看到十点,关灯睡觉。睡得很沉,醒来时已经天光大亮。

一

开往科索沃的巴士十分破旧,车上也只有寥寥数人。天空布满沉重的云层,预示着即将来临的大雪。巴士驶出新帕扎尔,穿行在起伏的山峦间,远山淡蓝色的轮廓在天际线处若隐若现。

路上几乎看不到车辆,却不时遇到路障。越过干枯的矮树丛,是一片崎岖不平的荒野。偶尔可以看到一座简陋的木屋,屋顶由红色瓦片覆盖。门外的水槽与煤气罐,是这座房子可能有人居住的唯一迹象。

到达科索沃边境,持枪的士兵上车检查。我是唯一使用护照的外国人,但并没有人在我的护照上盖章。在边检亭的墙上,我注意到一张已经褪色的海报,上面用英文写着"严禁索贿"。我心头不由升起一股即将进入未知之境的兴奋。

科索沃的面积与天津市大致相当,人口接近两百万,其中阿尔巴尼亚穆斯林占九成以上。但在科索沃北部,与塞尔维亚接壤的地区,几乎是清一色的塞族东正教人口。他们拒绝承认科索沃独立,依旧保持对塞尔维亚的忠诚。这种族裔对立情绪,在我即将抵达的米特罗维察达到了爆发的临界点。

在那里,伊巴尔河穿城而过,将米特罗维察一分为二,北岸是塞族区,南岸是阿尔巴尼亚族区。两族隔河对峙,冲突时有发生。

在连接两岸的桥上,至今驻守着荷枪实弹的联合国维和部队。前往斯雷布雷尼察的路上,我和阿德南在咖啡馆中看到科索沃的新闻,正是因为米特罗维察的紧张局势又一次升级。

快到米特罗维察时,大雪从天而降。雪花飘落在荒原上,白茫茫的一片。我坐在车里，望着外面的漫天飞雪，只见半透明的雪泥已经在路边堆积，有些地方甚至已经结了冰，橄榄色的河水湍急地流过岸边光秃的树林。

巴士在米特罗维察的北岸停下。街上到处悬挂着塞尔维亚国旗，墙上画满了民族主义的涂鸦，空气中有一种军事前线的紧张气息。

结果，我订的旅馆在伊巴尔河另一侧的阿尔巴尼亚族区，北岸的出租车不能开过去。因此，我只能拖着行李，冒雪穿过整个塞族区。

除了国旗和涂鸦，这一侧的商店依旧使用塞尔维亚货币。街上的汽车仍有很多挂着塞尔维亚车牌。长期以来，塞尔维亚政府不允许悬挂科索沃车牌的车辆入境，因为这在某种程度上等同于承认了后者的主权。可是，就在不久前，科索沃政府也下令禁止挂着塞尔维亚车牌的车辆进入，同时要求科索沃当地的塞族居民将塞尔维亚车牌更换为科索沃车牌，否则将无法继续在科索沃行驶。

这一法令在米特罗维察引发了激烈的抗议，甚至导致街头封锁和暴力冲突。在国际社会的压力下，科索沃政府暂时降低了执法力度，但塞尔维亚总统还是命令军队前往边境。

我发现，在米特罗维察的塞族区，即便是那些更换了车牌的塞族居民，也会用白色胶带遮住科索沃的标志，以此表达抗议。我来时乘坐的那辆巴士也不例外。

———

刺骨的寒风犹如利刃扑面扑来。雪越下越大，暗白色的雪花在天地间编织成一张迷蒙的幕布。一时间，我竟难以分辨，这漫天飞雪究竟是从天而降,还是从地面钻出来的。

我经过一座环岛,中央耸立着一座巨型雕像。那是塞尔维亚历史上赫赫有名的拉扎尔王子。1389年6月28日,他领导塞族人抵抗奥斯曼土耳其人的进攻,最终在科索沃平原功亏一篑。

雕像身姿挺拔,穿着中世纪战袍,头戴显赫的王冠。拉扎尔的左手放在佩剑之上,右手指向南方——那正是科索沃平原,亦即"黑鸟之地"的方向——在塞尔维亚的民族主义叙事中,那片土地被视为精神摇篮。

雕像的细节精致,表面呈现古铜色调,与基座的石头质感形成对比。整个雕像传达出一种不容置疑的权威与坚定,仿佛在无声地宣示:"我所指之处,便是我们的家园,绝不可以放弃。"

顺着雕像手指的方向,我看到一条大道直通那座横跨伊巴尔河的大桥。道路两旁的建筑物上全都飘着塞尔维亚国旗,荷枪实弹的维和部队士兵正在大雪中缓步巡逻。那座桥也由他们驻守,立着路障,只允许行人通行。正是在那座桥上,塞族和阿尔巴尼亚族多次爆发冲突,有时甚至会触发整个科索沃的致命骚乱。

由于近期局势紧张,桥上居然聚集了三拨记者,正在大雪中进行现场报道。其中一名记者显然来自科索沃电视台,因为她的话筒上——带着一丝戏谑感——印着科索沃电视台的缩写"KTV"。

我走上大桥,伫立片刻,望着雪花缓缓落在桥面与栏杆上,也悄然融入河水中。伊巴尔河浑然无事地流淌,两岸的景色有着近乎一致的荒凉。

河流原本无意划界,但人类的冲突把河流变成了难以愈合的伤口。

一

我在阿尔巴尼亚族经营的小旅馆住下来。房间很冷，没有暖气。我打开空调，脱下靴子，和衣躺在床上，用帽子轻轻盖住眼睛。

睡了不到一个小时，醒来后恍恍惚惚的，不知道自己身在何处。我走进浴室，用冷水洗了把脸，看了看镜子里的自己。我重新穿戴整齐，再次走上街头。

和黑山一样，科索沃没有自己的货币，同样使用欧元。我检查了几台自动取款机，但都取不了款。

我突然想到，科索沃虽在2008年单方面宣布独立，获得了美国和欧盟的承认，但包括塞尔维亚、俄罗斯和中国在内的国家，至今仍认为它是塞尔维亚的一部分。既然中国尚未承认科索沃，那么这里的取款机应该也不会有银联系统。

我的钱包里还剩两百美元，只好去银行兑换成欧元。可是，银行职员告诉我，要想在这里换汇，必须先开设账户，而开户的前提条件是拥有当地的居住证。

我问他该怎么办。

他让我去黑市换钱。

"黑市？"

"对，就在大清真寺附近。你到了那里，肯定能找到换钱的人。"

被银行的工作人员打发到黑市换钱，我还是第一次遇到。

我走出银行，往大清真寺的方向走。随着祷告时间的临近，人群正在清真寺的门口聚集。这是科索沃地区最大的一座清真寺，在科索沃战争中被毁，后来在土耳其的资助下重建。

清真寺外就是黑市,三五成群地站着一些形迹可疑的人。纷飞的大雪没有让这里的商业活动停歇——它的齿轮仍在缓慢运转。只是那些人的面孔因为雪花而蒙上了条条暗影,就像是一些出没在黑白电影中的角色。

我站在一个卖走私香烟的摊贩旁边,环视四周,寻找可以换钱的地方。一个身形瘦削的皮衣男子凑了过来,身上有一股混合了烟草和陈年皮草的味道。

"你要什么?"他问。那口气就像他拥有整个世界。

"你有什么?"

"什么都有。"

"能换钱吗?"

"多少?"

我从口袋里取出两张百元大钞。他扫了一眼,从皮衣里掏出一叠欧元,舔了舔手指,数出一些纸币。

我们在大雪中交换手中的钞票。我再次确认了一下数额。

"你喜欢科索沃吗?"他突然问我。

我愣了一下,不知道该说什么,最后敷衍道:"喜欢,阿尔巴尼亚人非常友好。"

他点点头,伸出手,我们像刚做成一笔大生意似的,用力地握了握。

我又在黑市里逛了会儿,然后沿着马路向前走。相比北岸的塞族区,阿族一侧的市容更加混乱:坑洼不平的道路上蒙着污泥,汽车吐出一串黑烟,歪歪扭扭的小商店挤在路边,墙上贴满褪色的旧海报。

我细看那些海报，发现它们和糨糊粘在一起，已经变成干硬的纸板。估计要清理掉那层东西，得把整片墙皮一起刮下来。旁边的电线杆快倒了，电线耷拉下来，一位面带微笑的小贩就坐在那根致命的电线下面，叫卖着堆积如山的菠菜。

这里没有暖气，冬天就靠烧柴取暖。街边停着装满木柴的小推车，空气中飘着柴火的味道。这里与其说是一座城市，不如说更像一个集镇。难以想象如今的欧洲大陆上还有这样的地方存在。

我在街上遇到一群刚放学的小学生，像叽叽喳喳的小鸡，把我团团围住。他们很少见到外国人，出于好奇，也出于顽皮，开始你一言我一语地向我提问。

"你叫什么名字？"

"你从哪里来？"

"你多大了？"

每次有人问了句什么，其他人就会起哄大笑。

这时，一个孩子突然问我："阿尔巴尼亚族和塞族，谁更强大？"这一次没人起哄了，所有人的目光全都集中到我身上，等待回答。

面对这样敏感的问题，应当谨慎，最好强调一下爱与和平的重要性。不过，在这样嘈杂的街头，说教似乎不合时宜，况且他们也期待更直截了当的答案。于是，为了尽快脱身，我就说："阿尔巴尼亚族更强大。"

霎时间，孩子们欢呼起来，接着开始齐声高喊："阿尔巴尼亚族！阿尔巴尼亚族！科索沃！科索沃！"我从人群中匆忙挤过，没想到自己会在无意中点燃民族情绪的小火苗。

在丽贝卡·韦斯特笔下，米特罗维察原本是一片繁荣与和谐之地。她在《黑羊与灰鹰》中写道，这里的塞尔维亚族与阿尔巴尼亚族相处愉快，巴尔干乃至欧洲其他地方的人都会慕名来到米特罗维察，希望在这里找到工作。

米特罗维察有巴尔干地区最大的矿山，盛产铅、锌、银等矿产。丽贝卡·韦斯特说，米特罗维察就像20世纪初时的美国，是一片充满希望的乐土："人们的眼中洋溢着满足，欣喜于自己来到了富庶之地。不管天气如何，这里总有充足的食物、温暖且价格低廉的衣物、舒适的鞋袜、能提供庇护的房屋，甚至有在波兰或葡萄牙等地难以想象的奢侈品，如收音机、冰箱和汽车。"

到了铁托时代，米特罗维察的矿山依旧是南斯拉夫的支柱企业，雇佣了高达二十万工人。而今天，这个数字降到了区区几百人。

和这座城市一样，矿山在科索沃战争后也遭受了分裂的命运：北部只雇佣科索沃的塞族工人，由贝尔格莱德管理；南部只雇佣科索沃的阿尔巴尼亚族工人，由科索沃当局运营。长期的所有权争议，导致矿山多数设施陷入废弃或半停滞状态，只能勉强维持运作。我在报纸上看到，工人们正因恶劣的工作条件和拖欠工资而举行罢工。

米特罗维察的境遇更像是整个科索沃悲剧的缩影。如果说在丽贝卡·韦斯特的时代，这里比波兰和葡萄牙还发达，那么又是如何一步步走到今天的呢？

这正是我在接下来的旅程中想要探寻的。

———

在科索沃，每个人都藏着一个战争的故事。

翌日早晨，在前往首府普里什蒂纳的破旧小巴上，我认识了利里顿。他坐在我旁边的座位上，主动和我打了个招呼，疲惫的瘦脸上带着阿尔巴尼亚人独有的社交性微笑。

小巴的座椅布满污渍，马路两侧是刚开始融化的脏雪。透过茶色的车窗，可以看到灰扑扑的街道飞驰而过。

我和利里顿聊了起来。我没话找话，问他的名字是什么意思。利里顿说，在阿尔巴尼亚语里，"利里顿"是"自由"的意思——只有1991年或1992年出生的科索沃男孩才会叫这个名字。

他进一步解释说，1990年代初，塞尔维亚剥夺了科索沃的自治权，科索沃的阿尔巴尼亚族愤然抗议。当时，很多父母都会给孩子起名"自由——利里顿"。

"我们班上就有好几个利里顿。"利里顿说。

"那你是不是科索沃最著名的利里顿？"

"不是我。"利里顿笑起来，"有一个足球运动员也叫利里顿。他在马来西亚踢球，后来成了马来西亚公民。"

这似乎有点像叫"建国"或"建军"的孩子，最后离开中国，移民国外了，我心中暗想。

利里顿来自一个大家庭，有两个姐姐、两个弟弟和一个妹妹。出乎我的意料，他高中就辍学了，当时连一句英语都不会说。他在社会上游荡了几年，组建过一个乐队，最终还是接受现实，在普里什蒂纳的一家房产公司找了份工作。

利里顿的客户主要是那些驻扎在科索沃的北约外交人员。在和这群人打交道的过程中，他以惊人的速度掌握了英语。他对普里什蒂纳的房源了如指掌，总能为那些挑剔的外国客户找到还算满意的住所。

"我还帮他们找大麻和女人。"利里顿不无炫耀地说,"因为科索沃的条件太差,大部分住在这里的外国人都不会携带家眷。"

我无从判断此话的真假,但从利里顿的言外之意中可以看出,他好像也愿意为我效劳,顺便赚点小钱。

不过,在科索沃这样的地方,我实在没有此等闲情。我表示了尴尬,利里顿也心领神会,眨了眨眼睛:"我明白你的意思。"

利里顿的举手投足,让我想到穆斯林传统社会中的学徒。他们缺少正规教育,却能凭借天资和聪慧,迅速掌握所需技能。利里顿告诉我,房产公司的黑山老板对他颇为器重。在这个寒冷的冬天,老板飞去泰国度假,利里顿就成了公司的负责人。

"老板想带我一起去普吉岛,他承担机票和酒店费用,但不另付我工资。"利里顿说。

"那你为什么没去呢?"

"唉,"利里顿叹了口气,"我虽然很想去泰国,但还是更想赚钱。况且我也知道老板让我陪他去的目的——他想让我免费帮他打理一切,陪他喝酒,帮他找女人。"

我问老板给他开多少工资。

"每月七百五十欧。"利里顿说,"这在科索沃算是很高的工资了。"

或许是金钱带来的安全感,让利里顿想到应该找个女孩结婚。他订过一次婚,后来分手了。于是,他退掉了之前的公寓,目前与人合租。

我问起他在科索沃战争期间的经历。利里顿说,战争爆发那年,他八岁。父亲带着一家人逃到科索沃西部的山区。动身前,他亲眼看到表妹被塞尔维亚士兵射死在街上。

"每一个科索沃的阿尔巴尼亚人都至少有一名亲属死于战争。"

战争结束后,利里顿一家回到米特罗维察,父亲在街上开了一家音像店。生活并不宽裕,几乎入不敷出。不过,正是在那时,利里顿爱上了音乐,店里滞销的磁带成了他成长的养分。他告诉我,他最喜欢涅槃乐队和枪花乐队。受到这些乐队的影响,他辍了学,留起了长发,还和几个同样无所事事的朋友成立了一支乐队。他写过歌,录过小样,甚至还自己出过几张专辑,但音乐事业最终无疾而终。

"太难了,"他说,"这里是科索沃。"仿佛这就足以解释一切。

"可是,我的朋友,别忘了杜阿·利帕也是科索沃的阿尔巴尼亚族。"我说。

"是啊,哥们儿,"利里顿大笑起来,"她的确是阿尔巴尼亚族,但她是在伦敦长大的!"

小巴最终将我们丢到普里什蒂纳的市区,外面只是另一个稍大一些的集镇。

"能离开的人都走了。"利里顿说,"留下来的都是没办法的人。"

临别前,我们交换了联系方式。我告诉利里顿,我很想听听他的歌。

"好的,哥们儿,我会发给你的。"说完,他犹豫了一下,然后眨了眨眼,"你在普里什蒂纳要是想要大麻和女人,给我打电话——利里顿能搞定一切。"

"你是说,自由能搞定一切?"

"没错,哈哈,自由万岁!"

我们握了握手,在路边告别。我看着他熟练地拦下一辆当地人的小巴,消失在乱糟糟的街头。

——

我没想到利里顿真的会把他的歌发给我。那天晚上,我将手机连接到蓝牙音箱上,听利里顿发来的三首歌。我最喜欢的一首叫《我不在乎》。

我不在乎

我们静坐,默默地编织生活的故事,
在我心中,生命是一首诗,涌动着泪水与喜悦的旋律。

多少次,在无声的独白中,我悄然落泪。
我跪倒在悲伤之地,泪流成河。

你说过无数遍,不愿岁月留痕。
太阳不曾为自己落泪,只是夜夜怀念黎明的吻。

你知道它的价值,你理解它的含义。
当你离开又归来,就算关上的门,也会为你再度打开。

我不在乎,我不在乎,

即使身处黑暗的深渊，即使他们抛弃了你，
对我来说，你永远是无价之宝。

我不在乎，我不在乎，
人生如洪炉，我们相互试炼。
就算每走一步，都仿佛回到起点。

我不在乎，我不在乎，
我将追随雪花，破冰而行。
即使命运让我坠入深渊，即使世界转身离去。

我不在乎，我不在乎，
无论前路多么曲折，就像通往深渊的洞穴，
我们将手牵着手，穿过寂静的深夜。

即便以上只是我借助翻译软件稍加润色后的译文，歌词的内容依旧令我动容。

后来，一位科索沃的朋友告诉我，歌词在阿尔巴尼亚语中的表述非常独特。歌曲将爱与承诺、苦难与希望巧妙地交织在一起，而雪花与深渊、黎明与黑夜等意象接踵而至，强烈地撞击着听者的心弦。

我没想到，在科索沃这样逼仄的环境里，利里顿在他的生活中注入了如此的坚韧与柔情。

第十二章
科索沃Ⅱ：黑鸟之地

在普里什蒂纳，我住在市中心一栋破旧公寓楼的顶层。站在阳台上，可以俯瞰市景。

从这个高度看去，普里什蒂纳仿佛是野蛮生长出来的，空气中飘着煤炭燃烧的味道，天际线浮现出科索沃群山的轮廓。

城市的布局显得随意而即兴，好像人们逮到一块空地，就匆忙地盖起一栋建筑——有的幸运地盖完了，有的就烂尾在那里。即便是那些看似正常的建筑，似乎也没把和谐与风格等因素考虑在内，只是在呆板地模仿国际风格。

整座城市就像一夜大雨后森林里长出的蘑菇，东一摊，西一片，难以引发人们对美感、宏伟和希望的想象（比起很多地方，科索沃恐怕更需要这种提振精神的东西），反而助长了这里的凌乱、无序以及难以掩盖的匮乏感。

一天，我在出租车上看到一座状如烟囱的宣礼塔（抑或是状如宣礼塔的烟囱？），而它旁边的屋顶上赫然耸立着一座纽约自由女神像。经过这不伦不类的一幕,我来到了"克林顿大道"。这是市区通往机场的一条主干道,名字是为了致敬美国前总统比尔·克林顿。我这才意识到,刚才看到的那座自由女神像或许也不是随意出现的。

克林顿大道两侧分布着政府机构、商业设施和文化中心,是普里什蒂纳城市生活的动脉。在这条大道的一个十字路口处,还有一座克林顿面带微笑、挥手致意的雕像。旁边一栋建筑物的侧面挂着巨大的条幅,上面印有克林顿的照片,下方是美国国旗。

我与站在条幅下的一个年轻人攀谈起来。他告诉我,科索沃战争期间,克林顿领导的北约对塞尔维亚实施了为期数月的空袭,迫使塞尔维亚屈服,为科索沃最终宣布独立铺平了道路,克林顿因此在科索沃享有崇高的威望。

"我们经常开玩笑说,克林顿才是科索沃的'国父'。"年轻人笑着说。这句话虽是调侃,在一定程度上也是事实。

我们交谈时,一辆大型黑色雪佛兰鸣着警笛呼啸而过,粗鲁的气势近乎霸道。

"北约人员的座驾。"小伙子告诉我,"目前科索沃还有四千多名北约驻军。"

我离开克林顿大道,想要寻访普里什蒂纳的古老街区,最后发现这座城市几乎没有什么古迹留存。

城郊的大清真寺附近,有一座熙熙攘攘的巴扎,贩卖廉价的日用品。宣礼塔传出祈祷的呼声,如男性咏叹调一般,回荡在尘土飞扬的巷子里。在这片街区,我找到了科索沃民族志博物馆。院中只有两栋奥斯曼时代的老房子,姑且被当作古迹保留下来。

这是两栋乡村风格的平房,外墙涂白,屋顶覆盖着棕色瓦片,木制支撑结构暴露在外。简陋的展品包括家具、厨具和纺车，令我想起在一些偏远山区见到的生活场景，而这些居然就是博物馆的全部展品。

另一栋房子敞着门，一个身穿枣红色毛背心的男人正埋首于书间。他看到我后站起身，伸了个懒腰，走了出来，一副气定神闲的模样。他是民族志博物馆的馆长，能讲英语。

从刚才的展品中，我完全看不出科索沃的阿尔巴尼亚人有何特别之处。于是，我请教馆长，阿尔巴尼亚人究竟与其他巴尔干民族有何区别。

馆长说，巴尔干各民族的生活方式大体相似，但将阿尔巴尼亚人团结起来的是他们独特的语言。阿尔巴尼亚语与斯拉夫语、罗曼语等语族完全不同，它是单独一支，保留了许多古印欧语言的特色，是巴尔干半岛上最古老的语言之一。

"语言一直是巴尔干地区民族身份和文化认同的关键因素。"馆长说，"仅从这一点来看，我们就与塞族人截然不同。"

馆长还谈到，阿尔巴尼亚人是巴尔干半岛的原住民，自远古时代便居住在科索沃，而塞尔维亚人是在公元6世纪末才迁徙到这里的。

在奥斯曼帝国统治下，阿尔巴尼亚人为了避税和提高社会地位而改信伊斯兰教，塞尔维亚人因不愿放弃信仰而被迫离开，留下的土地被分给了阿尔巴尼亚人。

"18世纪时，科索沃已经成为阿尔巴尼亚人占多数的区域。"馆长说，"直到今天，依然如此。"

我没有继续追问这片土地的归属问题。这类问题过于复杂，就像询问巴勒斯坦是应该属于以色列人还是阿拉伯人一样,答案往往充满争议,同时也折射出国家主权、民族自决权以及国际法原则之间的复杂冲突。不过,从馆长的话中可以明显感受到,阿尔巴尼亚族对科索沃同样有着难以割舍的情感,将其视为他们的历史土地。

然而,科索沃问题的解决不仅依赖于历史事实,而且经常受制于外部势力的干预。由于利益各异,力量此消彼长,科索沃的和平也总是脆弱的。如果不能解决族群之间的紧张关系,随着时间的推移,这片土地的未来仍将充满不确定性。

———

那天晚上,我在放着杜阿·利帕《冰冷的心》的酒吧里小酌了两杯,然后打"蓝色出租车"返回公寓——这种出租车需要发短信预约。

车子打着双闪,在酒吧门口等候。车内出奇地整洁,还散发着淡淡的清香。我努力回想上次坐在如此干净的车里是什么时候——似乎还是在卢布尔雅那。

司机是一个叫利斯的年轻人,英语十分流利。他告诉我,在阿尔巴尼亚语中,"利斯"意为"橡树"。1999年,他在英国出生,父母是科索沃战争的难民。战后,全家又回到了科索沃。

"为什么不留在英国呢?"

他微笑着回答:"没有哪个地方比家更好。"

这句话虽是事实,但也并非全部事实。在塞尔维亚屈服后,欧洲国家就开始驱逐科索沃难民,因为他们认为科索沃已经是一个"自由"和"安全"的地方。

现实情况并非如此。科索沃的经济仍然步履蹒跚，无法正常运行，有组织犯罪如野火般迅速蔓延。

围绕科索沃政治人物的争议也从未停止。不少前任总统和总理都曾面临从战争罪到贩毒，甚至非法器官交易等多重指控。尽管他们坚决否认，或者在海牙国际法庭上被宣判无罪，但一些政治人物仍然被塞尔维亚列入国际逮捕令名单。

利斯穿着笔挺的西装，打着领带，发型修剪得恰到好处。他的外表英俊潇洒，身材魁梧，看起来更像是T台上的模特。我不禁好奇，他为何会选择开出租车作为职业。

"这是一份好工作。"利斯微笑着说。

他向我解释，科索沃的青年失业率高达五成以上，工作机会非常稀缺，开网约车算是一份相对体面的职业。公司规定的工作时间是每天九小时，但为了赚更多钱，他常常会主动加班至十二小时——现在就是他的加班时间。

"我希望攒钱开个店。"

"什么店？"

"一个小超市就好。"

"每趟车能赚多少钱？"

"车费的三成归我。"

我在心里默默计算：从酒吧到公寓，我只需付两欧车费。也就是说，利斯能从中赚到相当于人民币四块多钱。

外面细雨蒙蒙，状态更接近于雾。空气里飘着煤炭燃烧的细微颗粒，雾气就附着在这些颗粒之上。导航显示的路线要兜个大圈子，不过为了节省时间，利斯选择在空荡荡的街上调个头。

一辆警车猝不及防地从旁边的巷口里拐出来，打开警灯，鸣响警笛。利斯把车停在路边，放下车窗。两个警察走过来，说了些什么，接过利斯的驾照，用小手电筒照亮。接着，没做任何争辩，利斯从钱包里掏出四十欧元给了警察。

"刚才那里不允许调头。"警察离开后，利斯对我说，"唉，我是个笨蛋。其实我知道警察经常躲在附近。"

他没再说下去。但我清楚，他恐怕是因为一直和我说话才疏忽犯错的。四十欧是一大笔钱，相当于他两天的收入。即便在中国，这也是一笔巨额罚款了。

我说，罚款数额未免太高，远远超过科索沃的收入水平。

"政府缺钱，"利斯告诉我，"罚款是警察的收入来源。"

"我很抱歉发生了这样的事。"

下车时，我留下利斯的电话，告诉他明天上午我想去一个地方，可以不用打表。那地方叫格拉查尼察修道院，距离普里什蒂纳十几公里，算是一趟长途。除此之外，我不知道还能怎么安慰利斯。

———

科索沃（Kosovo）又被称为"黑鸟之地"。这个名字源自塞尔维亚语"kos"，意为"黑鸟"。据说，科索沃平原上常有大量黑鸟出没，因而得名。

1389年6月28日，在那场决定命运的战役中，奥斯曼土耳其人一举击败塞尔维亚人，死者的遗体被留在旷野上，成为黑鸟盘旋啄食的对象。

第二天上午十一点，利斯准时来接我。他仍旧西装笔挺，发型整齐，从他平静的表情中，已经看不出昨晚的沮丧。

我们离开普里什蒂纳，进入一片平原地带。我透过车窗望向远方，希望能见到黑鸟的身影，然而视野中只有零散的村落。

格拉查尼察镇是一个孤岛般的塞族小镇，但对塞族人而言，却是科索沃的精神家园。镇中心竖立着一座骑马挥刀的勇士雕像，基座铭文上镌刻着米洛什·奥比利奇的名字。

1389年科索沃战役后，这位假意投降的塞尔维亚贵族以毒刃暗杀了土耳其苏丹穆拉德一世。未曾预料到的是，两天后即位的巴耶济德一世更为强悍，有"雷霆"之称。为了对塞尔维亚人进行报复，巴耶济德展开了血腥屠杀，大批塞尔维亚战俘遭到处决。巴耶济德活捉并处死了拉扎尔王子，随后迎娶了拉扎尔的女儿为妻，以示其权势。

巴耶济德的一生戎马征战，击溃过基督教十字军，围困过君士坦丁堡，最终在安卡拉之战中被中亚的帖木儿俘获。不过，帖木儿在战胜巴耶济德后并未继续对奥斯曼帝国展开攻击，而是选择返回撒马尔罕，策划对中国明朝的远征。不久，他死在了远征的路上——今天哈萨克斯坦境内一个名为讹答剌的地方。

利斯将我放在格拉查尼察修道院门口。我给了他车费，让他不必等我。

我走进修道院，沿着步道走向教堂。教堂由浅棕色和米色石块砌成，高耸的大穹顶周围还有四个较小的穹顶，显示出拜占庭特有的风格。

教堂周围是一片修剪整齐的草坪，点缀着树木和小径。这片绿地有一种奇妙的作用，仿佛是一片将神圣世界与世俗世界分隔开来的缓冲地带。教堂周围没有其他建筑，凸显出教堂本身的显赫地位和精神意义。

格拉查尼察修道院是中世纪塞尔维亚王国的辉煌见证。在史书中，这个王国被称为"尼曼雅王朝"，由斯特凡·尼曼雅在12世纪末创建，是塞尔维亚历史上第一个独立国家。到了14世纪初，斯特凡·乌罗什二世，即米卢廷国王，已将塞尔维亚王国扩张成为一个强大的东正教帝国，甚至比同时代的拜占庭帝国还要富有。

为了避免米卢廷率军入侵君士坦丁堡，拜占庭皇帝安德罗尼卡二世只能采取和亲政策，将年仅五岁的女儿西莫妮达嫁给米卢廷。

据拜占庭史学家尼基弗鲁斯·格雷戈拉斯记载，年近五旬的米卢廷甚至没有等西莫妮达长大，便与她完成了同房仪式，导致西莫妮达子宫受损，终生不育。

米卢廷死于1321年，那时格拉查尼察修道院的壁画刚刚完成。十年后，米卢廷的孙子斯特凡·杜尚登上王位。那时，塞尔维亚王国的版图辽阔，北至克罗地亚边界，西抵亚得里亚海，南至爱琴海，东至君士坦丁堡的门户。

到了1354年，杜尚再次觊觎拜占庭帝国。这一次，君士坦丁堡的统治者决定采取"以夷制夷"的方略，允许来自小亚细亚半岛的奥斯曼土耳其人进入欧洲，并在加利波利建立了军事据点。

历史再次开了个大玩笑：杜尚于1355年意外逝世，未能发起对拜占庭帝国的征战，而奥斯曼土耳其人却在欧洲落地生根。在随后的一百年里，后者不仅彻底征服了巴尔干半岛，还于1453年攻陷君士坦丁堡，结束了拜占庭帝国长达千年的统治。

格拉查尼察修道院以绘有米卢廷国王和西莫妮达王后肖像的壁画闻名。踏入教堂大门，我在礼拜堂与中殿交接的走廊上方找到了它们。米卢廷国王在南侧壁画中，北侧壁画则是西莫妮达王后。基督在拱门之顶的半身像内向这对夫妇伸出祝福之手，通过天使为他们戴上王冠。

壁画中的米卢廷是一个风烛残年的老人，西莫妮达还很年轻。她身着金边华服，头戴王冠，手握权杖。据史料记载，西莫妮达以美貌著称，在塞尔维亚文化中是纯洁与美丽的象征，但在壁画中我却看不出什么端倪。根据某种民间信仰，用来绘制圣徒眼睛的泥灰和染料可以治好失明。因此，她的眼睛已经被抠掉，只剩下苍白的面孔。

西莫妮达的人生充满了波折。根据尼基弗鲁斯·格雷戈拉斯的说法，西莫妮达的母亲伊琳娜一心想为她的一个儿子夺取拜占庭皇位。当这一努力失败后，她将希望寄托在了西莫妮达的后代身上。然而，当西莫妮达十二岁，按照当时的标准成年时，人们得出了她无法生育的结论。

伊琳娜去世后，西莫妮达返回君士坦丁堡参加母亲的葬礼，并决定不再回到塞尔维亚。显然，她并没有把塞尔维亚当成自己的家。然而，面对米卢廷国王威胁发动战争的强硬态度，她只好被迫重返塞尔维亚，回到她一直试图逃离的生活中。

西莫妮达打算进入修道院，成为一名修女，以逃避与米卢廷的共同生活。由于不想让父亲承担责任，她一直等到上路后才实施自己的计划。

一天早上，当西莫妮达穿着修女服出现时，她的同父异母兄弟大为震惊。他强迫她换上世俗服装，不顾她的反抗和眼泪，将她交给了塞尔维亚使团。

只有等米卢廷去世后，西莫妮达才最终回到君士坦丁堡，成了一名修女。

她此后的故事已不为人所知。

———

如今，格拉查尼察修道院里生活着大约二十位修女，从事圣像绘画、刺绣、农耕和其他宗教活动。这里不仅是科索沃塞族社区的精神中心，也成为他们的民族和政治中心。

1989年6月28日，"圣维特日"这一天，塞尔维亚领导人米洛舍维奇来到格拉查尼察修道院，向集会的人群宣告："没有什么人，不论是现在还是在将来，有攻击你们的权力！"伴随着人群的呼喊声，民族主义的怒火开始熊熊燃烧，很快波及整个南斯拉夫，一段动荡的岁月由此开始。

回溯历史，很少有危机比科索沃危机更容易预测。塞尔维亚于1989年公投修宪，大大缩小了科索沃的自治权，但早在此前，巴尔干地区就流传着一句话，"一切始于科索沃，一切终于科索沃"，预示着巴尔干的诸多问题都将从科索沃开始，并且只有解决了科索沃问题，巴尔干地区才有可能实现真正的和平。

科索沃在塞尔维亚民族神话中扮演着重要的角色，但由于阿尔巴尼亚族人口比重大，加之地区经济贫困，自1912年并入塞尔维亚起，科索沃便成为一个棘手之地。在20世纪的两次世界大战中，阿尔巴尼亚人都曾与塞尔维亚人发生冲突，直到第二次世界大战后，通过镇压当地的抵抗力量，科索沃才重新被纳入铁托领导的南斯拉夫。

铁托采取了自由化政策，并在1974年的宪法中把科索沃省放在塞尔维亚共和国内，同时允许科索沃的阿尔巴尼亚人自治，试图借此平衡塞族和阿族的利益。

不过，在塞尔维亚人看来，在本民族具有历史意义的核心地带，凭什么允许阿尔巴尼亚人享有自治权？

这几乎马上让人想到乌克兰的情况。从俄罗斯人的角度看，既然基辅罗斯是东斯拉夫民族的发源地，怎么能允许它渐行渐远，甚至彻底投入西方的怀抱？

《代顿和平协议》签署之后，科索沃的阿尔巴尼亚人开始羡慕地眺望北方的克罗地亚和波黑。阿尔巴尼亚人看到，在国际社会的帮助下，塞族人在克罗地亚被彻底击败，在波黑也遭到部分失败。国际社会还承诺为重建波黑提供五十亿美元的援助，但作为米洛舍维奇的第一批受害者，阿尔巴尼亚人却什么都没有得到。这让那些更激进的阿尔巴尼亚人认为，如果他们一直保持被动，外界就会忽视他们的存在。

1996年，科索沃民族运动中的激进派创建了"科索沃解放军"，成为积极抵抗的中心力量。此后，他们开始发起一系列类似于北爱尔兰共和军的枪击和炸弹袭击。

根据某些可能被夸大的报道，科索沃解放军迅速壮大，到了1998年2月，科索沃战争爆发前夕，他们已拥有多达两万名武装人员，控制了科索沃超过百分之四十的土地。

面对这种局势，塞尔维亚军队发起了大规模的反攻，动用了超过四万名士兵，并部署了坦克、直升机、迫击炮等重型武器。

在这场冲突中，与波黑的情况相似，塞尔维亚军队对科索沃的阿尔巴尼亚族平民犯下了一系列的屠杀罪行。

北约随之介入，一方面希望阿尔巴尼亚族接受自治而非独立，另一方面试图说服米洛舍维奇同意北约部队进驻科索沃。塞尔维亚当局接受了大部分自治方案，但坚决反对北约在科索沃领土上驻军。

1999年3月23日，克林顿政府宣布终止外交努力，并对塞尔维亚发起空袭。作为回应，塞尔维亚大举进军科索沃，以更残酷的种族净化政策驱逐阿族人，造成了二战以来欧洲最大的难民潮。

从空袭伊始，北约就宣布作战目标是米洛舍维奇政权，而非塞尔维亚民众。然而，对塞尔维亚基础设施的空中打击不仅导致了大量平民伤亡，更令塞尔维亚的经济陷入崩溃。在许多塞尔维亚人看来，这种行为无异于是对塞尔维亚民族的集体惩罚。

北约的行动并未脱离历史上大国对巴尔干的干预模式——要么直接部署暴力，要么煽动暴力，之后撤离并否认对后果负有责任。在西方的观点中，巴尔干国家常被视为问题的根源，迫使外部势力不情愿地介入。当大国试图否认他们的干预对巴尔干的困境负有责任时，他们总是援引对巴尔干的刻板印象，将其描绘成一个充满非理性和暴力的嗜血地带。

事实上，北约同样未能阻止科索沃解放军对塞族人的报复行动。在阿尔巴尼亚人重返科索沃后的数周之内，几乎所有的科索沃塞族人口全部遭到驱逐，被迫离开了家园。

——

回到普里什蒂纳，我乘坐大巴前往科索沃南部小城普里兹伦。这座历史名城风景秀美，拥有迷人的老城，比混乱的首都更让人亲切。

科索沃战争结束后，寻求报复的阿尔巴尼亚人摧毁了城内的东正教堂，塞族人口举家逃离。这里曾经是族群混居之地，如今的居民是清一色的阿尔巴尼亚族。

午后，我沿着熙熙攘攘的河滨漫步。河水清澈，河床上散落着大大小小的卵石。湍急的河水绕过这些石头，从一座古老的拱桥下淙淙流过。桥上有个卖炒栗子的男人。我站在他的炭火前烤了烤火，买了一袋栗子，捧在手里，感受着栗子的温度。岸边有一座奥斯曼风格的清真寺，传出召唤礼拜的宣礼声。几个维和部队的士兵走进旁边的茶馆，有男有女，讲着意大利语。

小城背靠沙尔山脉，从这里一直延伸至北马其顿境内。夏天时，这片山脉适合徒步，冬季却大雪封山。灰蒙蒙的天光下，可以看到近城一侧的山坡上紧密依偎在一起的建筑。它们大都采用巴尔干传统的红瓦屋顶，顺着山势铺展，如同一幅挂在山间的壁毯。

建于 14 世纪的圣尼古拉教堂在科索沃战争中幸免于难，但在 2004 年的另一场反塞尔维亚抗议活动中遭到破坏。就在这座大门紧闭的东正教堂隔壁，我看到了一家酒吧。它的名字吸引了我：Te Kinezi，致中国人。

这是一家时髦的精酿酒吧，一小杯啤酒要价五欧元，比科索沃的平均消费水平高出一截。我在吧台坐下，点了一杯 IPA 啤酒。负责打酒的小伙子将啤酒放在杯垫上，眼睛上下打量我。

"你是日本人还是中国人？"他问。

"中国人。"

"我们这家酒吧就叫'致中国人'。"

"为什么叫这个名字？"

"听老板说，十年前有三个中国人在这里经营一家丝绸店。后来，他们离开了。"

"去哪里了？"

"我不知道。"酒吧的小伙子说，"但你是第一个来店里的中国客人！"

"打折吗？"我笑着问，随即又怕他把这句中式调侃当真，"只是开个玩笑。"

我边喝啤酒边思考，为什么会有三个中国人来到这个与中国尚未建交之地，开一家丝绸店，但怎么也想不出个所以然——现实总是比我想象的更加出人意料。

我在世界各地的偏远角落都见过中国人的身影。大多数时候，我并不了解他们背井离乡的原因。我愿意相信，一定是有某种神秘的力量在冥冥之中指引着他们，正如那种力量也指引着我，穿行在巴尔干寂寥的大地上。

酒吧的小伙子犹豫了片刻，问我能不能合张影。

"当然。"我端起酒杯，侧过身子，以扭曲的姿势倚在吧台上，展示微笑。他举起手机，框住两个大头，连拍数张。

对"致中国人"来说，这或许是个大事件。因为酒吧的小伙子很快就将照片发到了社交媒体上，标题就是："致中国人酒吧首次迎来中国人！"

天黑得很早，转眼间已是华灯初上。当我离开酒吧时，外面寒风呼啸，吹得人彻骨生寒。刚才还在街上的人们，此刻已经消失不见，只有河水依旧潺潺流过，冲击着碎石沙砾。光秃秃的枝头上有几只麻雀缩着身子，爪子紧紧地抓住树枝，想在寒风中稳住身体。

我沿着河岸往回走，跨过一座石桥，拐进一片纵横交错的小巷。酒精让我微感醉意，我这才意识到，我连午饭都没吃。

我走进一家超市，买了意面、油浸吞拿鱼罐头、番茄、大蒜和小洋葱，又走到卖酒的货架上，挑了一瓶科索沃产的李子白兰地。

从超市出来，纷纷扬扬的雪花从天而降，像片片洁白的鹅毛。我经过一座已成废墟的东正教堂，感到这个冬天是如此漫长。我很想尽快前往南方，远离寒冷和苦难，找一个温暖而舒适的地方。

回到租住的小公寓，我打开落地灯，开足暖气，用手机连上音箱，播放舒伯特的《阿佩乔尼奏鸣曲》。然后，我来到厨房，在平底锅中倒入吞拿鱼罐头中的橄榄油，待油热后加入切碎的大蒜和小洋葱，炒出香气后再放进番茄丁，炒至出汁，将吞拿鱼肉倒进锅里，用勺子捣碎。我从橱柜中找出盐和黑胡椒，调味后将煮熟的意面倒入平底锅中，直到汤汁浓稠后盛出。我听着音乐，吃着意面，不时望向窗外，注视雪花如慢镜头一般覆盖屋顶。

饭后，我在房间里踱步，翻检书架上的藏书。公寓的主人是一位高山向导，书架上除了与户外有关的书籍，还有几本过期护照。我抽出一本翻开，发现是他母亲在南斯拉夫时代的护照。照片是黑白的，印有钢印，属于一段已逝的岁月、一个消亡的国家。

我又在护照旁边发现一本英文书《科索沃的历史：在科索沃、阿尔巴尼亚、塞尔维亚、黑山和北马其顿的历史教科书中》。这本书对比了这些地方的中小学教科书里对科索沃历史的表述，通过比较研究，寻找它们的异同。

在米特罗维察时，我希望探寻科索沃悲剧是如何一步步走到今天的。此刻，我突然意识到，历史教科书中的表述正是理解民族主义情绪形成与演变的关键。因为教科书不仅是传递知识的媒介，更是塑造年轻一代民族认同和历史观念的重要工具。

我坐到沙发上，一边喝着李子白兰地，一边翻阅这本书。我发现，作为一个多民族地区，科索沃的历史往往被不同族群以不同的方式阐释。

在塞尔维亚的教科书中，科索沃被描述为塞尔维亚历史不可分割的一部分。特别是1389年的科索沃战役，更被描绘为塞尔维亚人民抵抗奥斯曼帝国侵略的斗争。这种描述强化了塞尔维亚民族主义，将科索沃视为民族身份和宗教信仰的象征。

相反，在科索沃的教科书中，这一地区的历史被塑造为阿尔巴尼亚民族抗争压迫和争取自由的历程。这种叙述同样为民族主义提供了历史基础，激发了科索沃的阿尔巴尼亚人对独立和自决的追求。

在讲述科索沃战争时，双方的教科书全都只介绍另一方的罪行，提供标签化的叙述，而非事实论据。在塞尔维亚和黑山的教科书中，只字未提塞尔维亚军队杀害阿尔巴尼亚人，而在科索沃和阿尔巴尼亚的教科书中，同样只字未提科索沃解放军杀害塞族人。塞尔维亚和科索沃的教科书还分别夸大了另一方的罪行，为误解留下了空间。

我一边阅读，一边用手机拍照记录，一边用玻璃杯喝着李子白兰地。在我看来，这些教科书的内容全都带有明显的民族主义倾向。它们通过对历史事件的选择性强调、情感化叙述，塑造民族情绪。

毫无疑问，这样的教科书会在下一代心中埋下民族认同的种子，但与此同时，这种认同也不免会以排外和对立的形式表现出来，影响下一代人对他者的看法和态度。

我的思考逐渐深入，这当然是李子白兰地的功劳。这种巴尔干烈性饮料如智者一般深刻，又如隐士一般低调。历史教科书的不同表述，反映了更广泛的政治和社会分歧，更展示了教育如何被用作民族主义议程的工具——这一切令人不寒而栗。在我看来，它几乎取消了任何民族和解的可能。

书看完了，时间到了晚上十点半。我站起身，将书放回书架，走到窗前——大雪依然在下，世界一片白色。昏黄的街灯下看不到一个人，只有漫天飞舞的雪花。

就是在那一刻，我意识到科索沃的悲剧多半还会重演，一切只是时间问题。

我又给自己倒了一大杯李子白兰地，像口渴一样地喝下去，感到世界变成了一个不断坍塌的玩笑。

我将视线从窗外移开，坐回沙发上，重新播放《阿佩乔尼奏鸣曲》，闭上眼睛，想着接下来的旅程。

是的，到了跟科索沃说再见的时候。我将奔赴温暖的南方。

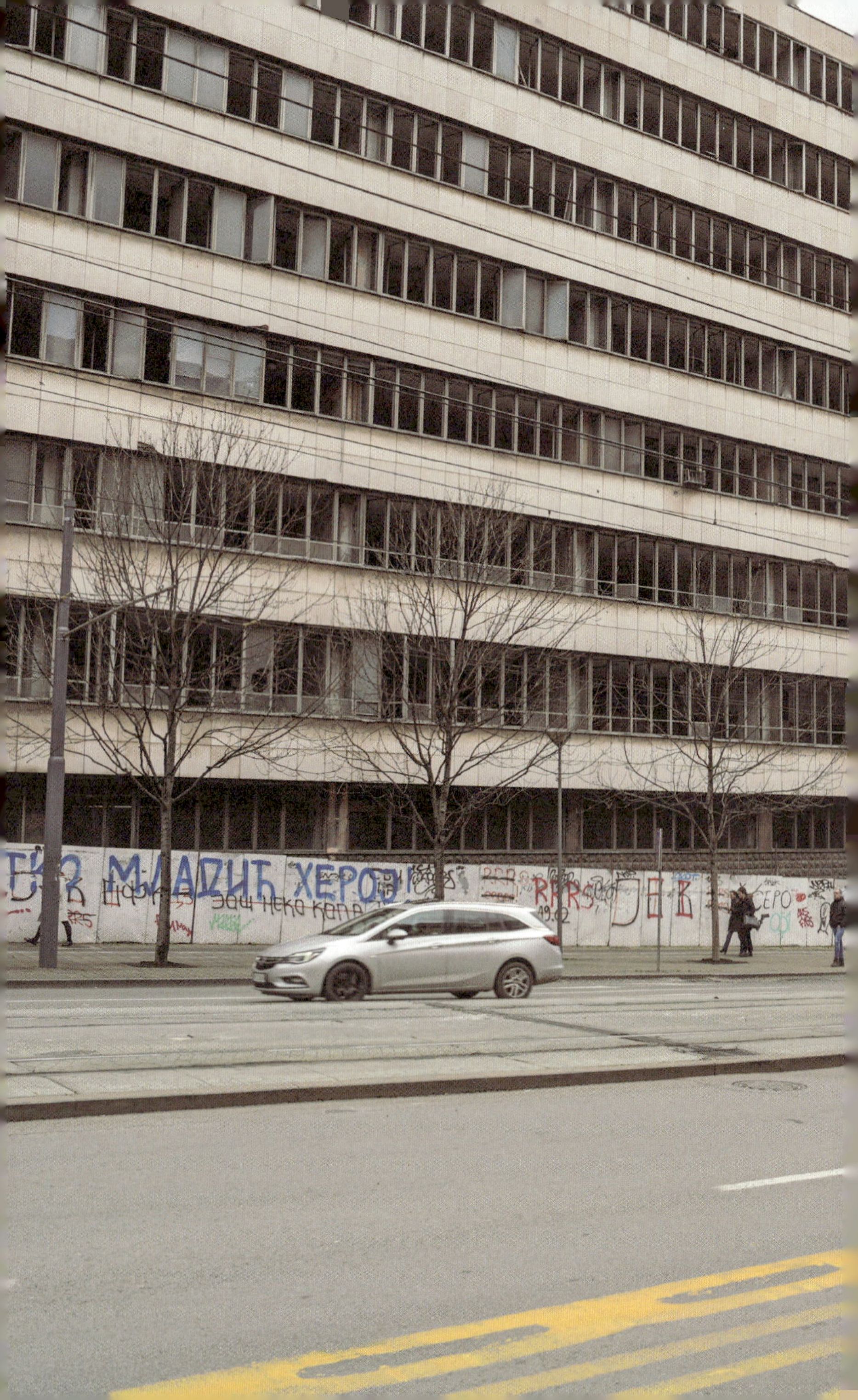
МЛАДИЋ ХЕРОЈ
ЗАШ НЕКО КОПА
RRRS
49.02

贝尔格莱德市中心遭北约轰炸后的国防部大楼

中国驻南联盟大使馆旧址，如今是一座中国文化中心

蓝色火车内部

新帕扎尔的乌鸦

米特罗维察的小贩

米特罗维察的大清真寺

普里什蒂纳的克林顿大道

普里什蒂纳的自由女神像

普里兹伦的清真寺

米特罗维察，大雪中的拉扎尔王子，手指科索沃平原方向

第十三章
奥赫里德：大湖之声

离开科索沃前，我去邮局给朋友寄了张明信片。我贴了一欧元邮票，将明信片投入信筒，想看看它能否从未建交之地寄回中国。明信片上是一个科索沃女孩站在荒山上的石屋前。我绞尽脑汁，在背面写了句："我抵达了更高的山间，这里有如画的风景。"

我来到车站，坐上汽车，跨过边境，进入北马其顿，前往奥赫里德湖。它是欧洲最深邃、古老的湖泊之一，位于北马其顿、阿尔巴尼亚和希腊的边境山区，附近是古罗马时代连接君士坦丁堡和罗马的艾格纳提亚大道。

此时不是旺季，我如愿找到了老城内一座拥有湖景的小别墅。房东老太太发邮件告诉我，她最近牙痛得厉害，要去城里的诊所治疗。她说，如果我早到了，可能需要去诊所找她拿钥匙。我告诉了她我预计到达的时间，并表示我会先去诊所跟她会和。

我在诊所的等候区坐下来，说我等人。一个年轻姑娘给我端来一杯咖啡。她像是小鹿变的，身材小巧，红色长发盘在头顶，一双大眼睛也像小鹿一样明亮,向两侧稍稍分开。

我接过咖啡,向她道谢,问她叫什么名字。

"约瓦娜。"她说。

"哦,所以你不是阿尔巴尼亚族?"

"不是。你怎么知道?"

"因为上帝是仁慈的。"

她瞪大了那双小鹿般的眼睛,显得更加惊讶:"你怎么知道的?"

"我是一名中国来的神父。"

一阵沉默。她疑惑地看着我。这让我意识到自己开了一个糟糕的玩笑。

我告诉她,我从贝尔格莱德过来,在那边有个朋友也叫约瓦娜。她对我说过,约瓦娜是斯拉夫女性的名字,意为"上帝是仁慈的"。

"那你真的是神父吗?"

我摇摇头:"不,我是作家,打算写一本巴尔干的书,所以来到这里。"

"关于巴尔干的什么?"

"关于人们的生活。"

我们又聊了一会儿。我问她是不是这里的护士。

"医生。"她回答。

房东老太太从诊室里走了出来。她一头银发,戴着金丝眼镜,面颊微微肿胀。我上前做了自我介绍,然后我们一起离开诊所。出门前,我从前台拿了一张约瓦娜的名片,放进口袋里。

房东老太太电召了一辆出租车,我们一起前往她的住处。她说,她的女儿在迪拜工作,这里的年轻人一有机会都去外面打工。老年人则大都留在这里，把房间租给游客，补贴微薄的退休金。

北马其顿是南斯拉夫的加盟共和国，也是1990年代南斯拉夫联邦中唯一以和平方式独立出来的国家。在1991年的马其顿独立公投中，96.4%的投票人赞成独立，公投投票率达到了75.7%。然而，随着南斯拉夫的解体、经济私有化和政治转型，这个国家的很多东西都陷入了崩溃。

奥赫里德的郊区曾经聚集了南斯拉夫最大的几家工业企业，包括著名的扎斯塔瓦汽车公司。如今，这些企业都已不复存在。在短短一代人的时间里，奥赫里德的人口数量减少了一半。

出租车穿过一道城门进入老城，沿着陡峭的鹅卵石小道向山上行驶。奥赫里德湖不时从窗外闪过，蓝宝石一般的颜色，美得令人屏息。老城内的房屋多为两三层的传统巴尔干风格小楼，淡黄色的墙体，露出天然石块，阳台上种着五颜六色的花朵，外墙上爬满藤蔓植物。山坡上挺立着山毛榉，到了夏天，浓密的树荫大概会覆盖整条巷道。

我们经过一座古希腊时代的圆形露天剧场。石头座位呈半圆形排列，围绕着中央的舞台。我想象着，在久远的过去，整个马其顿地区都是古希腊文明的一部分。那时候，穿着长袍的人们，想必就坐在眼前的露天剧场里，面对着大湖，观看埃斯库罗斯的悲剧。

我的房间位于小别墅的二楼：木质地板，明黄色的墙面，简朴的家具。打开百叶窗望出去，就是平静的湖面和山间的红瓦白墙。远山的积雪未融，与天际线处的雾霭融为一体。湖面上波光闪烁，一只小船静静地划过水面，波纹缓缓分开，如一排人字形大雁，划过天空。

我立刻就喜欢上了这里。自从离开达尔马提亚海岸,深入巴尔干内陆以来,我几乎整日沉浸在凄风冷雨中,久而久之,身心疲惫。此刻,我终于获得重生,感到摩伊拉女神在不经意间散发的柔情。

于是,我当即下楼,找到房东老太太,又多付了一周房费。

———

在奥赫里德的日子,我很快有了一条固定的散步线路。每天早上,我喝过红茶,走出别墅,沿着一条鹅卵石小路下山。经过圆形露天剧场,经过山毛榉和柏树掩映的房子,奥赫里德湖总是猝不及防地出现在树梢与屋顶之间,波光粼粼,像大海一样浩渺。

树木还是光秃秃的,宛如雕塑,但春天已经悄然来临。和煦的微风拂过湖面,泛起片片涟漪,几只天鹅在水中悠闲地游动。下到岸边,可以看到阳光穿过清澈的湖水,照在水底的卵石上,波光在水下几厘米的地方轻轻跳荡。

湖畔是一座安静的小广场,耸立着东正教圣徒的雕像。广场上有精心布置的花圃和大理石铺成的步道。过冬的海鸥时而在步道上跳跃,时而落在圣人的肩膀和头顶。

广场旁边的露天咖啡馆已经开始营业。我会坐在户外,点一杯咖啡,晒晒太阳,顺便翻几页保加利亚女作家卡萨波娃的《去湖畔:巴尔干的战争与和平之旅》。

卡萨波娃的祖母就来自奥赫里德。她在书中写道,如今广场的位置上曾经有一座清真寺,前面是南斯拉夫国王亚历山大的雕像。第二次世界大战期间,奥赫里德落入保加利亚人之手,雕像被扔进湖中。战争结束后，铁托的南斯拉夫重新掌控这里。清真寺被拆除，开辟出今天的广场。

喝完咖啡，我沿着湖岸向西走，经过古老的东正教堂、安静的老房子和尚未开门的餐厅。靠近堤岸的地方，有树木倒伏在水中，蓬乱的树枝露出水面。湖水轻轻冲刷着树枝周围，带起一圈圈泡沫。

快到岬角之处时，山路再度攀升。尽管坡道陡峻，我仍心怀愉悦，因为一旦爬到山巅，俯瞰湖湾会是一件赏心乐事。

在湖边的悬崖上，有一座建于13世纪的圣约翰教堂。传统的拜占庭风格，橘红色瓦片，墙体由淡黄色的石块砌成。教堂俯瞰蔚蓝色的湖水，周围长着高耸的柏树。几只海鸥发出微细的叫声，从教堂上方掠过。这是奥赫里德最美的地方。面对此景，我马上理解了中世纪的修士为何能在这里找到精神寄托。

很早之前，这座教堂就曾出现在我的世界里。2011年2月14日，情人节的晚上，我看过一部北马其顿电影《暴雨将至》，圣约翰教堂就是电影的取景地之一。我至今仍然清晰地记得，当这座悬崖上的教堂出现在画面中时，那种遗世独立的孤寂之美带给我的震撼。

《暴雨将至》采用了一种环形叙事结构，将三段相互交错的人生故事串联在一起。在巴尔干的大地上，不同族群、宗教、文化造成的误解一次次酿成悲剧。暴力与血腥、无奈与伤痛，在人们的生命中不断上演，就像电影的环形结构一样，形成一道无休无止的宿命轮回。

每一次散步至此，我都面朝教堂和大湖，伫立良久，思索着暴风雨是否终将过去。

我转过一道弯，沿着山脊线继续前行。山路起伏不定，从片片松林中穿过——阳光透过松枝漏下来——直到经过萨缪尔城堡才开始不断下坡。

山上的居民主要是信仰东正教的马其顿斯拉夫人，而山下是阿尔巴尼亚族的聚居区。他们是北马其顿最大的少数族群，约占总人口的四分之一。

科索沃战争期间，五十万科索沃阿尔巴尼亚族难民涌入北马其顿，加剧了族群间本就存在的紧张关系。2001年，北马其顿的阿尔巴尼亚族成立了武装组织"阿尔巴尼亚自由战线"，并与北马其顿政府发生冲突，令这个脆弱的小国几乎走到内战边缘。最终，在国际社会的努力下，双方达成了停火协议："阿尔巴尼亚自由战线"同意解除武装，而北马其顿政府同意赋予阿族群体更多的政治权利。

对马其顿族来说，这一事件是耻辱性的挫败，阿尔巴尼亚族则将协议视为构建民族联邦进程的开端。国际观察人士指出，如果北马其顿无法加入欧盟，阿尔巴尼亚族可能会推动更多的自治权，甚至在极端情况下寻求独立。

我漫步于绿色巴扎、清真寺和传统茶馆之间，看着在茶馆里抽烟打牌、无所事事的阿尔巴尼亚人。我经过一棵巨大的梧桐树，从分开的树根来看，足有数百年的树龄。

卡萨波娃写道，几个世纪以来，梧桐树周围都是餐厅、咖啡馆和理发店。无论是基督徒还是穆斯林，都会来这里刮胡子、聊八卦、嚼咸鹰嘴豆、喝小伙计用铜盘端来的土耳其咖啡。

每次散步至此，我就随意走进路边一家阿尔巴尼亚餐馆，吃瓦罐炖红腰豆、烤肉和马其顿沙拉，再喝上一瓶冰镇的斯科普里牌啤酒。

———

一天，我从餐馆出来，走进午后的阳光。一个男人的声音在身后响起："你是哪里人？"

那声音很低，既像是在问我，又像是在自言自语。

我回头，看到一个五十岁左右的男人，穿着脏兮兮的牛仔裤，戴着一顶褪色的毛线帽，胡茬也有两三天没刮了。他的脸上带着一丝微笑，但因为眼睛有点斜视，给人一种愤愤不平之感。

我告诉他我从中国来。他表现出一副想要攀谈的样子。于是，我放慢脚步，和他并肩而行。

我问他是做什么工作的。

"我是老师。"他说，但用的是过去时。

"那现在呢？"

他喃喃地嘟囔了句什么，我没听清楚。

"你现在有空？"我问。

"是的，我在散步。"

"不用去上班？"

沉默又一次降临。

我试着改变话题，问他是马其顿族还是阿尔巴尼亚族。

"阿尔巴尼亚族。"他伸出手，给我看他手上的戒指。那戒指的图案是一面阿尔巴尼亚国旗。

我告诉了他我的名字。

"艾罗尔·斯帕霍。"他说。

我很快发现,斯帕霍先生对奥赫里德乃至北马其顿一概抱有蔑视态度。他说,这个国家不尊重人才,对阿尔巴尼亚族相当不公。我问他是否遭遇了什么。他再次给出一些含含糊糊的回答。

我们经过一家传统茶馆,里面都是无事可做的阿尔巴尼亚人。我邀请斯帕霍先生进去喝茶。他撇撇嘴,露出不屑的神色。

"我们去咖啡厅。"他说,"我学生开的。"

他带着我走街串巷,最后来到一家现代风格的咖啡馆。在巴尔干的语境下,这意味着定位比传统茶馆高出一个档次。我这才意识到,斯帕霍先生可能是嫌弃茶馆里都是没文化、没工作的庶民百姓。

我们坐下来,点了两杯咖啡。咖啡厅里空空荡荡,我们是唯一的客人。

"他以前是我的学生。"斯帕霍先生说。可奇怪的是,那人刚才为我们点单时并没有额外的寒暄。

"你教他什么?"

"英语。"

"怪不得你的英语讲得这么好。"

斯帕霍先生面露自得之色。他说,他有二十多年的英语教学经验,曾在中学任教,拥有博士学位。

"研究方向是什么呢?"

"英语词汇对北马其顿阿尔巴尼亚语大众媒体的影响。"

我花了些时间才厘清斯帕霍先生说的话。渐渐地,我拼凑出一些他的人生片段:他结过婚,但又离了。他在奥赫里德郊外一个叫作斯特鲁加的小镇的中学教书。出于某种原因,他最近失去了这份工作。他的心灵因此受到伤害，对社会失望透顶。

"是什么原因让你失去了工作？"

"因为学校被马其顿族的混蛋控制了。"他斜着眼，似笑非笑，从喉咙里发出的声音十分沙哑。

"没工作的话，生活怎么办？"

他表示，他目前住在母亲留下的房子里，每月有一笔微薄的失业救济金。他现在就靠着这笔钱生活。

当他说出"失业救济金"时，语气中似乎带着一丝戏谑，仿佛对自己的处境感到既好笑又悲愤。

"你有孩子吗？"我问。

斯帕霍先生斜眼望着我，突然讥讽地说："我发现你的文化水平不高。"

"怎么发现的？"

"从我们的聊天中。"他说，"你问的都是一些没水平的问题。"

"那你觉得自己有水平吗？"

"当然。我是受过教育的人。"

沉默再次降临。

斯帕霍先生滑开手机，给我看他女儿的照片。不过，那张照片的像素很低，还有水印，不像是女儿发给他的，更像是他自己从脸书上下载的。

我问他怎么打发时间，是否想再找份工作。

"我不这么认为。我现在忙得很。我读英文书，听英文有声读物。"

"这是你的生活方式？"

"没错。"

"最近读的一本书是什么？"

"《勇于思考的魔力》。"

听着像是一本励志书。这倒是出乎我的意料。

"你说你是个作家？我有个好主意给你。"接着，仿佛是为了制造一种悬疑效果，他故意停顿片刻，"免费给你。"

"什么好主意？"

他压低声音，讲起一个阴谋论故事：不久前发生在土耳其和叙利亚的毁灭性地震，其实是美国军方的电离层研究项目引起的。这个项目在阿拉斯加设有研究站，通过它可以影响云层，控制气候，制造地震，甚至还可以用于精神控制。

"你是怎么知道的？"

"研究。"

这样的对话实在令人苦恼。在另一个沉默的空当里，我拿起桌上的账单，表示我来付咖啡钱。他开始没有任何表示。当我掏出一把零钱放在桌上数时，他突然大声惊呼："不要把钱放在桌上！"

我抬头看他，他依旧斜眼望着我。

"你会被抢的！"

"在这里？在你学生的咖啡馆里？"

我们离开咖啡馆，穿过一片冷清的市场。他指着路边的一栋房子告诉我，他住在这栋房子的二楼——这就是他母亲留给他的公寓。我们在这里分道扬镳。坦白地说，我感到如释重负。

那天晚上，吃过晚饭，我再次经过斯帕霍先生的房子。街上静悄悄的，公寓里亮着灯。在昏黄的灯光中，可以看到他在白布窗帘上的淡淡身影，大小不断变化，就像皮影戏中的剪影。

回到我在山上的小房间，一轮明月悬挂在山峦的黑色岬角上。月光如水般洒在湖面上，一群野鸭鸣叫着掠过，飞向远方。我一边写着当天的笔记，一边想着斯帕霍先生——他一定是因为什么丑闻而离开了学校。

突然，我灵光一闪，打开笔记本电脑，搜索他的全名。

我很快就发现了一则报道。标题是《斯特鲁加一名教师因攻击学生被判处四个月监禁》：

> 在北马其顿的斯特鲁加，一名英语教师因在学校与学生发生肢体冲突而被判入狱四个月。去年12月，斯特鲁加高中的艾罗尔·斯帕霍老师在一次争执中使用金属指套攻击了一名学生，导致该学生头部受伤。事件发生后，学生被送往医院接受治疗。法庭裁定斯帕霍老师犯有暴力伤害罪。
>
> 在唯一的一次法庭听证会上，斯帕霍老师辩称自己先是与同事——也是受伤学生的母亲——发生了口头争吵，随后在洗手间被学生用拳头攻击。他说自己拿出指套只是为了吓唬学生，但最终击中了学生的头部。由于这起事件，斯帕霍老师被警方拘留，并在学校纪律委员会的建议下被解雇。

为什么一位老师会带着金属指套去学校？斯帕霍先生对我说的"学校被马其顿族的混蛋控制了"又是什么意思？

一时间，我很想敲响斯帕霍先生的家门，与他进一步恳谈，但又害怕他勃然大怒，对我也施以指套。

一

我给约瓦娜名片上的手机号发短信，问她是否愿意下班后共进晚餐。她没有回复。于是我打消了这个念头，出门例行散步。

走到山下广场时，我突然心血来潮，决定去圣瑙姆修道院看看。修道院距离奥赫里德约三十公里，坐落在北马其顿与阿尔巴尼亚边境附近的悬崖上，俯瞰奥赫里德湖。

广场附近停着两辆等活的出租车。我与其中一辆谈好价格，坐了进去。一开始，司机开得很慢，仿佛有什么心事。过了一会儿，他问我是否介意他抽烟，我说请便。

在巴尔干旅行，哪里都无人禁烟，而自从离开杜布罗夫尼克以来，我也逐渐练就了一副铁肺。司机点上烟，吞云吐雾，烟雾顺着窗缝迅速飘散，仿佛被人猛地拽了出去。

刚才，司机开得不紧不慢，这时却像大力水手吃完菠菜，突然精神抖擞：换挡、踩油门、加速、超车——一套动作行云流水，轮胎在转弯时吱吱作响……我不由得再次感叹，尼古丁真是一种高效燃料。

公路沿着湖岸延伸，一侧是连绵起伏的山峦，点缀着灌木丛和金雀花，另一侧是碧蓝的湖水，倒映着白云和树影。

我们穿过湖边小镇，街道两旁有不少挂着招牌的旅馆。夏季时，这里恐怕会人满为患，此刻却异常宁静，只有几位老人在湖边下着双陆棋。

我在圣瑙姆修道院外下车，信步走进庭院。从地图上看，这里几乎就在边境线上。

圣瑙姆修道院曾被奥斯曼土耳其人摧毁，后在 16 至 17 世纪间重建。我走进教堂，看到一位身着黑袍、留着大胡子的修士，手持香炉，在空中摇晃。烟雾袅袅飘散，发出阵阵浓烈的香气。

一道矮门通向一个昏暗的狭小空间，那里就是圣瑙姆的墓室。上方是圣瑙姆的壁画，同样被希望治疗眼疾的信徒刮去了双眼。

有一则传说，圣瑙姆没有真的死去，当你俯身在他的大理石棺木上时，依然可以听到他低沉的心跳声。于是，我俯下身，把耳朵贴在那块被摩擦得光滑的区域，侧耳倾听——我只听到了自己的心跳声。

教堂外是一座宁静的花园，几只孔雀漫步其间。我穿过一道小门，欣赏外面广阔的湖景。湖水清澈碧蓝，对岸是染霜的阿尔巴尼亚群山，掩映在如纱的云雾之间。

湖边有一家餐厅，烧着暖炉，看起来气氛温馨。时间已过正午，我点了半瓶白葡萄酒和一份烤鳟鱼。鳟鱼是奥赫里德湖的特产，用炭火烤制，只以盐和柠檬汁调味。

我吃着鲜美的鳟鱼，不时喝一口冰镇的白葡萄酒。餐厅外的甲板上洒满阳光，垂柳倒映在湖面上，偶尔可以听到几声婉转的鸟鸣。

饭后，我点了一杯咖啡，从书包里拿出笔记本，继续写笔记，然后又看了会儿书。原来，在土耳其人统治时期，圣瑙姆修道院附近有一座集市，周边信仰东正教的商人和农民都会在这里聚集。

下午三点，我拿出手机查看——约瓦娜回复了我。她说自己刚才在做手术，但晚上有空。她的下班时间较晚，要到七点才能见面。我回复说七点刚刚好，便找了一家老城的餐厅，将地址发给了她。

圣瑙姆修道院附近没有出租车。我按照餐厅侍者的指示，走到路边等待小巴。

这里没有站牌,也不见其他乘客。半小时后,我已经开始怀疑,这趟车是不是存在。

一位穿着大衣的老妇人走了过来。我打着手势问她,是否也去奥赫里德。她点了点头,示意我和她一起等车。

上车前,老妇人从大衣口袋里掏出一样东西,塞到我手里。我低头一看,竟然是一块巧克力糖——可能因为大衣太暖和,糖已经有些融化。

回到奥赫里德,天空呈现出柔和的黄蓝渐变色,远山的轮廓在晚霞中若隐若现。我走回山上的小房间,睡了一会儿,直到一阵海鸥的叫声将我吵醒。我看了一眼时间,出门前往餐厅。

——

走到餐厅时,约瓦娜已经在门口等我。她穿着白色粗线毛衣和蓝色牛仔裤,脚踩一双黑色雕花皮鞋。小巧的肩膀上背着一只韩式黑色双肩包。从背后看去,如果不是那头红色长发,她几乎会让我误以为是一个东亚女孩。

这是一家意式餐厅,但也做土耳其比萨。餐厅的生意一般,除了我们,只有另外一桌客人。我们在餐桌旁坐下,阿尔巴尼亚族侍者递上菜单。我们点了奶油南瓜汤、吞拿鱼沙拉和土耳其比萨。约瓦娜不喝酒,于是我们点了一大瓶气泡水。

我谈起不久前遇到的斯帕霍先生。约瓦娜说,族群关系紧张是当前北马其顿面临的最大问题之一。尤其是在奥赫里德地区,由于与阿尔巴尼亚接壤，阿尔巴尼亚族人口众多。实际上，她所在诊所的老板就是阿尔巴尼亚族。

"工作还顺利吗？"我问。

"老板是阿尔巴尼亚族，还有一个护士也是阿尔巴尼亚族，老板有时会把本该由护士做的工作交给我。比如打扫卫生、准备器械这类事情。"约瓦娜说，"我每周工作六天，每天从上午十点到下午六点，但老板只付我六小时的工资。"

"不能和老板谈一下？"

"没用的。"

约瓦娜挽起毛衣的袖口，露出纤细的小臂，左手腕上戴着一款老式手表，右手腕则佩戴了两枚细细的银镯。

侍者为我们端上了南瓜汤。尽管味道非常寡淡，我们还是一勺一勺地小心喝着。勺子与汤盘接触时，发出清脆的响声。

我问约瓦娜是不是奥赫里德人。

她说不是，她来自北部靠近科索沃的大山深处。小镇只有不到一千人口。除了马其顿人，还有阿尔巴尼亚人和土耳其人。

"怎么会有土耳其人？"

"奥斯曼时代留下来的土耳其人后裔。"

小镇附近有一座著名的修道院，名为"施洗者圣约翰比戈尔斯基修道院"。约瓦娜一脸认真地告诉我，这座修道院在整个北马其顿都非常有名，有很多灵验的传说，许多渴望怀孕的女性都会去那里祈祷。

这样的传说世界各地都有，不过是将宗教与人类最普遍的愿望结合在一起。看到约瓦娜如此认真的表情，我笑着问她："真的这么灵验吗?"

"非常灵验。"她说,"我母亲去那里祈祷过一次,结果在接下来的二十年里生了八个女儿。"

"天啊,太灵验了!"

在八个姊妹中,约瓦娜排行第四,三个姐姐都已嫁人。

"所以压力到你这边了?"

"是的。"约瓦娜莞尔一笑。

侍者撤下喝了一半的南瓜汤,将沙拉和土耳其比萨一起端了上来。这家餐厅生意清淡看来是有原因的——沙拉水分过多,而土耳其比萨却干得像块案板。

我问约瓦娜为何会选择成为牙医。

"我父亲是镇上的医生。"她说,"我们八个姊妹中必须有一个人继承他的事业。我本来是要接班的,但一个姐姐说她更愿意留下来,于是我就去学了牙医。结果,她并没有接班,而我那时已经在首都斯科普里上大学了。"

除此之外,还有另外的原因,来自她自身经历的痛苦。

约瓦娜告诉我,她两侧各有一颗臼齿被拔掉了,导致她的上下牙无法咬合。

"为什么要拔掉呢?"

"小时候我得了蛀牙,痛得死去活来。我去镇上唯一一家牙科诊所看牙,牙医说没有别的办法,只能拔掉。后来,我自己也学了牙医,这才意识到镇上的牙医其实并没有真正的医术,他处理任何坏牙的方法就是拔掉。"

我注意到,在吃比萨的时候,约瓦娜会用餐刀小心翼翼地剔掉上面的肉粒，然后堆在盘子的一角。

"肉粒太大了？"我问。

"是的，我咬不动这么大的东西。"

"或许可以考虑植牙？"

"是的，但要花很多钱。"她说，"我还没有攒够这笔钱。"

毕业后，约瓦娜独自一人来到奥赫里德，在这家由阿尔巴尼亚族医生开设的诊所担任助理医师。老板给她的月薪是四百欧元，折合人民币不到三千元。为了节省开支，她没有在奥赫里德租房，而是选择住到更远的斯特鲁加。她租了一间单人公寓，每月的租金仍要一百五十欧元。

"所以攒不下什么钱。"她说。

"为什么没有留在斯科普里，找一家马其顿族开的诊所呢？"

约瓦娜解释说，斯科普里的诊所全都要求至少三年的工作经验，她只能先来奥赫里德工作。

"一方面是工作经验，一方面是客户资源。"她说，"只有积累到至少五百名客户，将来才有机会开设自己的诊所。"

在奥赫里德的诊所工作了一段时间后，不时会有人邀请约瓦娜下班后外出，她有时也会接受这样的邀请。

"为了维护客户关系？"

她听后笑了起来。她说，最近有一个阿尔巴尼亚族男人在追求她。他有房有车，是个生意人。

"但是我们不太可能结婚。"

"因为宗教不同？"

"是的。他是阿尔巴尼亚族，信奉伊斯兰教。如果嫁给一个穆斯林,我就必须改信伊斯兰教。我的父母是不会同意的。"

"那么,你对他的印象如何?喜欢他吗?"

约瓦娜摇了摇头:"他很有钱,会送我礼物,但我对他并没有感情上的想法。"

大学期间,约瓦娜交过一个马其顿族的男朋友,学的是信息工程专业。毕业前夕,他们分手了,是男方提出的。

"他说和我在一起的感觉和以前不一样了。"

"怎么讲?"

"他毕业后会去意大利留学。即使我们在一起,也要面对长期不能见面的现实,这件事会影响我们的心态。实际上,我在大四第二学期就已经意识到了这一点,但我努力让自己不过分纠结这些。我觉得,事情到了那一步自然会有结果。"

约瓦娜抬起手臂,两个银镯沿着她纤细的胳膊滑落。

"刚分手的时候,我很难过,哭过几次,心里放不下他,但我现在开始觉得,分手其实是一件好事。我从小就是一个性格独立的人,但因为对他的爱,我在生活中逐渐丧失了一部分自我。无论做什么,我都会不自觉地首先考虑他的感受——我几乎忘了我自己。"

毕业分手的时候,也是约瓦娜独自一人来到奥赫里德开始新工作的时候。面对一个陌生的环境,加上感情上的起伏,她是如何纾解内心情绪的?

"我喜欢跳舞,这是我从小的爱好。我的成绩很好,但一有机会就去跳舞。"她说,"每隔一段时间,我还会重新布置家具,改变房间布局,通过这种方式来转换心情。"

她拿出手机,给我看她公寓现在的照片。小小的房间里,摆着一张浅米色的双人沙发,搭配色彩鲜艳的抱枕。落地灯旁,摆放着几盆小植物,窗台上还放着一排从旧货市场淘来的小摆件。

房间不大,却很温馨。我逐渐意识到,或许是学医的原因,约瓦娜的行为很少是随意或漫不经心的。对于她所做的事情,或者是她在某种程度上能够掌控的事情,她总是追求一种美好的状态。

除了重新布置家具,她也会阅读。

"英文爱情小说,主要是用来消磨时间的。"她笑着说,仿佛书的内容并不重要,仿佛在孤寂之中只要有书读就好。

"还有韩剧。我最近在追《文森佐》。"

我没听说过这部剧。我问她看不看《鱿鱼游戏》。

她摇了摇头:"我不喜欢那么热门的东西。"

饭后,我们各自点了一杯咖啡——就连咖啡也不对劲,像是用受潮的咖啡豆煮的。

约瓦娜问我,为什么要写一本巴尔干的书?

我沉思片刻,回答说有很多原因。

"但最重要的原因是,我想记录下自己走过的路和途中邂逅的人——这就像书写自己生命的一部分。只有把它们写下来,我才能与它们建立起持久的联系。无论将来相隔多远,它们都会永远在我心里。"

吃完饭,我们穿过老城,步行到主路上。去斯特鲁加的最后一班小巴已经离开了,但有一辆出租车停在路边。这个时间打车肯定是一笔不菲的开销。约瓦娜犹豫了一下,说她准备给一个朋友打电话,请他开车送她回去。

"不会是那个追求你的阿尔巴尼亚商人吧?"

她没说话。

"让我来支付车费吧。"

她婉拒了我的提议。

"这是我应该做的。是我邀请你出来吃晚餐的。晚餐这么难吃,现在又这么晚了。另外,如果你不喜欢那个男人,或许还是不要麻烦他为好。"

不等她再回答,我就走过去与出租车司机交涉。他开价三十欧。我从钱包里掏出一张五十欧的钞票给他。他接过去,打开灯,狡黠地摸了摸夹克,表示自己没有零钱。

"这钱都是你的。"我说。

我回到约瓦娜身边,告诉她车已经安排好了。

"谢谢你。"

"别客气。"我说,"希望你早日积累到五百个客户。"

她看着我的脸微笑:"也希望你早日写出巴尔干的书。"

"肯定会写出来的。"我也笑着回答。

我帮她关上车门,看着出租车调头向北驶去。直到尾灯在街角消失不见,我才转身离去。

我还不想返回山上的公寓,于是漫步至一家爵士乐酒吧,结果大门紧闭。我又去了另一家酒吧,里面正播放塞尔维亚的流行音乐,但室内空空荡荡。

显然,在这个季节,奥赫里德的任何角落都难觅游客的踪影。

我点了一杯啤酒,一口气喝掉半杯。喝完两杯啤酒后,我离开了酒吧。

这是一个温和的夜晚。我沿着鹅卵石铺成的小径上山。一轮丰满的圆月悬挂在湖面上方,湖水宛如无边无际的海洋,在银白色的月光下不安地闪烁。水中的月影轻轻颤动,像破壳而出的小鸡抖动绒毛,最终慢慢地恢复了自我。

　　一切复归平静。

第十四章
斯科普里：躁动的解析

在北马其顿，马其顿族与阿尔巴尼亚族之间的紧张关系，或许还不是这个国家面对的最大挑战。

在首都斯科普里，我下榻的酒店外就是马其顿广场。在这个宽敞的圆形广场中央，矗立着一座名为"骑马勇士"的雕像，生动地刻画了亚历山大大帝的英姿。不远处，北马其顿的国旗在温暖的春风中徐徐招展。

1991年，北马其顿宣布从南斯拉夫独立，采用了"马其顿共和国"这一国名，国旗设计为鲜艳的红色背景搭配一颗黄色的十六芒星。这颗星被称作"维吉纳太阳"或"马其顿之星"，图案与邻国希腊马其顿大区的州旗相似，仅背景色彩不同。

这一国名和国旗的设计立刻激起了希腊的强烈抗议。希腊坚称"马其顿"这一名称源自古希腊时期的马其顿王国。公元前4世纪，马其顿国王亚历山大大帝统一了希腊，并建立了一个横跨欧亚非三洲的庞大帝国。希腊将"马其顿"视为自身的历史遗产，认为"马其顿共和国"这一国名不仅是对希腊文化的侵占,还隐含了对希腊境内的马其顿地区的主权要求。

然而,希腊并未详细解释这个毫无军事力量的小国"马其顿共和国",究竟如何能够对身为北约和欧盟成员国的希腊构成威胁。

1995年,北马其顿被迫同意更改国旗,采用了全新的设计,但两国在国名上的争议仍旧悬而未决。

进入21世纪,前南斯拉夫的各加盟共和国纷纷申请加入欧盟。斯洛文尼亚在2004年率先加入,克罗地亚在2009年紧随其后。北马其顿迫切地希望跟随这些国家的脚步,也提交了入盟申请,但成员国希腊的反对使这一进程陷入僵局。双方主要争议的焦点在于北马其顿的宪法国名仍然是"马其顿共和国"。

最终,北马其顿在2019年做出妥协,正式将国名更改为"北马其顿共和国",希腊这才同意支持其加入欧盟。尽管这一略显屈辱的更名举措为北马其顿的欧盟之路扫除了一些障碍,但加入欧盟的具体进程仍需时日——因为另一个邻国兼欧盟成员国保加利亚此时跳出来反对,并连续两次否决了北马其顿的入盟谈判框架。

北马其顿和保加利亚之间的冲突同样围绕民族认同和语言问题展开。保加利亚认为,马其顿地区在历史上属于大保加利亚的一部分,不承认马其顿人是一个独立的民族,坚称北马其顿的斯拉夫人是保加利亚人的一支;与此同时,保加利亚还否认马其顿语作为一门独立语言的地位,认为它只是保加利亚语的某种方言。

北马其顿的国家和民族地位之所以频繁遭受挑战,根源在于其复杂的地理和历史背景。

马其顿是巴尔干半岛上的一个地理和历史区域。长久以来,它的界线一直在不断变化。从地图上看，它们就像流动的水银，在奥赫里德湖周围以及爱琴海、亚得里亚海和黑海南岸之间移动。

在这片多元文化的土地上，混居着希腊人、保加利亚人、阿尔巴尼亚人、塞尔维亚人、犹太人和土耳其人。这种混杂状况甚至催生了法语中"混合沙拉"（macedoine）一词。

在奥斯曼帝国统治下，这些群体的身份认同更多是基于宗教而非民族，对于"希腊人"或"保加利亚人"这样的民族身份，他们知之甚少。

到了19世纪末，随着奥斯曼帝国的衰落，民族主义开始在这片土地上兴起。马其顿地区的斯拉夫语使用者，开始被视为"保加利亚人"或"希腊人"，有时也被认为是"塞尔维亚人"。在这个过程中，马其顿地区的控制权和身份认同问题日益凸显，引发了一系列复杂的政治纷争，这就是著名的"马其顿问题"。

在此背景下，希腊、保加利亚和塞尔维亚等新兴国家刚刚摆脱了奥斯曼帝国的枷锁，便投入到对马其顿地区的激烈争夺中。这些国家在历史的不同阶段都曾统治过马其顿地区，因此它们都宣称马其顿属于自己。

正如许多精心构建的民族叙事一样，这些国家纷纷从历史中搜寻支撑自己立场的证据，同时小心翼翼地在故事变得更为复杂之前止步。每个国家心中都有一个"马其顿"，但那往往是一个存在于对辉煌历史的集体幻想中的马其顿，而这个辉煌历史现在被要求为当下注入意义和价值。

经过两次巴尔干战争和两次世界大战的洗礼，马其顿地区最终被希腊、保加利亚和南斯拉夫分割。铁托政府有意为今天北马其顿的居民打造出一个独特的民族和语言身份,旨在削弱他们与邻近保加利亚人之间的联系。

从语言学的角度看,北马其顿人所说的斯拉夫语与塞尔维亚-克罗地亚语关系较远,而与保加利亚语极为相似。然而,经过南斯拉夫时代的锻造,北马其顿地区的居民逐渐发展出一种独立的身份认同。当我漫步在这个脆弱小国的街道、广场和博物馆时,几乎随时都能感受到它对自我身份的宣示。

和很多新兴国家一样,这种宣示有时会达到过犹不及的程度。比如矗立在马其顿广场中央的亚历山大雕像,亚历山大无论从文化意义还是种族意义上,都与今天的北马其顿人没有丝毫关联,却被北马其顿当作了自己的民族英雄。

———

相比贝尔格莱德和萨格勒布,斯科普里其实更算得上是一座南斯拉夫建造的城市。1963 年 7 月 26 日,斯科普里发生了里氏 6.1 级大地震,约百分之八十的城市化为一片瓦砾。当时正值南斯拉夫的鼎盛时期,大规模的重建工作成为一项重要的国际努力,吸引了来自东西方两大阵营的关注和援建。

重建斯科普里时,南斯拉夫显得信心十足,不以本土风格为本,而是将当时世界上最前卫的城市规划理念移用至此,借以标志南斯拉夫融汇东西的开放胸襟。日本建筑师丹下健三为斯科普里制定了重建方案。他是 20 世纪最杰出的建筑师之一,也是日本战后"新陈代谢运动"的倡导者。

在经历了数月巴尔干半岛的旅行后,我一抵达斯科普里就感受到了某种南斯拉夫式的国际化气息。半个世纪之后,斯科普里的宽阔大道、前卫住宅楼、开阔的公共空间和一些精心布局的公共设施,依旧能让人一窥南斯拉夫黄金时代的风貌。然而,随着南斯拉夫的解体,这座城市的面貌和身份开始变得模糊不清。

近年来,北马其顿政府实施了一项宏大的城市更新工程——"斯科普里2014"。这一项目自2010年正式启动,旨在通过重塑斯科普里的城市景观,提升国民自豪感,并吸引更多游客前来参观。

项目包括兴建众多纪念雕像,同时对许多南斯拉夫时期的建筑进行新古典主义风格的翻新,让这座城市散发出巴黎和维也纳的韵味。然而,从一开始,这个项目便陷入了广泛的争议和分歧,至今仍是斯科普里热议的话题。

瓦斯科当过十多年记者,杂志社倒闭后转行成为一名向导。一天早上,他陪我在马其顿广场及周边走了一圈。

我们在亚历山大雕像下见面时,他撑着一把黑色雨伞,上面印着"斯科普里免费徒步游"的字样。一年三百六十五天,每天早上十点,这位前记者都会撑着这把伞,风雨无阻地站在雕像下,等待与他碰头的人。

我与瓦斯科一起徜徉在广场上,感觉自己仿佛走进了一座大型主题乐园。瓦尔达尔河畔,新古典主义与巴洛克风格的建筑群——包括博物馆、政府大楼和重建的国家大剧院——傲然矗立,雕像更是如雨后春笋般遍地生长,数量之多令人咋舌。

目光所及,古希腊的亚历山大大帝、拜占庭的查士丁尼大帝、保加利亚的萨缪尔国王、哲学家亚里士多德、东正教圣徒西里尔和美多迪乌斯以及天主教特蕾莎修女等历史人物的青铜雕像随处可见。

在一座横跨瓦尔达尔河的步行桥上，我粗略地数了数，竟然就有近三十座雕像，分别代表着北马其顿在音乐、文学和艺术领域的重要人物。这些历史上的杰出人物齐聚一堂，仿佛在向世人宣告：北马其顿虽小，却孕育了无数辉煌的传奇。

瓦斯科透露，虽然没有确切的统计数字，但估计有近千座雕像散布在斯科普里的广场、公园、道路、桥梁，甚至河中。

"河中也有？"我惊讶地问。

瓦斯科点点头，指向停在瓦尔达尔河上的三艘仿古海盗船："2014年的斯科普里一直让我们感到震惊，但看到这三艘海盗船时，我们还是彻底蒙掉了——要知道，北马其顿可是一个内陆国家啊！"

我很快发现，瓦斯科是个充满幽默感的人。在介绍每一座雕像时，他都会乐此不疲地指出，这位历史人物的归属与哪个国家存在争议。这片土地曾被古希腊人、保加利亚人、塞尔维亚人和土耳其人统治，而现在，独立的北马其顿人要在他们的首都留下自己的印记。

"基本上，这些历史人物大都被认为属于希腊、保加利亚或塞尔维亚，但由于他们出生在马其顿的土地上，或者曾经统治过这里，我们也将他们视为北马其顿的历史人物。"

这种逻辑多少有些烧脑，但有一点是可以肯定的，那就是这些雕像使斯科普里成了一个令人惊叹的奇观，甚至有国际媒体将这里评为"世界刻奇之都"。

"有不少人会将这个项目视为对公共空间的亵渎，对城市和市民的侮辱。他们甚至不再前往市中心。就算不得不经过，也会低着头，盯着自己的鞋尖——就像丧尸走路一样。"瓦斯科说,"但另一方面,这个项目的确增加了斯科普里的知名度,为游客提供了许多有趣的观光点,使斯科普里成了一个充满话题性的城市。"

"那你自己是怎样的态度呢?"我问。

瓦斯科笑道:"你瞧,这些雕像至少让我的工作变得轻松了许多。单是讲述这些雕像背后的历史故事,就能让我说上好几个小时。如果没有它们,我还真不知道该带你去哪里散步。"

在我们四处漫步时,总有七八条流浪狗跟随左右——广场上到处是游荡的流浪狗。不知何故,这几条流浪狗对我们产生了极大的兴趣,一路跟随,宛如一支忠心的护卫队。

瓦斯科带我走上一条大街,前方出现了一座与巴黎凯旋门极为相似的建筑——这也是"斯科普里2014"的成果之一。

"是不是有点眼熟?"瓦斯科调侃道,"尽管我还没去过巴黎,但我觉得自己就和巴黎人一样。"

这时,一辆黑色奔驰车穿过这座凯旋门式的建筑,驶入我们所在的大街,打算转入新古典主义建筑背后的一条小巷——那条小巷似乎是流浪狗的领地。

突然,我身边的一条大黄狗吠叫起来。其他流浪狗听到声音,迅速从四面八方奔跑过来,将那辆奔驰车团团围住。它们在空中晃动口鼻,发出警告性的咆哮,颈背上的毛发竖立,显得既警觉又凶猛。司机显然被这阵势吓到,困在原地,不知所措。最终,他只好放弃原定计划,调头返回。那一大群流浪狗继续吠叫着,乘胜追击,直到奔驰车再次穿过凯旋门,它们才凯旋而归。

瓦斯科告诉我,在"斯科普里2014"被叫停之前,这个项目已经耗费了大约五亿六千万欧元。对小小的北马其顿来说,这算得上是一个天文数字。项目引发的巨大争议在2015年触发了大规模的民众抗议,最终导致执政党垮台。

项目的主要推动者——北马其顿前总理尼古拉·格鲁埃夫斯基,因涉嫌滥用职权、腐败和选举舞弊等罪名,被北马其顿法庭判处两年监禁。但在判决下达之前,他宣称自己受到政治迫害,逃至匈牙利,并获得了政治庇护。

"斯科普里2014"项目原本旨在加强北马其顿国家和民族的凝聚力,却出乎意料地引发了更为深刻的社会分裂。这一现象凸显了身份认同、历史诠释和现代治理等层面的棘手问题,而且预示着北马其顿在未来仍将面临诸多类似的挑战。

我与瓦斯科边走边聊,最终又回到了亚历山大大帝的雕像下。几条流浪狗依旧随行左右,让我觉得自己有种乡镇一霸的威风。

我掏出一张二十美元的钞票,递给瓦斯科作为小费。他接过来,面露笑容。

我对瓦斯科说,我以前也当过记者。我问他是否还会偶尔怀念过去当记者的日子。

"那时候确实很有意思,也更有成就感。"瓦斯科感慨道,"但生活总是现实的,首先得保证温饱。而且,能带领来自世界各地的人参观我的城市,这本身也是一种快乐。"

他笑了笑,将钱折好,塞进口袋,收起那把"斯科普里免费徒步游"的雨伞,和我握手告别。

一

　　一位驻荷兰的记者向我引荐了她的友人——拉塔科斯基先生。他是北马其顿电视台的纪录片导演，兼具作家身份。

　　"他两个月后会去北京进修，"身在荷兰的记者朋友告诉我，"你们不妨互相认识一下。"

　　于是，我与拉塔科斯基先生取得联系，约在瓦尔达尔河畔的一家爱尔兰酒吧见面。

　　午后，我漫步穿过马其顿广场，沿着洒满阳光的河岸前行。我路过一艘海盗船——它曾经是一家海盗风格的主题餐厅——如今却宛如经历了一场风暴后搁浅在此。甲板上围着已经破损的警戒带，船舱里堆满垃圾，看上去一片狼藉。

　　在这艘海盗船的斜对面，就是那家爱尔兰酒吧。室内摆着简洁的木制桌椅，吧台架上陈列着各种瓶装威士忌，阳光透过窗户照在桌面上。在这清新古朴的空间里，坐着我要拜访的导演。

　　他年约四十，目光有神，面庞略显圆润，下巴上留着一小撮胡子，给人一种成熟稳重之感。他身穿深色西装外套，内搭浅灰色高领毛衣，手臂轻松地交叉在身前，流露出一股骄傲和自信。

　　初见之下，他就让我想到了中年版的莱昂纳多·迪卡普里奥。那双湛蓝的眼睛——我后来得知——遗传自他的克罗地亚母亲，也让我想起了在萨格勒布结识的阿丽达。

　　寒暄过后，我们坐下来，点了两杯斯科普里生啤。我提起他即将前往北京进修的事情，并表示届时可以带他游览各个名胜。

　　"我对北京已经很熟悉了。"拉塔科斯基先生含笑回答。

原来，拉塔科斯基先生已经去过几次中国，还在云南和贵州拍摄过纪录片。他回忆道，每次探访少数民族的村落，都会受到村民的热烈欢迎。他们身着节日盛装，表演欢快的迎宾舞。宴会上总是摆满丰盛的佳肴，白酒更是像自来水一样源源不断。

拉塔科斯基先生说，他甚至还有个中文名字，叫"南瓜"。

"南瓜？"

"由于我完全吃不了辣，在云南和贵州期间，我几乎每顿都点清蒸南瓜。"拉塔科斯基先生笑道，"当地人从没见过这么爱吃南瓜的人，给我取了这个名字。"

我感叹，拍纪录片真是一份艰苦的工作。

拉塔科斯基先生轻轻地摇了摇头："当你对自己的工作充满热爱时，它就不再是苦差，而更像是心甘情愿的选择。所以我常说，找到一份你热爱的工作，那你这辈子就不用工作了，哈哈哈！"

纪录片在北马其顿的"央视"播出，颇受好评。与此同时，拉塔科斯基先生还致力于文学创作。

"旅行文学。"他说，"我一个人前往土耳其，从伊斯坦布尔出发，一路向东，穿越安纳托利亚高原。回来后，我写了一本书。"

这本描绘土耳其历史与风土的作品，成了北马其顿的畅销书。以这里的标准来说，那代表三百本的销量。

"奥斯曼土耳其对巴尔干半岛有着深刻的影响，这是我对土耳其感兴趣的原因。"拉塔科斯基先生说，"你或许不知道，在土耳其语中，'bal'这个词代表'蜜'，'kan'这个词代表'血'。这两个词组合成'Balkan'（巴尔干），共同构成'血与蜜'的寓意。可以说，这个词汇组合精辟地揭示了巴尔干地区的复杂性和矛盾性。"

我问拉塔科斯基先生，在北马其顿是否能靠写作为生。

他大笑起来："那怎么可能！如果仅靠写作为生，那是会饿死人的。在这里，没有职业作家一说，大家都有别的工作。写作，只能作为一种寄托心灵的爱好。"

尽管如此，这似乎并未削弱拉塔科斯基先生对文学的雄心和信念。他告诉我，他非常推崇意大利作家爱德蒙多·德·亚米契斯的《君士坦丁堡》，他期望自己的作品也能如偶像之作一般不朽。

我问他怎么看待丽贝卡·韦斯特的《黑羊与灰鹰》。他坦言自己并未认真读过。

"坦白地说，我对西方作家写巴尔干的书没多大兴趣。"拉塔科斯基先生说，"西方视角总是对巴尔干充满偏见，总是把自己当作文明的化身，而将巴尔干视为野蛮。"

"那你觉得是否存在一种巴尔干的视角？"

拉塔科斯基先生沉思片刻后说："我渴望能够呈现一种巴尔干视角。这意味着不应该再将欧洲视为文明的唯一标准，而是在与欧洲的互动中，坚守自身的主体性。在这一点上，我很欣赏南斯拉夫时期——那是一个我们几乎拥有了这种视角的年代。"

我提到在1990年代南斯拉夫解体的过程中，北马其顿是唯一以和平方式获得独立的国家。

拉塔科斯基先生对此评论道："塞尔维亚人尊重我们，所以我们对塞尔维亚人也没有偏见。这就是你在北马其顿的任何酒吧里都能听到塞尔维亚音乐的原因。"

我问起"斯科普里2014"项目，想知道拉塔科斯基先生如何看待北马其顿与邻国之间的争议。

他不假思索地回答："我们在自己的国家竖立雕像，那是我们的自由。我们可没有阻止其他国家在它们的国家竖立雕像。"

"那算不算是篡夺别国的历史呢？"

"我不这么认为。"拉塔科斯基先生严肃地说，"我们从未否认过其他国家的历史主张。希腊人视亚历山大为他们的英雄，我们从未表示异议。但在如何解读历史的问题上，我们同样有权坚持自己的立场。"

两杯啤酒很快喝完了。拉塔科斯基先生结了账，还大方地留下一笔小费。他表示可以带我去瓦尔达尔河对岸的老城看看。于是，我们离开爱尔兰酒吧，步行前往充满奥斯曼遗风的老城。

在许多巴尔干城市中，都可以找到如此风格的老城：狭窄的街巷纵横交错，两旁密布着摊位、商铺、茶馆和餐厅，间或点缀着清真寺和土耳其浴室。

这些店铺和摊位大都紧凑地排列在一起，几乎没有间隔，出售的商品多与穆斯林传统生活相关：金银饰品、精美刺绣、手工地毯，以及各式宗教用品，如经文盒、经书台和熏香。

拉塔科斯基先生说，住在老城的居民大都是阿尔巴尼亚族，老城的轮廓在奥斯曼帝国统治时代大体就是现在的样子了。长期以来，奥斯曼土耳其人的统治从欧洲的记忆中被抹去了，似乎每个人都有意无意地忽略了这样一个事实：在欧洲大陆的这个角落，曾经有过一个个奥斯曼的城市。

我们找了一家土耳其茶馆，喝了一杯红茶，吃了一份土耳其传统甜品。之后，我们沿着石阶，爬上一座山丘。那里有一座观景台，可以将周围的景色尽收眼底。

此时已是黄昏，空中起了薄雾，落日变成灿烂的橘红色。我看到，在远处的山巅之上，坐落着一座巨大的白色建筑，四周被茂密的森林环抱。

这座建筑以现代风格为基调，简洁的线条透露出戒备森严的气息。在它背后，是连绵的山峦与辽阔的天际。夕阳的余晖中，它看上去就像一座玫瑰色的城堡，让人不禁想到托马斯·曼的《魔山》。

"那个建筑是干什么的？"我问。

"美国大使馆。"拉塔科斯基先生低声告诉我。

"怎么规模这么大？"

"这也是我想问你的问题。"拉塔科斯基先生说，"你认为，在北马其顿这么小的国家，美国人为什么要建造这么大的使馆？"

我转头注视拉塔科斯基先生。他的脸被夕阳染成了玫瑰色。

"为什么？"

"显而易见，这是一个用来监视和控制整个巴尔干地区的巨大机器。"

我睁大眼睛，看着拉塔科斯基先生，等待他继续说下去。

"你刚才问我'斯科普里2014'项目。你可能已经知道，这个项目的主要推动者是我们的前总理。他因为涉嫌腐败，被判刑两年，随后在匈牙利获得了政治庇护。你可能不知道，在他执政期间，北马其顿的政策风向从原本的亲欧洲和亲北约，转向了亲俄罗斯和亲塞尔维亚——这恐怕才是导致他下台的真正原因。"

"你是说，是政治因素而非腐败问题使他下台的？"

"在我看来，就是政治因素。"拉塔科斯基先生断然说道，"你想想看，如果是单纯的腐败问题，欧盟会允许他在一个欧盟成员国寻求庇护吗?"

我若有所思地点点头,没有开口。

"所以说,真正掌控这片土地的,是他们。"拉塔科斯基先生的目光投向山巅的美国大使馆,"而我们,不过是被操控的木偶。"

有近三分钟的时间,我们都陷入了沉默,只是望着黄昏中的大地和山峦。在朦胧的雾霭中,世界显得那么沉静、那么柔和,仿佛对尘世的一切纷争、荣辱、贵贱,乃至生命的诞生与消亡,都不以为意,甚至浑然不觉。

拉塔科斯基先生突然长叹一声,轻声说道:"你知道吗?我心中一直有个愿望,就是好好写写我的城市。她或许过于平凡,过于丑陋,被人轻视,遭人嘲笑,但是我爱她——对我来说,这个世界上没有任何地方能与她相比。"

在夕阳下,拉塔科斯基先生的眼眶显得有些湿润。四周阒寂无声,但如果仔细倾听,还是能够捕捉到山下城市的声响——那是一种极其细微的波动声,像火车穿过旷野,驶向远方。

尾声
雅典：我愚蠢的心

从斯科普里前往希腊第二大城市萨洛尼卡，南下的公路如丝带一般，穿行在瓦尔达尔河谷之中。汽车轻快地驶过一片片葡萄园，阳光透过葡萄藤的缝隙，投下斑驳的光影。随着汽车的行进，这些光斑在车窗外跳跃着，犹如欢快的音符。

我行走在马其顿的大地上。这是一个古老的地名，一个古老的地方，其历史可以追溯到七十万年前。时至今日，马其顿文明的巅峰依然定格在亚历山大大帝时代。尽管马其顿人在当时被雅典人视为蛮族，亚历山大的父亲腓力二世却成功地征服了希腊，并吸收希腊的文化习俗。随着亚历山大的东征西讨，希腊文化被广泛传播至大半个亚欧大陆，并深刻影响到后来的罗马帝国。

公元4世纪，罗马帝国分裂为东西两部分。窗外的土地成了讲希腊语的拜占庭帝国的一部分。到了公元6世纪和7世纪，斯拉夫移民开始大批涌入，彻底改变了这里的人口和语言结构。可以说，现代希腊与古希腊在种族和文化上都已经没有了本质性的关联。

从1430年开始，直至第一次世界大战爆发前夕，奥斯曼帝国控制着整个马其顿地区。奥斯曼人以宗教而非民族来区分臣民，这一政策在19世纪民族主义兴起的背景下不断引发民族自决的独立浪潮。

到了20世纪初，奥斯曼帝国已经奄奄一息。其统治下的马其顿地区成了新兴的巴尔干民族国家——希腊、塞尔维亚和保加利亚争夺的焦点。

1912年和1913年，巴尔干半岛爆发了两次战争，这些战争的实质就是对马其顿土地的争夺。希腊成为最大的赢家，获得了马其顿一半的领土，其中就包括位于巴尔干传统贸易路线上的重要城市——萨洛尼卡。换句话说，在经历了五百年奥斯曼帝国的统治后，这座城市属于希腊的时间刚刚超过一个世纪。

汽车抵达萨洛尼卡，窗外出现的是一座希腊风格的城市。我下榻的公寓位于托勒密大道上，街道两侧同样充满希腊风情。

大海在前，山坡在后，阳光像一把展开的巨扇。站在露台上，爱琴海的风吹拂在身上，让人心旷神怡。

我想到了希腊导演安哲罗普洛斯的电影《永恒与一日》。这部1998年的电影讲述了一位濒临死亡的作家回顾自己的一生，并与一个来自阿尔巴尼亚的小难民建立友谊的故事。电影中，萨洛尼卡作为一个连接过去与现在的桥梁，象征着记忆、遗忘和时间的流逝。作家漫游在这座城市里，游走在回忆与现实之间，探索着身份与生命的意义。

这部电影我看过四遍。和《雾中风景》一样，是我最钟爱的电影之一。我一直渴望像电影中的作家一样，在萨洛尼卡的街头漫步。电影中是冬日的萨洛尼卡，海面上弥漫着潮湿的雾气。现在，春天已经来到希腊，世界沉浸在一片绿意盎然的气息中。灿烂的阳光，甚至让人误以为夏日已至。

我漫无目的地在街上闲逛，从遍布咖啡馆的海滨大道走向山上的老城。城墙之外，隐藏着一条条陡峭的小巷，有的戛然而止，有的通向梧桐成荫、喷泉清凉的广场。在这些小巷中漫步，仿佛进入一个悠远的古老世界，时光变得缓慢而宁静。

萨洛尼卡这座城市，不禁让我想到这趟旅途的起点——的里雅斯特。它们同样是昔日帝国的遗孤——两个在第一次世界大战中倒下的帝国——而新的统治者为求同化，采取了强硬手段，净化城市的民族构成。

奥斯曼帝国解体之后，萨洛尼卡的居民被重新归类：穆斯林成为土耳其人，东正教徒成为希腊人。1923年至1924年间，希腊与土耳其进行了史无前例的人口大交换：所有生活在土耳其的希腊人被要求离开土耳其，而所有生活在希腊的土耳其人则必须离开希腊。这场人口交换涉及约两百万人，无论是否情愿，他们都被连根拔起，离开祖先生活了数个世纪的土地，重新扎根于陌生的环境。

许多希腊人被重新安置在萨洛尼卡，而萨洛尼卡的土耳其人则被迁往小亚细亚。我想起自己在土耳其伊兹密尔等地的旅行经历——那些山间荒废的村庄，许多就是在萨洛尼卡重新安家的希腊人的故乡。他们被迫离开世代居住的土地，迁移到了我眼前的这座城市，成了民族主义的难民。

也许，从长远来看，这是明智的办法，然而这样的疗法似乎与疾病本身一样令人痛苦。

与五百年的历史相比，奥斯曼帝国在萨洛尼卡留下的痕迹寥寥无几。曾经的清真寺和犹太教堂不复存在，街道经过全面改造，穆斯林的墓地也消失无踪，取而代之的是希腊博物馆、希腊纪念碑和拜占庭的遗迹。这些被精心保留下来的文物，旨在展示一种始终存在且从未间断的"永恒的希腊感"。奥斯曼帝国长达数百年的统治则成为一段漫长的历史插曲，一个停滞不前的噩梦，被轻易地抹去。

具有讽刺意味的是，"现代土耳其之父"凯末尔的诞生地就在萨洛尼卡。那栋19世纪的老房子，如今是土耳其驻萨洛尼卡领事馆，也是这座城市为数不多的奥斯曼遗存。

我在巴尔干其他地区观察到的情况同样适用于此：民族主义的历史叙事总是偏好一种并不存在的连续性，而对那些不合时宜的片段选择性地沉默。他们倾向于编织梦幻般的故事，描述"被选中的民族"与命运赋予他们的土地之间的浪漫邂逅。

然而，在萨洛尼卡这样的城市，大多数居民与这片土地的联系甚至不能回溯到三四代之前。他们或许深知，无论在学校里学到了什么，他们自己的家庭都有一个截然不同的故事——一个充满动荡、流离失所、遗弃和重建的故事。

———

那天晚上，我在一家小餐馆吃到了美味的海鲜炖米型面、炸西葫芦和乡村沙拉，喝到了与冰块混合的茴香酒。虽然羁旅疲惫，但灵魂被食物和酒精挑逗起来，感到分外愉悦。

走出餐厅时，街上人潮汹涌，有人举着横幅，还有人高喊口号。骚动的人群甚至造成了严重的交通堵塞——我开始觉得有些不对劲，可能发生了什么情况。

我起初跟着人流走，逐渐注意到他们似乎都来自一个特定的方向，于是我又调转方向，逆流而上，最终来到一所大学的门口。这里聚集了更多的人，甚至已经搭建起临时的舞台。

看来，这里就是抗议活动的中心。至于抗议的原因，我心中有一个推测——或许是因为政府取消了某项教育资助，激起了学生的不满情绪。毕竟，这里是希腊嘛，自2008年金融危机以来，财政紧缩一直是政府的主导基调。

在希腊，抗议不仅仅是抗议，也可以同时是一场狂欢。学校门前的人群越聚越多，迷幻乐队、说唱歌手和摇摆舞团相继登台献艺。气氛相当热烈——每当有路过的车辆鸣笛声援，学生中间就爆发出阵阵欢呼声。

我注意到，希腊的年轻人大都抽着便宜的手卷烟，却很少有人喝酒。这让我觉得情况应该比较可控，就融入到了抗议的人群中。

一位犹如摇滚明星般的女孩跃上舞台，激情澎湃地发表演说，不时激起台下学生们的高声呼应。我转向身旁的一个女孩，问她究竟发生了什么。

"你是'伊拉斯谟'的学生吗？"她问。

"伊拉斯谟"是欧盟的一个学生交换项目，以荷兰哲学家伊拉斯谟的名字命名。我在更年轻的时候的确想过申请这个项目。

"不是。"我回答，"我只是一名游客。"

"哦，我们是亚里士多德大学艺术学院的学生。"女孩说。

"你们在抗议什么？"

"一项刚刚通过的政府法令。"女孩说，"这条法令要把公立大学颁发的表演及艺术类学位证书的地位降至等同于高中毕业证书。"

最初，我没明白她的意思，又让她解释了一遍。后来我才搞懂，这是政府对高等教育私有化的又一次尝试。根据希腊宪法，高等教育原本是免费的公共福利，由国家全额资助。然而，自从债务危机爆发以来，每届政府的当务之急一直是削减公共支出。

对于那些在公立大学学习戏剧、舞蹈、音乐和电影专业的学生来说，这一政策变动将直接影响到他们的职业前景。拿不到相应的学历，他们就没办法申请那些需要学士或硕士学历的工作，其中也包括政府公务员。

女孩叫瓦莱丽，二十岁的样子，长着微微卷曲的黑头发和黑眼睛。和她聊天时，我突然意识到，虽然所有希腊人都受到了经济危机的影响，但瓦莱丽这一代年轻人完全是在危机的阴影下长大的。

2009年，长期的高额公共支出、普遍的逃税行为，以及全球经济衰退的冲击，合力将希腊推向经济崩溃的边缘。为了挽救这一局面，欧元区成员国向希腊提供了三轮一揽子援助计划，条件是希腊政府必须采纳严格的紧缩政策和改革措施。

希腊开始大幅削减支出，采取降薪、增税、裁减公务员和出售国有资产等措施。这些举措不可避免地影响了普通希腊人的生活，甚至将一些原本不问政治的公民推向了抗议的街头。

对于普通希腊民众来说，这是一个残酷的时代：最低工资下调22%，养老金削减40%至50%，公共部门裁员逾万。到了2015年，希腊仍需新的救助贷款才能避免违约，但这意味着接受更为严格的紧缩政策。

那年，激进左翼政党在选举中获胜，并与右翼政党组建联盟。

两个原本不可能合作的政党，因为共同反对严苛的救助条件而走到一起。

希腊政府最初拒绝国际债权人的救助条件，导致希腊成为首个对欧盟和国际货币基金组织债务违约的国家。政府试图通过谈判获得新的救助，以避免更严重的违约，但谈判未果。接着，希腊就救助条件举行了全民公投。结果显示，大多数希腊公民反对接受这些条件。

在此背景下，希腊银行关闭，现金提取受限，全球市场因潜在的"希腊退出欧元区"而震荡。在最后的关头，希腊政府获得了八百六十亿欧元的救助贷款，但附加的紧缩措施甚至比公投前更为苛刻。

在银行系统岌岌可危的情况下，希腊人无奈地接受了这些条件。然而，对于许多希腊人来说，在紧缩政策和退出欧元区之间做出选择，无异于在狂风巨浪中的小船上寻找立足之地，无论选择站在哪里，都异常艰难。

我问瓦莱丽，这一次的抗议能否起到作用。

她摇摇头："我们几乎每天都在抗议，但什么都改变不了。"

我提到，我在进行穿越巴尔干半岛的旅行，这是我第一次看到抗议。

"我们也是巴尔干国家。"她平静地说。

这个说法让我有些意外，因为我一直本能地将希腊视为欧洲的一部分。我回想起在卢布尔雅那时，房东盖尔因为我将斯洛文尼亚归为巴尔干国家而不满，可眼前这位希腊姑娘对此倒是泰然自若。

我问瓦莱丽，未来有什么打算。

她说打算离开这里。

"许多建筑师、医生和工程师已经走了,"她说,"接下来,可能轮到从事艺术的人了。"

"可是,有那么多外国人来希腊度假,每个人都喜欢这里。"

"是啊,这个地方确实适合度假。但对于生活在这里的人来说,不可能像游客那样,每天住豪华酒店,享受各种美食。我们必须面对衣食住行的日常生活。"

瓦莱丽告诉我,萨洛尼卡的平均税后工资大约是八百欧元,而市区一居室公寓的租金却已高达五百欧元。游客、移民和难民的涌入,还在进一步推高物价。她目前与父母同住,甚至不敢设想独自生活的开销。

我安慰她说,世界上许多国家都是这种情况。

"我并不是在抱怨,"她说,"我只是希望改变。"

——

我原本打算乘火车前往雅典。然而,就在出发的前一天,雅典到萨洛尼卡的铁路线上发生火车相撞事故,造成五十七人死亡,七十二人受伤,罹难者中包括九名亚里士多德大学的学生。

整个希腊陷入巨大的悲痛与愤怒。希腊总理宣布,随后三天为全国哀悼日,所有公共建筑降半旗,一切公共活动暂停。火车停运,我只好改乘长途汽车,经过奥林匹斯山,穿越连绵的丘陵与平原——沿途到处是郁郁葱葱的橄榄树——最终抵达雅典。

这是巴尔干半岛最南端的城市,也是这趟旅程的终点。在经历了数月巴尔干小城和乡间的漫游之后,雅典立刻给了我一种久违的大都会气息:这里弥漫着大都会的世故之感,也有它所特有的感官震撼、奇遇和体验。

白天阳光灿烂,很多人在普拉卡老街区悠闲地漫步。街边的小桌旁总是坐满了顾客,每个人面前都摆着一杯咖啡和一杯清水。在帕特农神庙旁,可以看到一些晒得通红的美国游客,穿着轻便的夏装,踩着高帮徒步靴,仿佛刚从诺曼底抢滩登陆上来。卫城博物馆附近,旅行团络绎不绝,戴着墨镜的导游手持小旗,对着胸前的小麦克风讲着五花八门的语言。炎热的午后,小芙蓉咖啡馆成了一个清凉的避风港。到了下午茶时间,年轻的女孩们坐在那里,悠闲地品尝库斯米茶和柠檬挞。她们低声细语,亲密交谈,偶尔会拿出手机,捕捉美好的瞬间。

我逛了两家二手唱片店,以十二欧的价格淘到一张爵士信使乐团的唱片。夜幕降临后,我走进一家风格简朴的餐馆。侍者热情地聊起他在巴黎的生活经历,随后就俄乌战争、难民危机和美国大选发表意见。

邻桌坐着几位黑人。我突然发现,其中一个人酷似爵士信使乐团晚期的萨克斯手博比·沃森。在我淘到的那张二手唱片中,博比·沃森只是个锋芒初露的青年,眼前的这个人却已近古稀之年,就像戏剧下半场重新登台的演员,头发和胡须上都撒上了银粉。我实在有点不敢确信,于是拿出手机搜索博比·沃森的演出资讯。果不其然!那天晚上,他真的在雅典有场演出。

雅典,不愧是雅典!

第二天早上，我去酒店餐厅吃自助早餐。餐厅面积不小，但仅有几桌客人。

环顾四周，我心中突然涌起一股喜悦。置身于雅典这样的城市，独自在清净的酒店享用早餐，这种感觉颇为宜人，有一种甜美的自由感。我仿佛感到自己的心灵轻盈地振动翅膀，自在地飞翔。

不远处，有一位长发的中国女孩也在独自用餐。她的盘子上只有几片沙拉叶和一些水果，但她没去吃，而是对着笔记本电脑，打着语音电话。

吃完早餐，我从那个女孩身边经过，听到她对着手机说："是的，现在只能全款。希腊移民的窗口期已经接近尾声了。"

我回到房间，补充了一下笔记，又看了会儿书。一个小时后，我再次下楼，发现她还在那里。

我深吸一口气，走了过去。在异乡遇到同胞，你们总可以聊点什么吧？

起初，她显得有些诧异，后来就放松下来。她告诉我，她平时住在青岛，经营一家移民咨询公司，希腊的"黄金签证"项目是公司的主营业务之一。

黄金签证是一种投资移民项目，允许非欧盟公民通过在希腊购买房产来获得居留权。2012年，欧洲债务危机最严重的时候，包括希腊在内的六个欧元区国家启动了这个项目，主要目的是为了吸引资金以缓解债务压力。一时间，来自中国、俄罗斯和中东地区的投资者争相通过购置房产来获得欧盟身份。

我们就这个话题聊了一会儿。她问我是不是来雅典看房的。我说不是。

"那你是来做什么的？"

我告诉她，我来搜集一些写作素材。

"你是作家？"

"算吧。"

"你写过什么？"

我羞涩地报出两个书名。

很遗憾，她并没有听过。

"要是你暂时不用工作，我请你喝杯咖啡吧。"最后我说。

她收起笔记本电脑，说要先回房间收拾一下。等她再次出现时，已经换了一件衣服，还化上了淡妆。

我们一同走出酒店，向着雅典大学的方向走，最后走进小芙蓉咖啡馆。

"想喝什么？"我问。

"热的拿铁，不加糖。"她说。

咖啡端上来后，我问起她的经历。她叫张晓南，生于1991年，以前学习舞蹈，后来当过空姐，离开航空公司后，在一家移民咨询公司担任销售。到了2019年，她创办了自己的移民咨询公司。

她说，疫情的冲击反而让她的咨询量激增，但欧洲的移民政策却在逐步收紧。这些年来，由于大量外国资本涌入房地产市场，希腊的房价飙升，引发了广泛的社会抗议。

就像萨洛尼卡的瓦莱丽说的，许多抗议者认为，黄金签证项目加剧了房地产市场泡沫和住房短缺状况，使得普通希腊家庭难以购买或租赁住房。许多公寓和房屋的价格会突然从极低价位飙升至几十万欧元——恰好达到黄金签证的门槛，令大多数希腊人望尘莫及。与此同时，新移民的涌入也助长了极右翼组织"金色黎明"的支持率，引发了反移民的浪潮。

张晓南提到，包括希腊在内的多个黄金签证项目正在逐步取消或已经停止。雅典地区和圣托里尼岛等热门岛屿的外国投资门槛将从五十万欧元提高到八十万欧元，并且很可能在未来完全关闭。

对于移民咨询行业来说，这是政策变天前的最后窗口期，因此一等国内疫情管控放宽，张晓南便立即飞抵这里。不过她也坦言，不久之后，她将不得不考虑转型。

"我很好奇，像你这样做移民咨询的人，自己会不会移民？"我问。

"我确实在考虑这个问题。"张晓南回答，"目前我有两个选择，但还在犹豫当中。"

张晓南解释说，第一个选择是抓住最后的机会，在雅典购置房产，获得居留权。这种方式的好处是无须依靠他人，劣势则是需要自己投入一大笔资金，而这笔钱原本可以用于她未来其他的商业想法。

第二个选择是与一位已在瑞典定居的华人结婚，并随之移居瑞典。这位瑞典华人比她年长几岁，两人通过网络相识，但至今尚未见面。

我问她未来的商业想法是什么。

"我想在国外开一家小花店或是像这样的咖啡馆，"她说，"这就是我梦想的生活。"

"那在青岛开一家不行吗？"

"国内太卷了，"她摇摇头，"每个人都只想着赚钱。"

"但选择权终究在自己手里吧？"

"可在那样的环境里，你很难不被别人影响。"

"但是，你看，希腊的年轻人也在抗议。他们也有他们的苦恼。"

她没说话，拿起咖啡杯，抿了一口。

"如果是你，你会怎么选择？"

"选希腊还是瑞典？"

"对。"

"非要离开祖国？"

她轻声笑了。

"如果真的要选，我可能会倾向于希腊。这里更像巴尔干，有一种粗糙、有机、包含大量细菌的力量。瑞典太冷了，除非你们的婚姻像烈火一样炽热。不过，说句心里话，如果有那么一大笔钱，我会用它来环游世界。"

"看来你是个很浪漫的人啊，"她打趣道，"你是什么星座？"

"天蝎座。"我说，"算不上浪漫。我只是在想，很多时候，我们其实并不确定自己究竟归属哪里。我们每个人诞生在一个地方，有时拼命地想要逃离那里，有时又固执地渴望回去。我们对故乡和异乡总是带着滤镜。在这方面，我很羡慕自然界的一些动物。比如，许多鱼类的幼鱼在河流中孵化后，就会义无反顾地前往大海，而众多鸟类虽然四处迁徙，天性却是回到它们的出生之地。它们的生命中没有任何犹豫和迟疑，而人类不同。或许，只有当我游历过很多地方，见识过不同的人生，才能真正了解自己，从而知道自己的家在何处。只有明白了这一点,我才能做出选择。"

"作家都这么能说会道吗?"

"不骗你,其实是第一次有人这么说我。"

———

那天晚上,我经过希腊的政治中心——宪法广场。广场上人潮涌动,犹如一片红色海洋,很多人手中挥舞着镰刀和锤子的红旗。

我让司机在路边停车,穿过马路,来到广场上。只见人们如同在参加街头庆典,三五成群地聚在一起,除了手中的旗帜和标语,还准备燃放天灯。

"你好,同志。"我和身边的一位希腊姑娘打了个招呼。她手中拿着一本书,栗色的长发束成马尾,前额上系着发带。

"你是共产党员?"她问。

"不是,"我说,"但是,我来自社会主义国家。"

姑娘名叫阿佛洛狄忒,与希腊神话中的爱神同名。她后来告诉我,她为了生计打着两份工:白天在医院担任护士;晚上——出乎我的意料——在赌场里担任荷官。

注意到有个外国人出现,阿佛洛狄忒的几位朋友也围了上来。当他们得知我是中国来的同志后,把我围得更紧了。

他们都是希腊的共产党员,此刻正聚集在这里,抗议不久前发生的火车相撞事故。在他们眼中,这可不是一起简单的交通事故,而是希腊资本主义制度出现系统性崩溃的征兆。

我提到我在萨洛尼卡看到学生也在抗议。

阿佛洛狄忒点点头，表示学生们的勇气可嘉，但是为了推动真正的社会变革，他们应当同更广泛的工人阶级联合起来。

这样的观点我自然并不陌生，但从一位外国友人口中义正词严地说出，倒还是第一次碰到。

"明天我们将与雅典数个行业的工会联手，发起全天候的罢工和游行。我们希望汇聚更大的力量，确保实现我们的诉求。"

我笑着点点头，问阿佛洛狄忒拿的是什么书。她向我亮出封面。

"恩格斯的《社会主义从空想到科学的发展》。"她说，"我们每周都会组织大家学习马列主义的经典著作。最近，我们还在研究斯大林时期的苏联历史。"

"那段时间好像有很多人被送进古拉格吧？"

"什么样的人？"阿佛洛狄忒严肃地看了我一眼，随即自己回答，"人民的敌人。"

说话间，一盏盏天灯从人群中缓缓升起，就像无数只闪光的水母，在深海中轻盈地游弋。天灯越飞越高，渐渐汇聚成一条流动的星河，随着高空的气流，向着雅典卫城的方向飘去。

阿佛洛狄忒说她要去赌场上班了，我也借机与众人告别。我离开宪法广场，思绪万千地走向普拉卡区，打算在那里度过余下的夜晚。

这是一个温暖的春夜，空气中弥漫着花香。雅典卫城高踞在城市之上，俯瞰着山下的众生。街边的小餐馆灯火摇曳，杯盘间洋溢着欢声笑语。就在几百米外的广场上，数千人刚刚参与了一场重大活动，可是那件事似乎与这里并不相关。

我经过一家小酒吧，进去喝了杯酒。店里放着比尔·埃文斯弹奏的老歌《我愚蠢的心》。我一边听音乐，一边慢慢喝着内格罗尼。这杯告别之酒让我想到往事，想到一路上经过的地方和遇到的人。

1999年，当我跟随抗议的人群走在北京街头时，我并不完全明白内心深处那股情绪的根源。此刻，那些曾经隐藏或难以察觉的事物，已经变得更加清晰。在这片血与蜜的大地上，民族主义带给人们的归属与认同感，不可能只带来心灵的慰藉和凝聚力，它也可能以动荡、愤怒和反叛的形式显现。在这个全球化的世界上，我们面临着诸多危机和挑战，回归民族主义是否能够解决这些问题？

我喝尽杯中酒，感到未来是如此虚妄而动人。在这个世界上，鲜有事物比虚妄的希望更动人。

奥赫里德的圣约翰教堂

奥赫里德的老城

奥赫里德湖畔

圣瑙姆修道院外的划船者

北马其顿的清真寺与南斯拉夫建筑

斯科普里随行的流浪狗

"斯科普里 2014" 项目

爱琴海边的萨洛尼卡

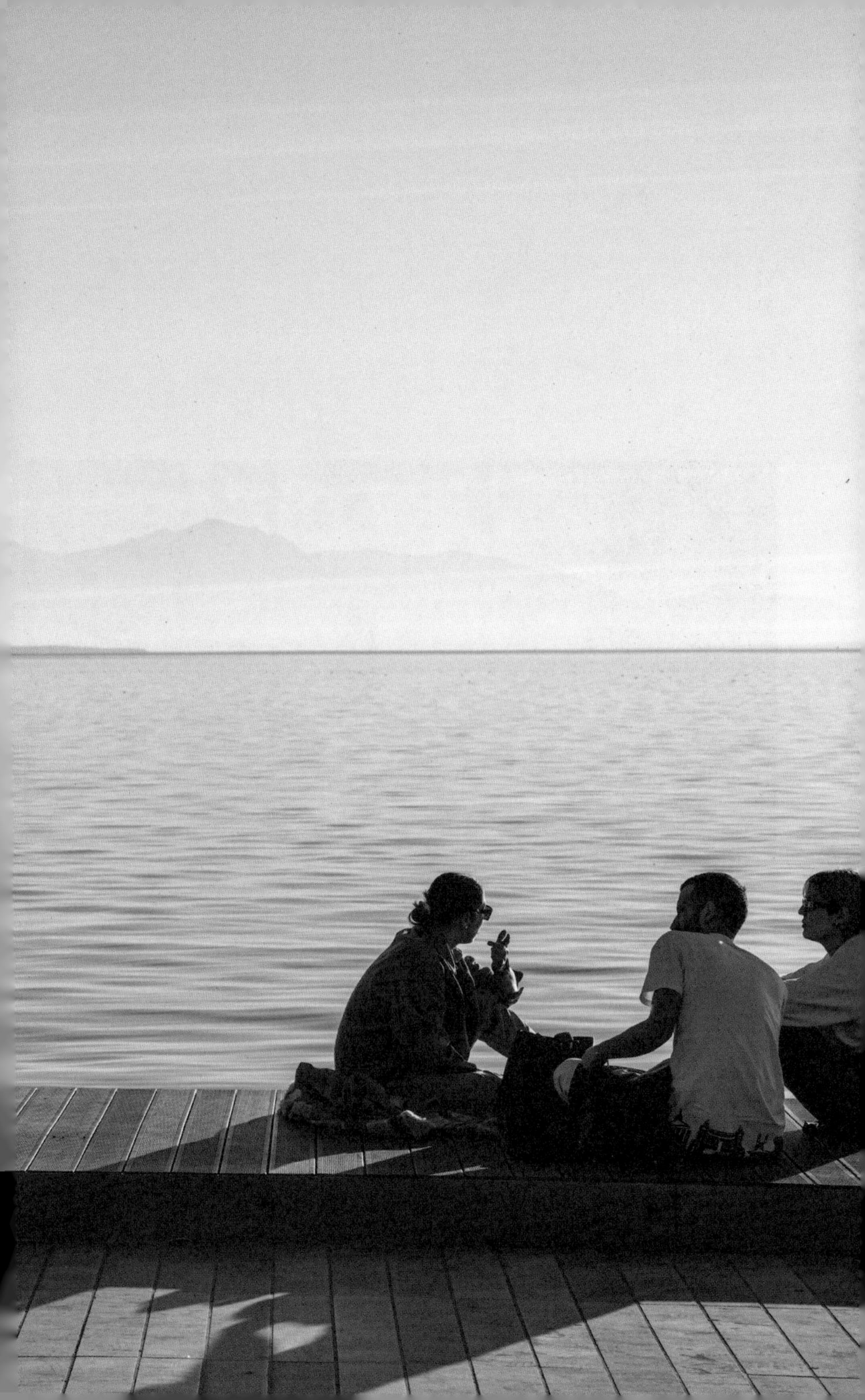

旅途中的夜归人

后记

《血与蜜之地》是我的第四本书,某种意义上可以算作《午夜降临前抵达》的续篇。当然,用不着和前作一同阅读。

《午夜降临前抵达》讲的是我在欧洲腹地的见闻:从柏林出发,漫游欧洲大陆,到达意大利的边境城市、巴尔干半岛的门户——的里雅斯特。《血与蜜之地》则是十年后从的里雅斯特启程,穿越巴尔干半岛,最终抵达半岛最南端的城市——雅典。

回首这十年,我能察觉到自己写作的变化。在走过一些弯路后,我渐渐得出了那个朴素的观点:旅行写作的核心,不仅是从外部旁观,更需要深入接触和理解那里的人。书写人类的命运如何在漫长的时间、记忆和地理的褶皱中发挥作用,正是旅行写作所要追寻的目标。

观念虽然重要,实践则需要面对更多意料之外的挑战。2020年,疫情骤然而至,打乱了我的计划。在度过了最初的忙乱后,我去了拉萨,找了份工作,同时等待重新上路的机会——我以为不会等待太久。

三年过去了。

2022年11月，我才有机会再次启程。我先飞到巴黎，却发现行李落在了北京——机场的工作人员似乎已经对国际托运变得陌生。同样变得陌生的还有眼前的世界。如果说严肃的旅行是一门艺术，在最初的一个月里，我发现自己僵硬而笨拙。

在巴黎停留几日后，我开始向北漫游，穿过法国北部，进入尼德兰地区。我在比利时、荷兰闲逛了一阵，走访了几家修道院啤酒厂和第一次世界大战的战场，之后我搭火车前往德国、波兰和捷克等地。

我重访了《午夜降临前抵达》中写到的一些旧游处——德累斯顿、布拉格、维也纳、的里雅斯特。我发现我依旧喜欢那些地方，不仅是因为那份久违的自由，也因为附着在那些地方的回忆。

我的脑海中存着几本书的想法，但还不知道要从哪本开始。在奥地利格拉茨的美术馆，我偶然看到了波黑艺术家塞拉·卡梅里奇的作品《波斯尼亚女孩》。随后，在维也纳的陆军历史博物馆，斐迪南大公所穿的天蓝色制服再次让我深受触动。冥冥之中，它们将我的目光引向了民族主义表现激烈的巴尔干——那原本也是我一直想去和想写的地方。

十年前，在写《午夜降临前抵达》时，自由主义和全球化似乎已成为不可逆转的潮流，民族主义常被视为一种陈旧过时之物。然而，过去十年的现实表明，一股强劲的民族主义浪潮正在重新席卷世界。全球化的副作用、移民潮与难民潮、科技革命带来的不确定性，让越来越多的人感到孤立无援，因而重新投入民族主义的怀抱，寻求慰藉和意义。在这样的背景下进入巴尔干半岛，重新寻找那些

"血与蜜"的印迹，或许会让这段旅程和这本书都多一分现实意义。

在这本书中，我还希望探讨一个更为感性的问题。如果说民族主义是关于家园、自我意识与身份认同的理论，那么个体与这种共同身份之间的关系是怎样的？

换句话说，随着人口流动成为常态，"家园"早已不仅仅是一个物理空间，同时也是一个文化和情感上的归属地。身份认同也早已不再单纯地与出生地或祖籍相关，甚至不再局限于地理边界。即便是在一个民族国家内部，由于地区差异、社会阶层和经济条件的不同，"何处为家"的答案也会因人而异。某种程度上，文化、信仰和价值观都构筑了安顿自我的"家园"的形态。

在这本书中，我尝试着建立一种双线叙事：一条是以旅行本身为线索，将巴尔干地区的历史与现实串联在一起，形成一种具有个人风格的巴尔干叙事；另一条线则是倾听各种不同的声音，通过当地人的故事，去探索一个更具普遍性的问题，一个始于巴尔干却与我们每个人都相关的问题——在充满不确定性的当下，我们何处为家？

抽象的观念需要通过叙述的包裹才能转化为文学，而旅程始于何处对叙述的影响重大。既是幸运，也是偶然，我在十年之后再次来到的里雅斯特——第一本书的终点，成为这本书的起点。

我甚至在想，如果我先进入的是波黑、塞尔维亚或科索沃，那么这本书可能呈现出截然不同的面貌。从的里雅斯特出发，一步步地深入巴尔干腹地，慢慢地搭建起舞台，让我（或许也包括读者）有机会为处理那些核心问题做好准备。

在未与中国建交的科索沃，我给朋友寄过一张明信片，不确定能否寄到。大半年后，这张明信片神奇地出现在了朋友家的餐桌上。

我不知道它一路走过了哪些地方，又有过哪些奇遇，但我很欣慰，它有了一个归宿。

谢谢十年来支持我的读者，希望我们一直保持对世界的敏感和好奇。也祝愿想找到归宿的朋友都能如愿抵达。

苏莱曼尼亚，伊拉克库尔德斯坦

2024 年 8 月 28 日

图书在版编目（CIP）数据

血与蜜之地：穿越巴尔干的旅程 / 刘子超著.
上海：文汇出版社, 2024. 10.(2024.10重印) -- ISBN 978-7-5496
-4329-5

Ⅰ．I267.4
中国国家版本馆CIP数据核字第2024W9P222号

血与蜜之地：穿越巴尔干的旅程

作　　者／	刘子超
出版统筹／	杨静武
责任编辑／	何　璟
特邀编辑／	赵慧莹　郑科鹏
营销编辑／	朱雨清　张小莲
装帧设计／	孙晓曦（pay2play.design）
内文制作／	张　典
折页制作／	陈慕阳
出　　版	文汇出版社
	上海市威海路755号
	（邮政编码200041）
发　　行／	新经典发行有限公司
电　　话／	010-68423599　邮　　箱／editor@readinglife.com
印刷装订／	河北鹏润印刷有限公司
版　　次／	2024年10月第1版
印　　次／	2024年10月第2次印刷
开　　本／	850×1168　1/32
字　　数／	220千
印　　张／	12.5

ISBN 978-7-5496-4329-5
定　　价／　79.00元

敬启读者，如发现本书有印装质量问题，请与发行方联系。